Jürgen Seibold
Schandfleck

PIPER

Zu diesem Buch

Das kleine Dorf Obergassen nahe Kempten liegt malerisch zwischen Wald und Wiesen, und nach Süden ist der Blick frei auf die Allgäuer Alpen. Nur der alte Garzinger Hof steht schief und krumm an der Hauptstraße – und manche Bewohner würden den Schandfleck des Dorfes lieber heute als morgen abreißen lassen. Doch Manfred Garzinger, der kauzige Sohn der alten Bauersleute, mag weder verkaufen noch renovieren. Dann wird er eines Tages von seiner Erbtante gefunden. Tot. Die alte Frau trifft fast der Schlag, als sie ihren einzigen Neffen in seinem abgewetzten Lehnsessel sieht. Aus seinem aufgerissenen Mund leuchtet ihr kräftiges Rot entgegen – doch es ist kein Blut, sondern Farbe. Kommissar Hansen von der Kripo Kempten ist bald vor Ort, um hinter die Kulissen von Obergassen zu blicken. Erst jetzt zeigt das herausgeputzte Vorzeigeörtchen sein wahres Gesicht: Noch immer lebt dort eine verschwiegene Dorfgemeinschaft, die ihre Angelegenheiten selbst regelt und Außenstehenden keinen Einblick gewährt.

Jürgen Seibold, 1960 in Stuttgart geboren, arbeitete als Redakteur und freier Journalist. 1989 veröffentlichte er seine erste Musikerbiografie. Es folgten weitere Sachbücher, Jugendbücher, Thriller und schließlich die sehr erfolgreiche Allgäu-Krimi-Reihe. »Schandfleck« ist der fünfte Fall des beliebten Hauptkommissars Eike Hansen.

Jürgen Seibold

Schandfleck

Ein Allgäu-Krimi

PIPER
München Berlin Zürich

Mehr über unsere Autoren und Bücher:
www.piper.de
Aktuelle Neuigkeiten finden Sie auch auf Facebook, Twitter und YouTube.

Von Jürgen Seibold liegen im Piper Verlag vor:
Kinder
Rosskur
Gnadenhof
Landpartie
Pferdefuß
Schandfleck

FSC
www.fsc.org
MIX
Papier aus verantwortungsvollen Quellen
FSC® C083411

Originalausgabe
Januar 2017

Umschlaggestaltung: Cornelia Niere, München
Umschlagabbildung: mauritius images/allOver images/Alamy (Holz mit ausgeschnittenem Kopf); Andreas Strauß/Look-foto (Landschaft); DenisNata/Shutterstock (Gans)
Satz: Kösel Media, Krugzell
Gesetzt aus der Adobe Garamond
Druck und Bindung: CPI books GmbH, Leck
Printed in Germany ISBN 978-3-492-30852-6

Samstag, 22. Juli

Als Marga Mecheler auf ihrem alten Mofa davonknatterte, löste das quäkende Röhren des Zweitakters auf dem Weg von Schellenried nach Obergassen die unterschiedlichsten Gefühle aus.

Ferdi Kugler zum Beispiel, der an diesem Samstagnachmittag die ärgste Unordnung in seiner kleinen Werkstatt am Ortsausgang von Schellenried beseitigte, hörte dem Motor schon von Weitem an, dass er bald wieder Arbeit mit dem alten Ding bekommen würde, und er freute sich, weil er jeden noch so kleinen Auftrag gut brauchen konnte. In Untergassen, etwa auf halber Strecke, versetzte der Klang des Mofas Hans Hintermeyer wie üblich einen Stich. Wehmütig sah er die füllige Rentnerin durch den Ort brausen, die einen gut gefüllten Korb auf den Gepäckträger des Mofas geschnallt hatte, erwiderte ihr grüßendes Winken, aber nicht ihr fröhliches Lachen – wie auch, wo er doch seit so langer Zeit vergeblich darauf hoffte, dass sie endlich einmal mit ihm ausging! Und in Obergassen, gut hundert Meter vor Marga Mechelers Ziel, schaute Maximilian Röhrich sehnsüchtig aus dem Fenster seines Jugendzimmers, weil er nur zu gern mit einem solchen Mofa fahren würde und sich dafür noch mindestens ein Jahr lang gedulden musste.

Marga selbst hörte nichts außer der lauten Musik, die die kleinen Kopfhörer vibrieren ließ. Als sie nach einer schwungvoll genommenen letzten Linkskurve den Helm abgesetzt, die Stöpsel aus den Ohren gezogen und in der Tasche ihrer leichten Windjacke verstaut hatte, war der Zweitakter verstummt. Nur die bläulich-graue Abgaswolke schwebte noch hinter dem Auspuff und löste sich langsam in der warmen Sommerluft auf.

Sie zog das Gummiband aus ihren schulterlangen grauen Haaren und schüttelte ihre Frisur ein wenig auf. Dann strich sie ihren Rock glatt und sah sich um. Die Obergassener gingen ihren üblichen Wochenendbeschäftigungen nach. Sie tünchten Wände, putzten Fenster, rückten Vorhänge gerade, zupften Unkraut aus den gepflegten Beeten, schichteten das frisch gespaltete Brennholz auf akkurate Beigen, fegten die Einfahrt, polierten die Motorhauben ihrer knallig rot, blau und grün lackierten Oldtimer-Traktoren, gossen die Geranien und dekorierten ihre gepflegten Häuser mit Arrangements aus Strohblumen und dunkelbraun lasierten Holzrädern.

Kaum einer der Nachbarn grüßte sie oder sah auch nur von seiner Arbeit auf. Nur der greise Helmfried, der fast den ganzen Tag über seinem Fensterbrett hing, stierte wie immer zu ihr herüber, den erkalteten Rest seiner billigen Zigarre im Mundwinkel. Aber auch er winkte nicht, sondern glotzte sie nur unverwandt an – und sie wusste, dass er das auch noch tun würde, wenn sie ins Haus ging und ihm den Rücken zuwandte. Ihr Hintern hatte es ihm dabei natürlich mehr angetan als ihr Rücken, das konnte sie seinem ausgemergelten Gesicht mit den hervorstehenden Augen ansehen, wenn sie sich beim Aufschließen wie zufällig kurz umdrehte. Einmal hatte sie sich den Spaß erlaubt und vor dem Hineingehen einen ausladenden Hüftschwung eingelegt – doch als sie danach beobachtete, wie Helmfried der Stumpen aus dem Mund glitt, wie er sich an die Brust fasste und um Luft rang, hatte sie sich geschworen, den Alten nie wieder so aufzuregen.

Heute aber nickte sie Helmfried knapp zu, bevor sie sich ihren Korb schnappte und ins Haus ging.

»Manfred?«, rief sie.

Irgendwo im Haus glaubte sie Schritte zu hören, vielleicht auch das Knarren einer Bodendiele, aber als sie stehen blieb und horchte, war wieder alles still.

»Manfred?«

Sie sah auf die Uhr. Halb drei. Es kam zwar vor, dass ihr Neffe um diese Zeit noch sein Mittagsschläfchen hielt, aber zumindest an den Tagen, an denen sie ihn besuchte, rollte er sich schon etwas früher aus dem Bett und kochte Kaffee, den sie dann gemeinsam zu den süßen Stückle tranken, die sie gewöhnlich vom Bäcker in Schellenried mitbrachte.

Auch diesmal hatte sie Süßes dabei, dazu natürlich Brot und Semmeln, Wurst und Käse und eine Tupperschüssel mit dem vorgekochten Sonntagsessen.

»Manfred?«

Sie schaute sich nach allen Seiten um, während sie den Flur entlangging. Als sie die geräumige Wohnküche erreichte, war dort weder Kaffee zu riechen noch ihr Neffe zu sehen. Marga stellte die Tupperdose in den Kühlschrank und verstaute dort auch das Wurstpaket. Brot und Semmeln gab sie in den hölzernen Brotkasten, danach räumte sie Zeitungen, Notizblätter und geöffnete Rechnungen vom Tisch und wischte die gröbsten Krümel von der Platte. Sie richtete die süßen Stückle auf einem flachen Teller an und rückte ihn in die Mitte des großen Tischs. Dann setzte sie Kaffee auf und machte sich auf die Suche nach ihrem Neffen.

An die Schlafzimmertür klopfte sie mehrmals, erst leise, dann lauter, bevor sie öffnete. Auch hier war niemand. Dafür lagen auf dem Boden die Socken und Unterhosen herum, die Manfred seit ihrem vorigen Besuch getragen hatte, und dazwischen Zeitschriften, Chipspackungen und leere Limoflaschen. Der Fernseher, der gegenüber vom Bett an der Wand hing, war noch auf Standby, und Marga drückte kopfschüttelnd den Aus-Knopf.

Zurück im Flur, horchte sie wieder. Kein Geräusch von der Toilette, keines aus dem Wohnzimmer, nur von der Küche das Blubbern der Kaffeemaschine, das allmählich lauter wurde.

»Manfred, wo bist du denn?«

Keine Antwort. Ob er vergessen hatte, dass sie ihn besuchen wollte? Aber wo sollte er denn hin? Mit seinen alten Schulkameraden ging er höchstens einmal die Woche und dann auch erst am Abend einen trinken. Der Stammtisch der Jungbauern, die alle auch nicht mehr so jung waren, fand im Moosbacher Jägerwinkel nur donnerstags alle vierzehn Tage statt. Und die samstägliche Schafkopfrunde im Hasen in Sulzberg begann normalerweise erst gegen fünf, halb sechs.

Im Wohnzimmer war es unordentlich wie überall im Haus, auf dem Couchtisch lagen Zeitungen, auf dem Sofa Chipskrümel und Fernbedienungen, doch Manfred Garzinger war nirgendwo zu sehen.

Nun blieb nur noch ein Raum, in dem sie nachsehen konnte: Manfreds »Arbeitszimmer«, das eigentlich nur sein umgestaltetes früheres Kinderzimmer war. Irgendeine Arbeit hatte ihr Neffe schon lange nicht mehr erledigt – weder hier im Zimmer noch auf dem Hof, den er verfallen ließ. Auch seinen Beruf als Fotolaborant hatte er nur bis kurz nach der Gesellenprüfung ausgeübt. Und seit Foto- und Videokameras nicht mehr auf Filmrollen angewiesen waren, hatte Manfred die einstige Dunkelkammer im Speicher zu einem Lagerraum umfunktioniert, in dem sich noch mehr Gerümpel stapelte als im übrigen Haus.

Marga Mecheler schnupperte. Ihr fiel der seltsame Geruch auf, der in der Luft hing und allmählich intensiver zu werden schien. Im Vorbeigehen warf sie noch einen Blick auf die Toilette, aber die Tür war zu. Dann betrat sie das Arbeitszimmer. Auf einem kleinen Schreibtisch stand ein recht moderner Computer mit großem Bildschirm, in den Wandregalen stapelten sich selbst gebrannte CDs und DVDs, dazwischen waren diverse Kameras, Ladekabel und allerlei anderer Kram ausgebreitet. Der Bürostuhl vor dem Schreibtisch war leer.

Der hohe Ohrensessel, den sie Manfred geschenkt hatte, als ihr Mann gestorben war, stand mit der Rückenlehne zur Tür, damit Manfred bequem auf die Dorfstraße hinausblicken konnte. Rechts am plüschigen Möbelstück ragte ein Fuß heraus, nackt und reglos.

»Ach, Manfred, da bist du ja!«

Marga marschierte auf den Sessel zu. Missbilligend registrierte sie, dass sich ihr Neffe noch nicht angezogen hatte. Eines seiner dürren Beine hatte er ausgestreckt, das andere war angewinkelt wie in einem Krampf. Die Hausschuhe lagen ein Stück von den Füßen entfernt, der Saum seines alten

Morgenmantels bedeckte den halben Oberschenkel. Das Kleidungsstück saß noch schlampiger am Leib des jungen Mannes als sonst. Es war zerknittert und zerknautscht, und der beigefarbene Stoff war über und über mit Flecken verunstaltet.

Mit roten Flecken.

Dieses Rot war überall. Auf dem Bademantel, auf dem abgewetzten Sessel, auf dem fadenscheinigen Unterhemd. Manfred Garzinger hatte die Augen weit aufgerissen, die Augäpfel waren hervorgetreten. Der Mund stand sperrangelweit offen und war rot, genau wie Kinn und Wangen. Grell, leuchtend, klitschnass schimmernd.

Die gellenden Schreie von Marga Mecheler rissen den halben Ort aus seiner Nachmittagsruhe, und während sich ein Schatten lautlos durch die Hintertür entfernte, rannte Marga auf die Straße, noch immer kreischend, und versuchte, das entsetzliche Bild wieder aus ihrem Kopf zu bekommen.

Auf den letzten Kilometern bis Füssen sprachen Hansen und Resi wieder einmal darüber, wann und wo denn ihre Hochzeit stattfinden könnte. Er hatte ihr schon im Mai vergangenen Jahres einen Antrag gemacht, über den Resi noch immer herzlich lachen konnte, so umständlich hatte er sich angestellt. Ihre Ringe trugen die beiden gern, Resi drängte nicht, und Hansen schob die Hochzeit nicht vor sich her – aber im Moment war für ihn alles angenehm so, wie es war, und irgendwie fand sich im Kalender nie die passende Lücke. Bald hatten sie Füssen hinter sich gelassen, zur Rechten erschien der Forggensee, und wenig später waren sie auch schon da.

Während Hansen die Haustür aufschloss, freute er sich, nach den Tagen in Hannover und Wunstorf wieder heimzukommen. Denn inzwischen empfand er das alte Bauernhaus am Forggensee als Zuhause. Es lag etwas außerhalb von Füssen und war – wenn man vom Wertstoffhof jenseits des Zufahrtssträßchens absah – nur von Wiesen umgeben.

Auf dem Küchentisch stand eine Vase mit einem frischen Tischstrauß, darunter klemmte ein Zettel seiner Vermieterin Frau Walburga: »Herzlich willkommen daheim, Herr Hansen. Sie konnten den Ausflug in die alte Heimat hoffentlich trotz der Autopanne genießen. Im Kühlschrank stehen ein paar Weißbier, auch Brot, Wurst, Käse und Butter habe ich eingekauft. Grüße an Ihre Resi!«

Als er ihr den Zettel gab, war Resi gerade neben dem Wagen in die Hocke gegangen. Kater Ignaz begrüßte sie mit aufgestelltem Schwanz und strich schnurrend um ihre Beine. Sie kraulte ihn, und er schaute ausgesprochen zufrieden drein. Hansen dagegen, seinem zweibeinigen Mitbewohner, schenkte er keinerlei Beachtung.

»Deine Frau Walburga ist süß«, sagte Resi, als sie die Zeilen gelesen hatte, und lachte. »Ist doch gut, dass wir ihr schon gestern wegen der Panne Bescheid gegeben haben. Jetzt hast du was Frisches zu Essen im Haus, und wir müssen nicht extra zum Supermarkt fahren.«

Hansen zog die ersten Taschen aus dem Kofferraum und begann, das Gepäck nach drinnen zu tragen. Resi wollte aufstehen, um ihm zu helfen, aber Ignaz machte ihr mit einem einzigen Blick klar, dass er weitere Streicheleinheiten erwartete, und sie ging wieder in die Hocke.

Auch ohne Hilfe hatte Hansen den Wagen bald ausgeladen, und als Resi in die Küche kam, war die Kaffeemaschine bereits angeschaltet. Ignaz sprang auf die Eckbank, sobald Resi sich gesetzt hatte und drückte sich schnurrend an ihre Seite.

»Bevor du deine alte Kiste mal wieder für viel Geld in der Werkstatt reparieren lässt, solltest du dich nach einem neuen Auto umschauen«, bemerkte sie. »Der Wagen kann doch jederzeit liegen bleiben, so wie gestern.«

Resi hatte recht, aber Verkaufsportale zu durchstöbern oder Gebrauchtwagenhändler abzuklappern machte Hansen wirklich keinen Spaß. Deshalb war er ganz froh, dass im selben Moment sein Handy klingelte. Haffmeyer war dran. Und noch bevor sich Hansen fragte, was der Kollege an einem Samstagnachmittag im Kommissariat 1 der Kripo Kempten zu suchen hatte, gab der ihm schon die Antwort.

»Es gibt Arbeit, Chef. Ein toter Mann in Sulzberg-Obergassen, nur ein paar Kilometer südöstlich von Kempten, seine Tante hat ihn gefunden. Die Kriminaltechnik ist schon unterwegs, und falls die Resi gerade bei dir sein sollte, bring sie am besten gleich mit. Die Leiche wird ihr gefallen. Endlich mal was anderes ...«

Hansen brachte Resi kurz auf den aktuellen Stand. Statt direkt mitzufahren, wollte sie allerdings lieber noch duschen und dann nachkommen.

»Bis du mit deiner alten Möhre in Sulzberg bist, habe ich dich wahrscheinlich schon fast wieder eingeholt.«

Als Hansen in seinen Kombi stieg, war Resi schon im Badezimmer verschwunden. Ignaz saß vor der Haustür und sah seinem Mitbewohner mit einer Miene nach, als hätte er erfolgreich einen unerwünschten Konkurrenten um Resis Zuneigung aus dem Feld geschlagen. Eine gute Viertelstunde später machte sich auch Resi auf den Weg.

»Na, mein Kleiner?«, raunte sie Ignaz zu, nachdem sie ihn ein letztes Mal gestreichelt hatte. »Dann werde ich mich mal beeilen und deinem Herrchen nachfahren, was?«

Das Wort »Herrchen« stieß dem Kater sauer auf. Kaum war Resis Kleinwagen vom Hof geflitzt, da marschierte Ignaz auch schon zur Garderobe im Flur und versetzte Hansens Lieblingsjacke ein paar gezielte Pfotenhiebe.

Das Gebäude, in dem die Leiche lag, war nicht schwer zu finden. Die Kollegin Hanna Fischer, die Hansen vor ihrer Füssener Wohnung eingesammelt hatte, kannte den Weg zu dem kleinen Weiler, der zu Sulzberg gehörte und ein paar Kilometer südöstlich von Kempten auf einer Anhöhe lag. Und das Haus hatte ihm Haffmeyer schon am Telefon hinreichend genau beschrieben: »Fahr einfach zum einzigen Bauernhof im ganzen Ort, der total heruntergekommen ausschaut.«

Er war an einigen Höfen und Einfamilienhäusern vorbeigekommen, eines schöner herausgeputzt als das andere, und dann hatte er das gesuchte Anwesen auch schon vor sich: ein Wohnhaus, das sich unter einem schiefen und schadhaften Dach duckte, außerdem Scheune, Stall und ein von Gras und Unkraut überwuchertes Mauerviereck, das wohl früher mal den Misthaufen dargestellt hatte. Auch der Vorplatz des Gebäudes war verwildert, und wo noch einzelne Flecken brüchigen Asphalts zu sehen waren, lagen verrostete Geräte herum. Der zweiachsige Hänger und der ziemlich marode wirkende

Traktor waren allem Anschein nach seit Jahren nicht mehr bewegt worden.

Rechts daneben befand sich ein sehr gepflegter, beinahe puppenhausartig hergerichteter Bauernhof – der Kontrast zum Nachbargrundstück war gewaltig. Über den schönen Hofplatz watschelte gerade gemessenen Schrittes eine Gans. Sie stolzierte mit erhobenem Schnabel von einem Ende des Hofs zum anderen, wendete schließlich und marschierte wieder zurück. Dabei behielt sie ihre Umgebung aufmerksam im Blick. Auf einmal war ein kurzer, gellender Pfiff zu hören. Der Kopf des Tieres ruckte herum, dann eilte die Gans auf das schmucke Bauernhaus zu und verschwand durch die Haustür, die einen Spalt offen gestanden hatte und sich nun gleich hinter ihr schloss.

Am Straßenrand standen mehrere Fahrzeuge: zwei Streifenwagen, der weiße Transporter der Kriminaltechnik, eine dunkle Limousine, ein ziviler Kombi der Kemptener Kripo, Haffmeyers kleiner Geländewagen, den er sich im vergangenen Winter zugelegt hatte, und zwischendrin ein Notarztwagen mit offener Hecktür – zwei Sanitäter kümmerten sich um eine füllige Dame von Ende sechzig. Und etwas entfernt stand der Leichenwagen, an dem zwei Männer in dunklen Anzügen lehnten und sich die Wartezeit bis zur Freigabe der Leiche mit Zigaretten und einem kleinen Plausch vertrieben.

Hansen parkte seinen Kombi auf der gegenüberliegenden Straßenseite. Er achtete darauf, dass er keine Zufahrt zustellte, trotzdem bedachte ihn ein Mann mittleren Alters, der mit verschränkten Armen vor dem Grundstück stand, mit einem missbilligenden Blick. Hansen ignorierte ihn und ging auf den Bauernhof des Toten zu. Hanna sah aus den Augenwinkeln Resis Kleinwagen ziemlich flott daherkommen. Auch sie hatte den bösen Blick des Nachbarn bemerkt, und nachdem sie Resi auf den Platz hinter Hansen und damit direkt vor die Garageneinfahrt des Mannes eingewiesen hatte, drückte sie ihm ihre Visitenkarte in die Hand.

»Falls Sie rausfahren wollen, geben Sie bitte drüben kurz Bescheid. Die Kollegen wissen immer, wo ich bin.«

Er starrte sie ganz verdattert an, doch Hanna kümmerte sich nicht weiter um ihn und führte Resi zum Fundort der Leiche.

Zur Haustür des heruntergekommenen Anwesens war ein schmaler Weg mit Absperrband trassiert. Männer und Frauen in weißen Ganzkörperanzügen schossen Fotos und bückten sich, klaubten kleine Fundstücke auf und ließen sie in Klarsichttüten gleiten. Schon im Flur schlug ihnen muffige Luft entgegen, in der sich die Aromen verschiedener Körperflüssigkeiten mit einem stechenden Geruch mischten, den Resi nicht gleich zuordnen konnte.

Der kleine Raum, in dem sich der Tote befand, war voller Polizeibeamten. Hansen stand vor der Tür und wartete darauf, dass er sich endlich selbst ein Bild von der Lage machen konnte. Resi stellte sich neben ihn, und schweigend ließen sie ihre Blicke über die Einrichtung des Zimmers schweifen.

»Er sitzt dort drüben in dem alten Sessel«, sagte Haffmeyer, der hinter sie getreten war. »Den rechten Fuß könnt ihr schon von hier aus sehen, wenn der Kollege gleich mal zur Seite tritt.«

Die Sicht war ihnen durch einen Kriminaltechniker versperrt, der kurz darauf seine Position änderte. Die anderen Beamten verließen nach und nach den Raum.

»Manfred Garzinger heißt der Tote«, erklärte Haffmeyer, während Hansen, Resi und er das Zimmer betraten. »Siebenunddreißig, arbeitslos, lebte allein hier auf dem Hof. Grundstück und Gebäude hat er von seinen Eltern geerbt, die vor elf Jahren gestorben sind, ziemlich kurz hintereinander.«

Hansen hatte einen Unterton in Haffmeyers Stimme bemerkt und sah ihn fragend an.

»Seine Mutter war über viele Jahre pflegebedürftig, der Vater hat sich die ganze Zeit um sie gekümmert. Manfred war ihnen damals keine große Hilfe. Er hatte mehr mit sich selbst zu tun, und ein faules Stück soll er schon immer gewesen sein.«

Hansen hob eine Augenbraue.

»Ja, ich weiß, Chef: Man soll über Tote nicht schlecht reden, aber Manfred Garzinger war wohl nicht gerade die Krone der Schöpfung. Faul, ziemlich rechthaberisch und mit noch ein paar weiteren unangenehmen Eigenschaften gesegnet.«

»Woher weißt du das denn alles schon wieder? Du bist doch auch erst seit Kurzem hier.«

»Schon, aber auf der Herfahrt habe ich einen alten Bekannten angerufen.«

Hansen musste lächeln. Haffmeyer schien im gesamten Zuständigkeitsbereich des Polizeipräsidiums Schwaben Süd/West fast alles und jeden zu kennen.

»Der Franz hat mich schnell aufs Laufende gebracht. Er ist

ein Kollege von der Polizeiinspektion Kempten und lebt im Nachbardorf Untergassen. Ich stelle ihn dir nachher gern vor, der kann dir alles über die Garzingers erzählen.«

»Zum Beispiel, warum die Eltern unseres Toten so kurz nacheinander gestorben sind?«

Haffmeyer nickte.

»Auch das.«

Der Kriminaltechniker erhob sich nun und verließ als Letzter den Fundort der Leiche.

»Ihr könnt jetzt rein«, sagte er im Vorbeigehen, »aber seid's bitte vorsichtig: Ganz fertig sind wir noch nicht.«

Sie betraten den Raum, und Haffmeyer fuhr fort: »Das ist sein Arbeitszimmer. Zumindest hat er selbst es so genannt, obwohl er vermutlich auch hier drin nichts gearbeitet hat – jedenfalls hat das seine Tante vorhin angedeutet. Und dass er sich nicht einmal um Haus und Hof gekümmert hat, ist ja nicht zu übersehen gesehen. Die Tante wird übrigens gerade im Krankenwagen versorgt. Mit ihr sollten wir erst nachher reden, sie hat den Anblick ihres toten Neffen nicht besonders gut weggesteckt.«

Hansen ließ Resi den Vortritt, und als sie nebeneinander vor dem Toten standen, wunderten sie sich nicht mehr, warum die Tante medizinische Betreuung brauchte. Der Tote saß in dem wuchtigen Polstermöbel, Arme und Beine von sich gestreckt, Augen und Mund aufgerissen – und alles über und über mit einer roten Flüssigkeit bedeckt, die inzwischen weitgehend getrocknet war.

»Was ist das denn für ein Zeug?«, fragte Hansen.

Resi beugte sich ein wenig vor und schnupperte.

»Farbe«, sagte sie knapp, ging in die Hocke und musterte Garzingers Körperhaltung.

Das grelle Rot schien förmlich aus dem Mund des Toten herauszuquellen, war inzwischen aber getrocknet und wirkte wie ein erstarrter Lavafluss. Lippen, Kinn, Wangen, Hals und Oberkörper waren über und über mit roter Farbe beschmiert. An Material war hier offensichtlich nicht gespart worden.

Resi hatte sich längst Handschuhe übergezogen und hob nun leicht den rechten Arm des Toten an. Auch die Hand hatte ordentlich vom Rot abbekommen.

»Er scheint sich dagegen gewehrt zu haben, dass ihm jemand die Farbe in den Mund geschüttet hat. Als wäre er zu diesem Zeitpunkt noch bei Bewusstsein gewesen.«

Sie erhob sich wieder, berührte mit den Fingerspitzen Garzingers aufgerissene Augen, warf Hansen einen kurzen fragenden Blick zu. Hansen nickte, und sie schloss dem Toten langsam und sorgfältig die Lider. Dann tastete sie einige Stellen an Wangen und Nacken ab, bevor sie einen Schritt zurücktrat.

»Das kann noch nicht viel länger her sein als anderthalb, zwei Stunden. Ich werde mir die Leiche gleich noch etwas genauer ansehen – da geht ihr am besten kurz raus. An den Augenlidern hat die Totenstarre schon eingesetzt, an den Kaumuskeln dagegen kaum. Heute ist es eher warm, da erstarren die Muskelfasern etwas schneller als bei kühlen Temperaturen. Sag mal, Willy: Wann hat die Tante den Toten genau entdeckt?«

»Halb drei.«

»Oh«, entfuhr es Resi. »Das war aber knapp. Womöglich hat sie den Täter nur um wenige Minuten verpasst. Jetzt raus mit euch – ich muss schnell machen, damit wir den Todeszeitpunkt möglichst genau eingrenzen können.«

Resi kramte ein Thermometer aus ihrer Ledertasche. Sie machte sich daran, den toten Garzinger ein wenig zur Seite zu drehen, und Hansen und Haffmeyer gingen nach draußen. Hanna stand mit einem grauhaarigen Polizisten am Straßenrand, der auf eines der benachbarten Häuser zeigte und in einem fort auf sie einredete, während sie sich fleißig Notizen machte. Haffmeyer führte Hansen zu den beiden.

»So«, sagte er, »das wäre dann der Franz.«

Der Grauhaarige unterbrach sich und grinste Haffmeyer an. Dann tippte er sich lässig gegen die Mütze und stellte sich vor.

»Polizeihauptmeister Franz Kallmann, PI Kempten. Der Willy und ich haben zusammen bei der Polizei angefangen, und während er es zur Kripo geschafft hat, kümmere ich mich noch immer um Hühnerdiebe und Fahrerflucht.«

»Nur nicht so bescheiden«, widersprach ihm Haffmeyer launig und deutete auf die Schulterklappe des Kollegen. »Immerhin hast du inzwischen vier Sternchen gesammelt, während ich noch immer Kriminalmeister bin.«

»Und das wirst du wohl auch bleiben, weil du nie dein Maul halten kannst, wenn es mal nötig wäre.«

Die beiden lachten, dann räusperte sich Kallmann.

»Alte Geschichten, entschuldigen Sie bitte. Jedenfalls kannte ich den Toten ganz gut und habe Willy schon ein bisschen was über ihn erzählt.«

»Was wissen Sie denn über den Tod von Manfred Garzingers Eltern?«

»Die offizielle Version ist, dass Frau Garzingers Herz irgendwann nicht mehr mitgemacht hat, und kurz darauf ist ihr Mann gestorben, weil er ihren Tod nicht verwunden hat.«

»Okay. Und die inoffizielle?«

»Erweiterter Selbstmord. Manfreds Mutter ging es viele Jahre lang richtig dreckig. Und so sehr sich ihr Mann auch bemüht hat, sie zu pflegen: Es war ein ziemliches Elend mit ihr. Zuletzt hat sie kaum noch Luft bekommen. Alles hat ihr wehgetan, sie hat sich wundgelegen, und aufstehen konnte sie auch nicht mehr. Sie war jedoch zäh, das hätte durchaus noch ein paar Jahre so weitergehen können.«

»Aber?«

»Aber ihr Mann war total am Ende. Nervlich schon länger, aber dann hat auch sein Herz nicht mehr richtig mitgemacht. Mich hat das nicht überrascht, ich habe mich eher gewundert, wie lange er das ausgehalten hat. Er war damals, als es zu Ende ging, gerade mal sechsundsechzig, sie vier Jahre jünger – aber ihre schwere Krankheit hat ihnen beiden zugesetzt und hat sie deutlich älter aussehen lassen. Er hat sich regelrecht aufgeopfert für sie. Hat keine Freunde mehr getroffen und ist nirgendwo mehr hingegangen. Den Bauernhof hat er noch betrieben, so gut es eben ging – doch die Pflege seiner Frau kostete viel Zeit. Da kam es schon mal vor, dass er nachts noch mit der Zugmaschie aufs Feld tuckerte.«

Hansen sah ihn fragend an.

»Zugmaschie – so sagen wir hier bei uns zu einem Schlepper, einem Traktor, einem Bulldog …«

»Danke«, unterbrach ihn Hansen. »Und das alles wissen Sie, weil Sie im Nachbardorf wohnen? Respekt.«

»Mein großer Bruder Karl hat bei den Garzingers seine landwirtschaftliche Lehre gemacht. Der Hof war in ordentlichem Zustand damals, nicht so heruntergekommen wie heute. Karl hat die Garzingers auch nach der Ausbildung immer wieder besucht, und natürlich hat er mitbekommen, dass immer mehr Arbeit liegen blieb. Er hat seine Hilfe angeboten, aber Manfreds Vater hat immer abgelehnt und behauptet, dass er das alles gut alleine schafft. Karl ist dann manchmal heimlich mit der Egge über Garzingers Felder gefahren oder hat eine seiner Wiese ›aus Versehen‹ mitgemäht … aber das war nicht mehr als ein Tropfen auf den heißen Stein. Und Karl hat mit dem Hof unserer Eltern eigentlich genug zu tun.«

»Milchkühe, ein paar Schweine, Getreidefelder«, merkte Haffmeyer an. »Drüben in Untergassen.«

»Und zwei Ferienwohnungen hat Karl inzwischen auch noch eingerichtet. Dazu Hühner und Bienen und was man halt sonst so alles treibt, um heutzutage als Bauer über die Runden zu kommen.«

Haffmeyer nickte.

»Manfred Garzingers Vater jedenfalls hat sich total aufgerieben bei der Pflege seiner kranken Frau. Er hat das alte Doppelbett ausgemustert, ein Pflegebett ins Schlafzimmer gestellt und für sich ein Einzelbett daneben. Die Arbeit auf dem Hof, Tabletten geben, Spritzen setzen, immer wieder den Arzt alarmieren und keine Nacht durchschlafen, weil man die Frau neben sich plötzlich röcheln und verzweifelt nach Luft ringen hört … Irgendwann ging es halt nicht mehr.«

»Und dann?«

»Dann war Frau Garzinger eines Morgens tot. Hatte offenbar einfach zu atmen aufgehört. Und zwei Tage später fand man Herrn Garzinger tot in seinem Bett. Herzversagen.«

»So hat das der Arzt bescheinigt?«

»Ja. Atemstillstand bei ihr, Herzstillstand bei ihm.«

»Und warum glauben Sie dann an erweiterten Selbstmord?«

»Da bin ich nicht der Einzige. In Obergassen, Untergassen und bis rüber nach Schellenried war damals jeder, der die Garzingers kannte, davon überzeugt, dass es kein Zufall war, dass sie zu diesem Zeitpunkt und so kurz hintereinander starben.«

»Und warum sind Sie und die Kollegen dem nicht nachgegangen?«

Garzinger zuckte mit den Schultern. »Der Arzt hat beiden einen natürlichen Tod bestätigt, und das war uns allen ganz recht. Wissen Sie … Es war schon lange ein Elend gewesen, und wem hätte es denn geholfen, wenn wir gegen den alten Garzinger ermittelt hätten? Im schlimmsten Fall wäre seine Lebensversicherung nicht ausgezahlt worden, und dann hätte Manfred nicht nur seine Eltern, sondern auch noch den Hof verloren.«

»Und dass es kein erweiterter Selbstmord war, sondern dass jemand anderes nachgeholfen haben könnte …?«

»Das konnten wir ausschließen. Zum einen waren die Garzingers überall beliebt, denen wollte keiner was Böses. Und ich habe mich natürlich ausführlich mit dem Arzt unterhalten, der blieb bei seiner Version: Frau Garzinger hatte am Abend ein Schlafmittel genommen, und dann hat sie nachts einfach aufgehört zu atmen. Das Haus war zu diesem Zeitpunkt abgeschlossen, und außer den Eheleuten war niemand da. Nun könnte ihr Mann ihr im Schlaf das Kissen aufs Gesicht gedrückt haben, aber der Arzt beteuerte, dass die Tote so aussah, als wäre sie friedlich eingeschlafen. Und Herr Garzinger hatte schon seit einiger Zeit Herzprobleme, da war der tödliche Infarkt nicht wirklich eine Überraschung, schon gar nicht nach dem Tod seiner Frau. Die beiden hatten sich sehr geliebt, und der Arzt fand keine Medikamente im Haus, die Garzinger zu einem tödlichen Cocktail hätte mixen können. Es gab keinen Abschiedsbrief und keine auffälligen äußeren Anzeichen für eine Vergiftung. Also hatte der Arzt keine Veranlassung, in einem der beiden Fälle etwas anderes zu vermuten als eine natürliche Todesursache.«

»Und wo war Manfred Garzinger zu der Zeit?«

»Auf Ibiza, saufen mit den Kumpels.«

Kallmann verzog das Gesicht.

»Der hat die Tour auch nicht unterbrochen, als er von meinem Bruder angerufen wurde, nachdem seine Mutter tot war.«

»Wieso von Ihrem Bruder?«

»Ich hab ja schon erzählt, dass Karl bei den Garzingers gelernt hat. Der Tod von Manfreds Mutter hat sich in den Dörfern der Umgebung schnell rumgesprochen, und Karl ist dann sofort zum Garzinger-Hof gefahren, um zu helfen, wo es nötig war. Und als der alte Garzinger keine Anstalten machte, seinen Sohn wegen der verstorbenen Mutter anzurufen, hat das halt mein Bruder übernommen.«

»Der Vater wollte seinem Sohn nicht Bescheid geben?«

»Die hatten schon länger Probleme miteinander. Manfred spurte nicht, wie es der Vater wollte – und der hielt den Sohn eh für einen Tunichtgut. Zu Recht, wenn Sie mich fragen. Manfred war wirklich der Einzige, mit dem sich die Garzingers nicht vertragen haben. Manfreds Eltern haben darunter sehr gelitten. Kann also schon sein, dass er sie indirekt auf dem Gewissen hat – aber durch seine Hand gestorben sind sie nicht. Er war auf jeden Fall auf Ibiza, das habe ich gecheckt, nur zur Sicherheit – denn einen Mord an den Eltern hätte ich nicht einmal diesem faulen Lumpen zugetraut.«

»Ihr Bruder hat Manfred Garzinger erreicht?«

»Ja, aber der hat einfach weiter auf Ibiza gefeiert – war ja schon alles gebucht und bezahlt. Und so hat er auch den Tod des Vaters verpasst. Mehr muss man über diesen Kerl wohl nicht mehr sagen, oder?«

»Hm. Jetzt ist er selbst tot.«

»Und diesmal können wir einen natürlichen Todesfall ebenso ausschließen wie Selbstmord.«

Für die Ermittlungsgruppe zum Tod von Manfred Garzinger war ein Besprechungsraum im Gebäude der Kripoinspektion in der Kemptener Hirnbeinstraße hergerichtet worden. Hansen hatte von seinem Büro im Kommissariat 1 nur einen kurzen Weg durch die Flure zurückzulegen, und so hatte er schon einige Gespräche mit Mitgliedern der Sonderkommission geführt und war zwischendurch immer wieder an seinen Schreibtisch zurückgekehrt.

Um halb sieben an diesem Abend trat die Soko Obergassen zum ersten Mal in der üblichen Besetzung zusammen. An der

Stirnseite des Raums saßen Polizeipräsident Benedikt Huthmacher, Pressesprecher Christoph Ohser, Kripochefin Vroni Schliers und Hansen. Außerdem hatte Staatsanwältin Gudrun Labranz dort Platz genommen, eine schlanke Endvierzigerin im schwarzen Kostüm. Sie beobachtete etwas gereizt, wie zwei Beamte der Kemptener Polizeiinspektion um kurz nach halb sieben den Raum betraten und sich nicht allzu sehr beeilten, ihre Plätze einzunehmen.

»Wenn wir dann beginnen könnten …?«, setzte sie schließlich in scharfem Ton an, und die beiden Uniformierten sahen erschrocken erst zu ihr und dann zu Hansen. Doch als dieser nur kurz mit den Augen rollte und ein leichtes Grinsen um seine Mundwinkel spielen ließ, entspannten sich die beiden wieder.

Gudrun Labranz hatte von dem Blickwechsel nichts mitbekommen. Sie blätterte in den vor ihr liegenden Unterlagen, dann bat sie Vroni Schliers, die zur Leiterin der Soko bestimmt worden war, noch einmal kurz den Stand der Ermittlungen zusammenzufassen. Auch in der Schilderung der Kripochefin kam das Mordopfer Manfred Garzinger nicht besonders gut weg, doch soweit es die Beamten der Polizeiinspektion vor Ort in Erfahrung hatten bringen können, waren die Einwohner von Obergassen dennoch recht gut mit ihm ausgekommen. Niemand verlor ein böses Wort über ihn, und selbst wenn die Polizisten das angespannte Verhältnis zu seinen Eltern ansprachen, wichen die Nachbarn aus oder fanden sogar Entschuldigungen für sein Verhalten.

Marga Mecheler, die Tante des Toten, konnte von Hansen nur kurz befragt werden, bevor die Sanitäter darauf drangen, dass sie nach Hause durfte, um sich von dem Schock zu erholen. Demnach war Garzinger keiner geregelten Arbeit nachgegangen, eigentlich auch keiner ungeregelten – offenbar hatte er von Erspartem gelebt und von dem Geld, das die Lebensversicherung nach dem Tod der Eltern ausgezahlt hatte. Die Tante hatte ihn obendrein immer wieder finanziell unterstützt, hatte ihm die Wäsche gemacht, ihm Essen gebracht, für ihn eingekauft und den Haushalt so weit in Ordnung gehalten, wie ihr das neben ihren eigenen Verpflichtungen möglich war.

Vroni Schliers gab das Wort an Franz Kallmann weiter, der noch einmal die Vorgeschichte mit dem Tod der Eltern skizzierte und sich ein wenig über die positiven Äußerungen der Nachbarn über Garzinger wunderte.

»Ich hatte bisher nicht den Eindruck«, sagte er, »dass der Manfred mit den anderen Leuten in Obergassen besonders gut konnte – aber vielleicht spielt mir da auch nur meine eigene schlechte Meinung von ihm einen Streich.«

Resi hatte noch von Obergassen aus versucht, die Obduktion der Leiche für den Abend anzumelden – doch schnell war ihr deutlich gemacht worden, dass sie sich am Landgericht Kempten, an das sie erst vor einem Jahr gewechselt war, keine Freunde machen würde, wenn sie auf eine Obduktion noch im Lauf des Samstagabends bestünde. Nun war der Termin für Sonntag früh um zehn Uhr angesetzt, der Tote war über Nacht eingelagert, und Resi hatte deshalb Zeit, der Soko Obergassen persönlich zu beschreiben, was ihre erste Leichenschau ergeben hatte.

»Nach der Kerntemperatur des Toten zu urteilen, starb

Manfred Garzinger heute zwischen vierzehn und fünfzehn Uhr. Frau Mecheler hat ihren Neffen gegen halb drei tot aufgefunden. Dazu passt auch alles, was ich vor Ort zum Fortschritt der Totenstarre und zum Ausprägungsgrad der Leichenflecken feststellen konnte. Sobald Sie also mit der Tante des Toten sprechen können, sollten Sie sie fragen, ob sie im Haus verdächtige Geräusche gehört hat – es könnte gut sein, dass der oder die Mörder noch im Gebäude waren, als Frau Mecheler den Leichnam entdeckte.«

»Todesursache?«, hakte die Staatsanwältin nach.

»Er ist erstickt. Garzinger wurde rote Farbe in den Mund geschüttet oder gespritzt, und er hat an den Händen Farbspritzer, die auf Abwehrbewegungen schließen lassen. Er wurde mindestens von einer weiteren Person festgehalten, oder er war gefesselt. Wir haben zwar bisher keinen Strick oder Ähnliches gefunden, aber der Bademantel sieht in der Gegend von Brust und Bauch so aus, als wäre er dort mit einem Strick gefesselt gewesen. An den Handgelenken hingegen sind mir keine Fesselungsspuren aufgefallen. Das werde ich mir morgen im Sektionssaal aber noch einmal genau ansehen, hoffentlich kann ich dann auch zu diesem Punkt mehr sagen.«

Ulf Kayserling übernahm. Er war als Chef der Kriminaltechnik Nachfolger von Vroni Schliers, seit diese zur Leiterin der Kemptener Kripo ernannt worden war.

»Der Fundort der Leiche war ziemlich sicher auch der Tatort. Darauf deuten die Farbspuren auf der Leiche und in der direkten Umgebung hin. Wobei die Farbe offenbar sehr gezielt in Garzingers Mund und Rachen eingebracht wurde. Ich tippe da auf eine Spritze oder Pumpe oder etwas in der Art, mit ausreichend großer Öffnung. Selbst wenn ein oder zwei Personen das Opfer von hinten fixiert hätten: In Todesangst hätte sich Garzinger trotzdem heftig genug bewegt, dass er für mehr Farbauftrag auf dem Sessel oder dem Fußboden gesorgt hätte, als wir vorgefunden haben.«

»Um was für eine Art Farbe handelt es sich?«, fragte Gudrun Labranz.

»Das wissen wir noch nicht, aber da ist ein Kollege dran.«

Auch sonst waren viele Fragen offen, und so chaotisch, wie es überall auf dem Garzinger-Hof aussah, würde sich auch die Spurensicherung noch eine ganze Weile hinziehen.

»Gut«, fasste die Staatsanwältin zusammen, »dann machen wir uns mal alle wieder an die Arbeit und treffen uns morgen um zehn wieder hier.«

Wir alle, dachte Willy Haffmeyer und verzog das Gesicht zu einer mürrischen Miene, als die Staatsanwältin sich verabschiedete und aus dem Raum eilte. Staatsanwalt müsste man sein …

»Immerhin hast du es nicht laut ausgesprochen«, raunte ihm Franz Kallmann zu, der sich neben ihn gestellt hatte.

»Was?«

»Na, deine Gedanken sind dir ins Gesicht geschrieben, aber immerhin hast du diesmal den Mund gehalten. Vielleicht wird das ja doch noch mal was mit dir als Kriminalobermeister.«

Lachend knuffte er den Kollegen in die Seite, dann gesellte er sich zu seinem Vorgesetzten, der unter den Beamten von der Polizeiinspektion die anstehenden Aufgaben verteilte.

Manfred Garzingers Tante hatte während der kurzen Befragung vor dem Haus ihres Neffen auch die samstägliche Schafkopfrunde im Sulzberger Hasen erwähnt und den Jungbauernstammtisch, der jeden zweiten Donnerstag im Jägerwinkel in Moosbach stattfand. Haffmeyer wollte sich noch einmal mit seinem Freund Kallmann besprechen und mit ihm zusammen im Jägerwinkel vorbeischauen – oder allein, falls Kallmann nicht konnte. Zu einem Besuch im Hasen, dessen Küche Haffmeyer ins Schwärmen brachte, erklärten sich Resi und Hansen nur zu gern bereit: Sie hatten seit ihrer Rückkehr aus Niedersachsen nur ein paar Kleinigkeiten gevespert. Und Hanna, die sie mit zurück nach Füssen nehmen wollten, hatte ohnehin immer Appetit – also kehrten sie vor der Heimfahrt in Sulzberg ein.

Das Gasthaus war gut besucht. An einem Tisch in der Ecke saßen vier Männer beim Kartenspiel. Drei davon hatten schon ein leicht gerötetes Gesicht, die halb geleerten Weißbiergläser vor ihnen waren wohl nicht ihre ersten. Der vierte Mann hatte allem Anschein nach am wenigsten Spaß am Spiel. Er trug einen weißen Kochkittel und warf immer wieder einen kurzen Blick zum Tresen, hinter dem eine schlanke Frau von Mitte fünfzig werkelte. Hansen sah sich noch einmal um, aber außer dem Quartett in der Ecke spielte niemand Karten, also trat er an den Tisch, flankiert von Hanna und Resi, und stellte sich den Männern vor.

»Jessas! Die Kripo?«

Der dickste der Kartenspieler, ein etwa vierzigjähriger Mann mit schweißglänzender Glatze, lachte, als hätte er einen tollen Witz gerissen.

»Kriegt ihr uns jetzt dran?«

Er deutete auf die Münzhäufchen in der Mitte des Tischs und vor jedem der Mitspieler.

»Nein, keine Sorge«, antwortete Hanna an Hansens Stelle, weil sie wusste, dass ihr Chef noch nie etwas Komplizierteres mit Karten angestellt hatte als Memory und Mau-Mau. »Schafkopf ist kein Glücksspiel im Sinne von Paragraf 284 StGB, ihr dürft also gerne weiterhin um Geld schafkopfen.«

»Na, Mädle, du hast ja Ahnung!«

Der Dicke musterte die füllige Beamtin aufmerksam, und es schien ihm zu gefallen, was er sah. Seine Kumpel lachten blöde, nur der Mann im Kochkittel warf Hansen, Hanna und Resi entschuldigende Blicke zu. Hansen bemerkte, wie es genervt um Hannas Mundwinkel zuckte, aber sonst hatte sich seine Mitarbeiterin gut im Griff.

»Sie sind die Schafkopfrunde von Manfred Garzinger, nehme ich an?«, fragte Hansen, um ihre Beherrschung nicht unnötig lange auf die Probe zu stellen, und während der Dicke Hanna weiter anglotzte, winkte einer der beiden anderen unleidig ab.

»Nicht mehr lange, wenn er so weitermacht, der Manni. Ich meine: Der versetzt uns und sagt keinen Ton, das geht doch nicht! Und wenn der Erwin hier« – er nickte in Richtung des Mannes im Kochkittel – »nicht eingesprungen wäre, säßen wir schön blöd da. Zu dritt macht das keinen Spaß. Mit dem kurzen Blatt fang ich nix an, tut mir leid.«

Hansen war deutlich anzusehen, dass er kein Wort verstand.

»Erwin!«

Die Frau hinter dem Tresen stand neben ihnen und deutete auf zwei neu eingetroffene Gäste.

»Zweimal Rostbraten, einmal Kässpatzen«, raunte sie ihrem Mann zu und flitzte zum Ausschank. Der stand auf und sah abwechselnd zwischen den drei Spielern und der Kripobeamtin hin und her.

»Sagen Sie mal, Frau …«

»Fischer, Hanna Fischer.«

»Da Sie sich doch beim Schafkopfen auskennen – könnten Sie vielleicht für mich einspringen? Wenn ich mich jetzt nicht sofort an den Herd stelle, kann meine Frau recht ungemütlich werden. Hungernde Gäste, das geht gar nicht.«

Er grinste sie an.

»Ich weiß nicht recht.« Zögernd sah sie Hansen an.

Der nickte nur knapp. Am Tisch war Platz genug für sie alle, und wenn sie beim Essen und Trinken die Spieler befragen konnten, wurden sie ja vielleicht redseliger.

»Gut, Chef«, sagte sie dann, und es blitzte unternehmungslustig in ihren Augen, »wenn du einverstanden bist, kartle ich ein bissel mit.«

Sie sah den Dicken streng und die anderen beiden Spieler fragend an.

»Und natürlich auch nur, wenn ihr nichts dagegen habt.«

Der Dicke lächelte sie schmierig an und tätschelte mit der rechten Hand das Sitzkissen, das der Wirt gerade freigemacht hatte. Hanna wartete, bis er seine Hand wieder weggenommen hatte, dann setzte sie sich, kramte einen zerschlissenen Geldbeutel hervor und legte ihn vor sich auf den Tisch.

»So, dass ich die Hanna bin, wisst ihr ja. Und wie heißt ihr?«

»Robbie«, dröhnte der Dicke.

»Klausi«, näselte der Mann, der sich vorhin darüber beschwert hatte, dass Manfred Garzinger sie hängen ließ. Er war ein untersetzter Typ von Mitte dreißig mit einer hohen Stirn, hinter der seinem Gesichtsausdruck nach zu urteilen nicht viel passierte.

»Und ich bin der Jogi«, antwortete der letzte mit ziemlich öliger Stimme.

Er hatte sich etwas vorgebeugt und seine Hand schnell auf Hannas Rechte gelegt. Nun sah er sie mit einem schleimigen Lächeln an, das aber sofort erstarb, als Hanna seinen Blick betont kühl erwiderte und eine Augenbraue hob. Er zog die Hand wieder zurück und hüstelte. Resi und Hansen, die inzwischen ebenfalls am Tisch Platz genommen hatten, grinsten sich wissend an. Noch einmal würde sich Jogi das vermutlich nicht trauen.

»Jetzt passt mal auf, Jungs«, sagte Hanna ruhig, während sie nach dem Kartenstapel griff und ihn dem Dicken hinschob. »Ich spiele mit euch Karten, und ich lass euch vielleicht auch mal gewinnen. Aber den anderen Mist lasst ihr bleiben, sonst gibt's auf die Finger. Klar?«

Alle drei nickten beflissen und versicherten wie aus einem Mund: »Klar.«

Dann machte sich Robbie ans Mischen. Klausi und Jogi, die mit dem Rücken zum Fenster auf der Bank saßen, rückten ein bisschen voneinander ab und setzten sich etwas schräg, damit keiner dem anderen ins Blatt spickeln konnte. Robbie mischte mit seinen fleischigen Fingern erstaunlich flink, dann schob er Hanna den Kartenstapel hin und achtete darauf, ihre linke Hand, die nach dem Stapel griff, nicht zu berühren. Hanna hob etwa ein Drittel der Karten ab, legte die übrigen obenauf und schob den Stapel wieder zurück. Nun teilte Robbie jedem vier Karten zu, erst Klausi, dann Jogi, dann Hanna, dann sich selbst, und noch einmal jedem vier in derselben Reihenfolge. Damit waren die Karten ausgegeben, jeder sortierte, was er auf der Hand hatte, und prüfte, was sich damit machen ließe. Klausi winkte ab, Jogi meldete ein Rufspiel an, und Hanna und Robbie überboten ihn nicht.

»Gut«, sagte Jogi und überflog noch einmal die acht Karten, die er auf der Hand hatte. »Ich ruf die Eichel-Sau.«

»Hi, hi, Eichel …«, prustete Klausi.

»Schnauze, du Depp!«, zischte Robbie.

Jogi wurde ganz bleich und sah erschrocken zu Hanna hin, die aber nur ihr Blatt im Blick hatte.

»Oh, das wollte ich … äh … nicht … äh … also Eichel, ich … das Ass, und wer …«

»Können wir dann mal?«, beendete Hanna sein Gestammel. Jogi atmete hörbar auf und spielte die erste Karte aus.

Hansen war aus dem Hin und Her nicht schlau geworden, aber die Geschichte mit der »Eichel-Sau« war ihm schon etwas anzüglich vorgekommen. Mit leiser Stimme erklärte ihm Resi, dass damit gewissermaßen eines der beiden Kreuz-Asse gemeint war, die ausgeteilt worden waren, und dass Jogi damit nur habe sagen wollen, dass er mit demjenigen am Tisch zusammenspielen werde, der dieses Ass auf der Hand habe. Ganz verstanden hatte es Hansen noch immer nicht, aber nun kam die Wirtin mit dem bestellten Radler. Hansen prostete Resi zu und beobachtete die vier Spieler. Allem Anschein nach machte Hanna ihre Sache ausgezeichnet, und weil sie auch diejenige war, die das Kreuz-Ass auf der Hand hatte, gewannen sie und Jogi haushoch. Ein paar Münzen wurden über den Tisch geschoben, dann mischte Jogi, Robbie hob ab, und alles ging von vorne los.

»Und seit wann kartelt ihr schon mit dem Manfred Garzinger hier im Hasen?«

Hanna schien ziemlich gut zu sein im Schafkopfen, ohne dafür besondere Anstrengung aufbringen zu müssen. Und so konnte sie dabei unauffällig mit ihren Mitspielern plaudern. Hansen ließ sie machen, und als die Wirtin zwei Teller mit dampfenden Kässpatzen vor ihn und Resi hinstellte, war er eh zu beschäftigt, um auch noch eine Befragung durchzuführen. Das musste warten, und bis dahin konnte Hanna den drei Männern ruhig noch locker auf den Zahn fühlen.

»Oh, bitte«, rief sie zwischendurch der Wirtin hinterher, »für mich dasselbe.«

Dann wandte sie sich auch schon wieder den Karten und den drei Mitspielern zu.

»Und? Wie lange schon?«, hakte sie nach, als ihre Mitspieler mit gerunzelter Stirn auf ihr Blatt schauten und noch keine Antwort gegeben hatten.

»Seit fast zehn Jahren«, sagte Robbie nach einer Weile und spielte dann seine nächste Karte aus. »Anfang Oktober haben wir Jubiläum. Eigentlich wollten wir da zu viert irgendwohin fliegen. Ich hab mir schon ein paar Prospekte schicken lassen. Malle, Ibiza oder Tunesien, das wären meine Favoriten. Manni war schon mal auf Ibiza, davon hat er ab und zu geschwärmt. Aber … na ja … scheint ganz so, als könnten wir uns das Zehnjährige in die Haare schmieren.«

Er lachte dröhnend und fuhr sich mit der linken Hand über die Glatze. Hansen hatte aufgehört zu kauen und sah den Dicken aufmerksam an. Wusste er, dass Manfred Garzinger tot war? Und falls ja, woher? Hatte sich das in den Dörfern rund um Obergassen bereits herumgesprochen?

»In die Haare schmieren? Warum das?«, fragte Hanna treuherzig, wobei sie Robbie nicht weniger genau musterte als ihr Chef.

»Na, wenn der Depp einfach wegbleibt und sich nicht einmal entschuldigt oder übers Handy Bescheid gibt – dann werden wir ihn diesmal wohl nicht mehr davonkommen lassen. Was meint ihr, Jungs?«

»Weiß nicht. Blöd wär's schon«, maulte Klausi. »Ich hab's nicht so dick mit der Kohle, und Manni meinte, dass seine Erbtante ein bisschen was zuschießen würde für unseren kleinen Männerausflug.«

»Schmeißen wir ihn halt nach dem Ausflug raus«, schlug Jogi vor und grinste ölig.

»Hat er euch denn schon häufiger versetzt?«, fasste Hanna nach.

»Ja, kam schon mal vor. Zweimal, dreimal, ich weiß gar nicht mehr so genau. Und vor zwei Jahren hatten wir mal verabredet, dass er uns von Kempten nach Hause fährt – und was war? Hat sich von dieser Nutte abfüllen lassen! Da haben wir ihn sturzbesoffen aus der Bar geschleppt und mussten ein Taxi nehmen.«

Hanna zog eine Braue hoch, und Jogi hob schnell entschuldigend die Hände.

»Sorry wegen der ›Nutte‹, aber so war's halt, was soll ich machen? Ich meine: Wenn einer sagt, er fährt uns heim, dann sollte er nicht so viel saufen – stimmt's oder hab ich recht?«

»So, so. Da geht ihr also ab und zu in die Stadt und mietet euch ein paar Frauen?«

»Wie das klingt!«

Jogi lächelte sie wieder an und zwinkerte ihr dabei zu, aber der verschwörerische Gesichtsausdruck misslang ihm völlig. Hanna ließ den Blick über die Hände der drei Freunde schweifen: Keiner von ihnen trug einen Ehering, aber die Haut an Jogis Ringfinger wies eine schmale helle Stelle auf.

»Frisch geschieden, was?«, sagte Hanna und deutete auf seine Hand.

Jogi besah sich den Finger und zog eine Schnute.

»Oh! Ich dachte nicht, dass man das sieht, mit dem Ring. Aber das müsste dich nicht stören, wenn du ...«

Er sah Hanna in die Augen, aber die schüttelte nur missbilligend den Kopf.

»Ich kann mich nur für unseren Jogi entschuldigen«, mischte sich Robbie ein. »Anmachen sollte er dich nun wirklich nicht. Aber daran kannst du sehen, dass du mit deiner Vermutung nicht ganz falsch liegst – du bist nur etwas früh dran. Jogis Ehe ist nicht mehr so toll, die hält keine zwei Jahre mehr.«

»Das musst du gerade sagen!«, protestierte Jogi, aber der Dicke winkte nur ab.

»Natürlich ich! Wer sonst ist hier geschieden?«

Er beugte sich zu Hanna rüber.

»Ich bin seit drei Jahren wieder zu haben. War nix mit meiner Ehe. Sie wusste nicht zu schätzen, was sie an mir hatte.«

Er tätschelte sich den Bauch und grinste.

»Du kennst doch den Spruch: Wurstesser sind bessere Liebhaber, gell?«

»Ach, weißt du, Robbie«, versetzte Hanna kühl, »man muss auch nicht auf jeden Werbespruch reinfallen.«

Jogi prustete, und Klausi brauchte einen Moment, bis er begriff, dann lachte er meckernd mit. Robbie nickte anerkennend.

»Gut gekontert, Mädle. Du gefällst mir, auch wenn's dir offenbar egal ist.«

Dann tippte er dem dünnen Klausi auf die Hühnerbrust.

»Der hier ist jedenfalls ledig. Und wohnt noch daheim bei den Eltern hier im Dorf. Jogi lebt mit Frau und Kindern in Schellenried – noch. Und ich hab mir eine Bude in Untergassen gemietet, nachdem mich meine Frau und ihre Anwältin ordentlich über den Tisch gezogen haben. Am Ende war mein schönes Haus natürlich ihres …«

Sie kartelten eine Weile weiter, dann brach Robbie das Schweigen erneut.

»Und warum willst du das alles wissen, Hanna?«

Sie wechselte einen schnellen Blick mit Hansen.

»Scheiße!«, sagte Robbie und legte die Karten mit dem Bild nach unten auf den Tisch. »Ihr seid von der Kripo, ihr fragt uns nach Manni aus, und Manni ist nicht zum Schafkopfen gekommen …«

Jogi wurde blass, und Klausi sah irritiert zwischen den anderen hin und her.

»Was ist mit Manni?«, fragte Robbie schließlich.

»Ihr Freund ist leider tot«, antwortete Hansen.

Robbie presste die Lippen aufeinander und stierte vor sich auf den Tisch, bevor er den Blick wieder hob.

»Und wie ist er gestorben?«

»Viel kann ich Ihnen noch nicht sagen, aber er wurde tot in seinem Arbeitszimmer aufgefunden.«

Robbie und die anderen beiden sahen sich einen Moment lang an, dann legten auch Jogi und Klausi ihre Karten ab.

»In seinem … Arbeitszimmer?«

»Ja«, sagte Hansen. »Warum betonen Sie das so seltsam?«

Klausi wollte antworten, aber Jogi legte ihm eine Hand auf den Arm und signalisierte ihm, dass er Robbie für sie drei reden lassen solle.

»Genau genommen hat Manni nichts gearbeitet«, erklärte der. »Seit Jahren schon nicht mehr. Er hat mal eine Lehre als Fotolaborant gemacht, drüben in Waltenhofen. Der Chef hat ihn auch übernommen, Manni war wohl ganz gut in seinem Job – aber dann musste der Laden schließen, und Manni hat sich nicht um eine neue Stelle gekümmert. Erst hat er sich von seinen Eltern durchfüttern lassen, und als die ein paar Jahre später gestorben sind, hat er ›den Hof übernommen‹.«

Robbie malte mit den Fingern Anführungsstriche in die Luft und grinste. Hansen blieb ernst.

»Wirklich gekümmert hat er sich um den Hof natürlich nicht. Die Gebäude und das ganze Grundstück sind ein richtiger Schandfleck für Obergassen. Manni hat alles verfallen lassen. Die Äcker hat er verpachtet, das Vieh hat er verkauft – und irgendwie hat er sich finanziell durchgewurschtelt, ohne dafür einen Finger krummmachen zu müssen.«

»War wirklich ein ziemlich fauler Strick, der Manni«, fügte Klausi hinzu.

Hanna war inzwischen mit dem Mischen dran. Sie ließ die Karten schnell durch die Finger gleiten, und als sie fertig war, schob sie den Stapel zu Jogi hin. Der tippte nur kurz auf die Karten, und Hanna teilte so flink aus, wie sie gemischt hatte.

»Und warum redet ihr so schlecht von eurem toten Freund?«, fragte sie nebenbei.

»Na ja, Freund ist vielleicht ein bisschen hoch gegriffen«, knurrte Robbie, während er die Karten aufnahm und sortierte. »Wir haben miteinander Schafkopf gespielt, wir sind ab und zu miteinander in die Stadt, wir haben gelegentlich ein Weißbier gezischt – mehr als Kumpel waren wir aber sicher nicht.«

Er sah die anderen beiden auffordernd an.

»Stimmt doch, Jungs, oder?«

»Stimmt«, gab ihm Jogi recht.

Klausi schaute etwas betrübt drein.

»Und du, Klausi?«, fragte ihn Hanna. »Warst du mit Manni befreundet?«

»Ich weiß nicht.«

Er sah unsicher zu Robbie, dann zuckte er mit den Schultern.

»Nein, oder … na ja, Robbie wird schon recht haben. Weißt du, Hanna, ich bin manchmal etwas langsam da oben.«

Er tippte sich gegen die Stirn und lächelte entschuldigend. »Robbie ist der Gscheiteste von uns dreien, dem widerspreche ich lieber nicht, aber …«

Er verstummte, und alle hatten ihre ersten beiden Karten ausgespielt, bis Hanna nachfasste.

»Aber?«

»Tja … wenn ich mit Manni nicht befreundet bin … äh … war … Und wenn auch die anderen nicht wirklich mit ihm befreundet waren … Und wenn wir alle vier eigentlich nur Kumpels und keine Freunde sind, dann …«

»Dann?«

»Hm … dann hab ich ja eigentlich gar keine Freunde.«

Sie spielten schweigend weiter. Klausi verlor, schob ein paar Münzen von sich weg, stand auf und klopfte ein paar Mal mit den Knöcheln auf die Tischplatte.

»Das war die letzte Runde für heute«, sagte er lahm und ging zum Tresen, um seine Rechnung zu bezahlen. Dann schlurfte er aus dem Gastraum und ließ die Tür hinter sich zufallen.

Jogi sah Robbie betreten an, der zuckte mit den Schultern.

»Unser kleiner Klausi kriegt sich schon wieder ein, keine Sorge. Der muss jetzt halt mal in Ruhe über das nachdenken, was er heute erfahren hat. Er hat ja selbst gesagt, dass er nicht der Schnellste im Denken ist.«

Er schaute zu Hansen und Resi hin, die inzwischen vor leeren Gläsern saßen.

»Bestellt's euch doch noch was, und vielleicht kann die schöne Frau unsere Runde vervollständigen? Zu dritt macht's nicht nur Klausi keinen Spaß.«

Hanna stand auf und sah missbilligend auf den Dicken hinunter. »Schön für euch, wenn ihr sonst keine Sorgen habt.«

Sie zahlten und gingen. Auf der Fahrt nach Füssen wurde im Wagen nicht viel geredet. Als Hansen den Wagen vor Hannas Wohnung in der Pappenheimstraße stoppte, blieb sie noch eine Weile sitzen, bevor sie mit einem Seufzen ausstieg. Sie wirkte sehr nachdenklich und sah traurig aus, während sie auf das Mietshaus zuging. Hansen und Resi sahen sich kurz an, dann ließ Resi das Fenster herunter.

»Hanna?«, rief sie Hansens Mitarbeiterin hinterher.

»Hm?«

Hanna drehte sich um, den Hausschlüssel schon in der Hand.

»Wenn dein Freund Thomas wieder zurück ist vom Lehrgang, gehen wir mal zu fünft was essen, okay? Der Willy kennt sicher ein tolles Lokal, und da hauen wir uns ordentlich den Bauch voll und quatschen mal richtig lange über alles Mögliche.«

Ein Lächeln legte sich auf Hannas rundliches Gesicht, und sie nickte.

»Das machen wir. Und einer der Männer fährt uns heim.«

Sie wirkte nicht mehr ganz so niedergeschlagen, während sie im Haus verschwand. Hansen machte sich auf den Weg zu seinem Bauernhaus nördlich der Stadt. Resi lehnte sich im Beifahrersitz zurück, dann streichelte sie über Hansens rechten Arm.

»An diesen drei Trotteln in Sulzberg kannst du mal sehen«, sagte sie, »wie wichtig Freundschaften sind.«

Hansen schwieg. Erst als er den Wagen vor dem Haus abgestellt hatte, gab er Resi mit einem langen Kuss recht.

»Sollen wir dem Klausi nicht hinterher?«

Jogi hatte sein letztes Bier getrunken und wischte sich die Lippen mit dem Handrücken ab.

»Schmarrn«, raunzte Robbie ihn an. »Der kriegt sich wieder ein. Und ich fahr jetzt heim. Mir reicht's für heute.«

Er kippte den letzten Rest Weißbier hinunter, legte einen Schein auf den Tresen, griff sich noch eine Laugenstange und verabschiedete sich mit einem Winken von den Wirtsleuten, die sich gerade in der Tür zur Küche unterhielten.

»Sag mal, Erwin«, flüsterte die Wirtin ihrem Mann zu, »du lässt den Dicken jetzt aber nicht nach Hause fahren, oder? Nach all dem Bier?«

»Robbie«, rief der Wirt seinem Gast pflichtschuldig nach, doch der ging weiter, ohne sich um den Wirt zu kümmern. »Siehst du, Charlotte, der Robbie hat noch nie auf mich gehört.«

Damit verschwand er wieder in der Küche, und als Jogi am Tresen vorbeischlenderte und ebenfalls einen Schein hinterließ, schüttelte Charlotte Bürger nur den Kopf und kümmerte sich um ihre anderen Gäste.

Jogi kraxelte etwas umständlich in sein rostiges Golf Cabrio. Bevor er den Parkplatz des Gasthauses verließ, hatte er den Motor zweimal abgewürgt. Selbst beim dritten Mal ließ er die Kupplung so ruppig kommen, dass der Wagen nur ruckelnd in Fahrt kam und schließlich auf der Straße in Richtung Schellenried davonrumpelte.

Robbie hatte alles vom Fahrersitz seines protzigen SUV beobachtet. Grinsend verfolgte er Jogis holprige Abfahrt, während er sich die Laugenstange schmecken ließ. Das sollte die Bierfahne halbwegs überdecken, und zur Sicherheit ließ er auch noch die beiden vorderen Scheiben herunter. Robbie vertrug eine Menge, und das Fahren mit zu viel Bier und Schnaps im Blut war er seit seiner Scheidung einigermaßen gewohnt.

Kurz dachte er nach, was er mit dem angebrochenen Samstagabend machen sollte, dann drehte er den Zündschlüssel, legte den Gang ein und fuhr vom Parkplatz. Als er das Sulzberger Ortsschild passierte, hatte ihn der Fahrtwind schon leidlich wach gepustet, und in Moosbach war er schon wieder so fit, dass er einem Bekannten auf dem Bürgersteig zuwinken konnte.

Kurz darauf, als er die ersten Häuser von Untergassen schon vor sich sehen konnte, hatte er die Abzweigung nach Obergassen erreicht, die von Westen her ins Dorf führte. Er bremste ab, zögerte und fuhr dann doch geradeaus weiter. In Untergassen überlegte er es sich noch einmal anders, fuhr ohne anzuhalten durch den Ort und wieder hinaus und kam schließlich von Osten her nach Obergassen hinein.

Bei Tageslicht hatte er die Straße in den vergangenen drei Jahren nur selten gesehen. Seit der Scheidung fuhr er hier am liebsten nachts entlang, wenn ihn niemand beobachten konnte. Jetzt war es noch hell, aber Doris werkelte ja vermutlich nicht ausgerechnet am Samstagabend im Vorgarten. Robbie sah auf die Uhr. Vermutlich lümmelte sie auf dem Sofa und glotzte eine ihrer depperten Liebesschnulzen. Und womöglich war dieser Typ wieder bei ihr, dessen Limousine er die vorigen Male mitten in der Nacht vor dem Haus hatte stehen sehen.

Der Gedanke versetzte ihm einen Stich, und Robbie ärgerte sich darüber, dass ihm das auch drei Jahre nach der Scheidung noch immer so zusetzte. Langsam ließ er seinen SUV an den ersten Gebäuden von Obergassen vorüberrollen. Die Luft schien rein. Links das schmucke Haus von Sandra Röhrich – die smarte Anwältin hatte seine Exfrau während der Scheidung bestens vertreten, und es war ihm nur ein schwacher Trost, dass auch ihr Privatleben ein Scherbenhaufen und sie mit der Erziehung ihres Sohnes Maxi völlig überfordert war.

Rechts, schräg gegenüber, befand sich sein früheres Zuhause: ein schönes Einfamilienhaus mit gepflegtem Garten, das er gern etwas protziger gebaut hätte – aber auch in der Form, die Doris schließlich abgenickt hatte, machte das Gebäude etwas her. Es war nicht das größte und eleganteste Haus in Obergassen, wie er es sich erträumt hatte, aber es konnte sich sehen lassen. Robbie schaute in die Garageneinfahrt, wo immer sein SUV gestanden hatte. Sie war leer. Wenigstens war dieser Typ nicht da. Dass auch Doris nicht daheim war, ließ sich anhand der Rollläden erkennen: Diese waren immer zur Hälfte heruntergelassen, wenn sie über Nacht weg war.

Auf der Straße und den umliegenden Grundstücken war niemand zu sehen, und für einen Augenblick erwog Robbie, wieder einmal auf die Garageneinfahrt zu fahren, vielleicht sogar den Motor abzustellen und sich mit geschlossenen Augen in die Zeit vor der Scheidung zurückzuträumen. Das hatte er schon einmal gemacht, doch es hatte sich herausgestellt, dass Doris kurz nach dem Gerichtstermin im Garten Bewegungsmelder hatte anbringen lassen. Als damals um kurz nach zwei in der Nacht plötzlich gleißendes Licht rund ums Haus aufgeblitzt war, hatte er sich beeilt, zu wenden und mit dem Wagen in Richtung Ortsende davonzuschießen.

Jetzt, bei Tag, würden die Bewegungsmelder nicht ansprechen, und wenn Doris nicht da war … Aus dem Augenwinkel bemerkte er eine Bewegung im Haus gegenüber. Hinter dem Fenster des Kinderzimmers war ein Schatten zu sehen, vermutlich beobachtete ihn der Junge. Maxi tat ihm leid. Robbie hatte selbst keine Kinder, und der Nachbarsjunge entsprach so ziemlich dem, was er sich als Sohn gewünscht hätte. Doch das nette Plaudern, das Mitnehmen im Wagen, wenn der Kleine den Bus verpasst hatte, das spendierte Eis und die heimlich zugesteckten Süßigkeiten – all das hatte ein abruptes Ende gefunden, als Maxis Mutter das Mandat übernahm, Doris in den Scheidungsverhandlungen zu beraten.

Sandra Röhrich war eher mit seiner Frau als mit ihm befreundet gewesen, aber dass sie ihr half, ihn regelrecht über den Tisch zu ziehen, das nahm er ihr übel. Und sie entpuppte sich als skrupellos, wenn es um ihren Job ging. Einmal hatte sie ihm sogar unter vier Augen damit gedroht, seine – übrigens völlig harmlosen – Kontakte zu ihrem Sohn Maxi für ihn auf sehr unappetitliche Weise im Rahmen der Scheidung zu thematisieren. Also hatte er selbst in die ungünstigsten Vereinbarungen eingewilligt, hatte Doris viel mehr überlassen als geplant – und hatte sich hinterher grün und blau geärgert, dass er sich nicht ebenfalls einen Anwalt genommen hatte.

Robbie gab wieder Gas, schaltete hoch und sah kurz darauf den Garzinger-Hof vor sich, in seiner heruntergekommenen Schäbigkeit. Wie hatte er nur auf Manni hören können!

»Wenn du dir gegen deine Frau einen Anwalt nimmst«, hatte der ihm in den Ohren gelegen, »dann kannst du dir die Versöhnung, von der du insgeheim noch träumst, vollends aus dem Kopf schlagen.«

Er hatte Mannis Warnung beherzigt, er hatte alles verloren, und an eine Versöhnung war trotzdem nicht zu denken. Seither war er den Verdacht nicht losgeworden, dass ihn sein Schafkopfkumpel ordentlich reingelegt hatte: Was, wenn Doris ihn gebeten hatte, ihm den Anwalt auszureden? Was, wenn er ihr den Gefallen getan hatte, weil die beiden heimlich miteinander …? Dass so etwas im Dorf getuschelt wurde, dass ihm manche Männer in Obergassen nur noch ein mitleidiges Lächeln entgegenbrachten, wenn er ihnen begegnete – das hatte ihm erst nach und nach zu schaffen gemacht.

Am Anfang tat er es noch als das übliche Gewäsch ab, wie es über alles und jeden im Ort kursierte. Doch an jedem Abend, den er allein in seiner kleinen Bude in Untergassen hockte, wurde die Frage drängender, ob die Gerüchte nicht womöglich doch einen wahren Kern hatten. Immer misstrauischer wurde er, immer wütender auf sich und Doris und Manni und viele andere, während er sich durch die Fotogalerie auf seinem Smartphone wischte, mit Doris im Bikini und Doris im schwarzen Kleid und Doris im Konzert, im Ballett, vor der Freilichtbühne und im Festzelt – immer strahlend, immer schön, immer begehrenswert, und immer die Frau, die er seit ihrer Jugendzeit an seiner Seite haben wollte.

Natürlich hätte er ihr treu sein sollen, aber wenn sie ihn doch eh nicht mehr ranließ? Wenn er doch selbst von mindestens drei Männern wusste, mit denen sie ins Bett gegangen war? Oder womöglich von vier Männern, wenn Manni wirklich einer von ihnen war …

Robbie schluckte und sah finster zu Mannis Hof hinüber. Langsam rollte sein SUV an der Polizeiabsperrung vorbei. Ein paar Meter entfernt stand ein Streifenwagen. Die Beamten achteten darauf, dass niemand das Garzinger-Grundstück betrat. Er sah geradeaus und fuhr an ihnen vorbei. Der Polizist hinter dem Steuer bedachte ihn mit einem prüfenden Blick, aber Robbie hatte sich so gut im Griff, dass er nicht als Betrunkener auffiel. Also kam er ungeschoren wieder aus dem Dorf heraus, trat hinter dem Ortsschild das Gaspedal durch und röhrte wenig später durch Untergassen, bremste den Wagen vor einem etwas mitgenommenen Mehrfamilienhaus ab, stieg aus und eilte in seine kleine Dachwohnung.

Hier verleibte er sich den Rest der Whiskeyflasche ein, aß einen Kanten Brot dazu und stellte sich schließlich mit einer Zigarette ans offene Fenster des kleinen Badezimmers. Der Blick ging nach hinten raus, über eine Scheune und einen asphaltierten Hof, über Wiesen und Wäldchen, zum Rottachsee hinüber, zur Autobahn und – ganz hinten – zu den Alpen.

Doch dieses eindrucksvolle Panorama sah er bald nur noch unscharf. Ab und zu wischte er sich die Tränen ab, die ihm über die Wangen liefen.

Robbie Fleischlen schlief schlecht in dieser Nacht. Und er war nicht der Einzige.

Maximilian Röhrich weinte bis kurz nach zehn. Erst tat ihm sein früherer Nachbar leid, der noch immer heimlich zu dem Haus fuhr, in dem er einmal gewohnt hatte. Dann dachte er an seine Mutter, die drüben im Wohnzimmer saß und den Fernseher laut gedreht hatte, um ihm nach dem Streit beim Abendessen zu signalisieren, dass sie nicht mit ihm reden wollte. Und dann fiel ihm alles wieder ein. Die viel zu kurze Zeit mit seinem Vater, die ewigen Meckereien seiner Mutter, die fast väterliche Freundschaft mit dem dicken Robbie, die so plötzlich und ohne Erklärung abgebrochen und in kühle Begrüßungen im Vorüberfahren umgeschwenkt war. Dinge, die man nicht verstand, schmerzten mehr als alles andere.

Auch Sandra Röhrich ging es elend. Die ständigen Auseinandersetzungen mit ihrem aufmüpfigen Sohn gingen ihr an die Substanz. Ebenso wie die meist vergeblichen Versuche, den ausstehenden Unterhalt von Maximilians Vater endlich ausbezahlt zu bekommen – nicht, weil sie es finanziell gebraucht hätte, sondern eher, um dieses Windei nicht auch noch damit davonkommen zu lassen. Und Doris Hack, geschiedene Fleischlen, hatte sie als Freundin offenbar auch verloren. Erst hatte sie sich für Doris ins Zeug gelegt, hatte deren Mann ordentlich Feuer unterm fetten Hintern gemacht und für die Nachbarin mehr herausgeholt, als sie jemals für möglich gehalten hätte. Doch kaum dass die Scheidung amtlich war, hatte Doris sie immer deutlicher auf Abstand gehalten, hatte von keinem der Zukunftsträume etwas wissen wollen, die sie sich zuvor gemeinsam ausgemalt hatten. Inzwischen hatte sie so gut wie nie Zeit für sie. Wenige Wochen nach der Scheidung hatte sie sich diesen Typen mit seiner teuren

Limousine ins Haus geholt und ließ sich von ihm ausführen oder blieb über Nacht bei ihm, wie heute wohl wieder. Und sie selbst konnte sehen, wo sie blieb mit ihrem ungezogenen Rotzbuben und ihrer Sorge darum, ob Doris auch wirklich alles für sich behielt, was sie ihr gebeichtet hatte.

Auch andere in Obergassen lagen wach und dachten über das nach, was am Tag passiert war und was sich daraus an Gutem oder Schlechtem ergeben mochte. Bis kurz vor Mitternacht schlief der alte Helmfried am besten von allen. Er träumte von Manfred Garzingers Tante und von ihrem prallen Hinterteil. Er sah sich als junger Mann zwischen leicht bekleideten Mädchen über Wiesen springen und in Heuschobern verschwinden. Sein zahnloser Mund verzog sich immer wieder zu einem breiten Lächeln, bevor seine Augen unter den geschlossenen Lidern immer wilder zu zucken begannen. Er atmete röchelnd und musste husten, bevor er schließlich hektisch herumrollte, den hageren Oberkörper auf die knochigen Unterarme stützte und hechelnd nach Luft schnappte.

Mühsam richtete er sich auf und rieb sich die Augen. Er schloss die Lider, öffnete sie wieder, blinzelte ein paarmal und sah sich im dunklen Zimmer um, als müsse er erst noch überlegen, wo er sich eigentlich befand. Müde schlurfte er zur Toilette und kurz darauf ins Schlafzimmer zurück. Er kroch erneut unter die Bettdecke und schloss die Augen. Sofort waren die Bilder wieder da. Leider waren es keine Bilder von hüpfenden Mädchen und blühenden Wiesen, und auch keine von Marga Mechelers Hinterteil.

Eine halbe Stunde später gab er auf, setzte sich mit einem Glas Bier an den Küchentisch und dachte nach. Sein Haus lag nach wie vor im Dunkeln. Er hatte kein Licht gemacht, wozu auch? Helmfried Mäckl lebte schon immer in diesem beinahe baufälligen Gemäuer und wusste auch so, wo sich die alten Dielen zu Stolperfallen aufbogen und wo die abgewetzten Teppiche Falten warfen. Und nun konnte er vom Esstisch aus gut auf die Dorfstraße hinausschauen, ohne selbst gesehen zu werden.

Ganz so wie heute Mittag, als er gesehen hatte, wer in Manfred Garzingers Wohnhaus hineingegangen und wer wieder herausgekommen war. Er ließ seine dürren Finger knacken, trank das Bier leer, schenkte sich nach und kam doch bis zum Morgengrauen nicht zu einer Entscheidung, was er mit seinem Wissen denn nun anfangen sollte.

Sonntag, 23. Juli

Kurz vor halb acht hatte Haffmeyer angerufen, und weil Hansen gerade unter der Dusche stand, war Resi rangegangen und hatte Willy kurzerhand zum Frühstück eingeladen. Nun saßen sie zu viert um den schönen Holztisch hinterm Haus: der etwas verschlafene, aber frisch duftende Hansen, die müde, aber glückliche Resi, Willy Haffmeyer mit seinem üblichen Pokerface, der die Semmeln mitgebracht hatte, und Kater Ignaz, der auf einem Hackblock einen Meter neben dem Tisch saß und die gedeckte Tafel keine Sekunde lang aus den Augen ließ.

Hanna war auch eingeladen, aber sie hatte sich entschuldigen lassen: In der Nacht war ihr Freund Thomas überraschend ein paar Tage früher als geplant nach Hause gekommen, und nun wollten sie ein bisschen Zeit zu zweit verbringen.

Auf dem Tisch türmten sich die frischen Brötchen, Rauchfleisch, Käse und gekochter Schinken. Dazu noch Rühreier, Gürkchen und Tomaten – Hansen wusste zwar nicht, wie es Resi schaffte, weniger als zwei Stunden vor einer Obduktion so viel und mit so großem Appetit zu essen, aber er selbst griff auch herzhaft zu.

»Allzu viel habe ich gestern im Jägerwinkel nicht erfahren«, berichtete Haffmeyer, nachdem Hansen ihn über ihren Besuch im Sulzberger Hasen informiert hatte. »Du weißt ja, Chef, dass der Manfred Garzinger dort jeden zweiten Donnerstag mit den Jungbauern zusammensaß. Gestern war einer von denen da, und es hat sich bestätigt: Gar so jung sind diese Jungbauern nicht mehr, genau wie der Garzinger mit seinen siebenunddreißig, und der Zweck der Zusammenkünfte beschränkt sich im Wesentlichen darauf, dass man einige Gläser Bier trinkt und sich irgendwelche Zoten erzählt. Der Typ aus Garzingers Runde, ein gewisser Roland Mäckl, betreibt in Schellenried den Hof, den er von seinen Eltern übernommen hat. Er hat mir die Namen der anderen Männer genannt, die ähnlich regelmäßig wie er und Garzinger an der Jungbauernrunde teilgenommen haben. Ich hab die Liste danach noch mit der Wirtin abgecheckt. Vor- und Nachnamen und Wohnort habe ich gleich gestern Abend an den Innendienst durchgegeben, die dürften inzwischen die vollständigen Adressen beisammenhaben. Außerdem gibt es wohl noch ein halbes Dutzend Männer, die nur manchmal dazustoßen. Mäckl kannte da nicht mal alle Namen, aber die Wirtin konnte die Lücken schließen. Übrigens gehört zu denen auch der Bruder meines alten Kollegen Franz Kallmann.«

»Wie hat dieser Mäckl auf die Nachricht von Garzingers Tod reagiert?«

»Gestutzt hat er schon, womöglich ist er auch erschrocken. Vielleicht hatte er nur ein paar Bier zu viel intus, um es auch zu zeigen. Die besten Freunde dürften sie aber nicht gewesen sein.«

»Was ist denn dieser Mäckl für einer?«

»Mäßig nett, nicht übertrieben helle, und seinem schwammigen Gesicht und seinen rot unterlaufenen Augen nach zu urteilen, hat er häufig Durst und hilft dem auch gründlich ab.

Von Garzinger hat er anfangs nicht viel erzählt, nur als ich ihn damit aus der Reserve locken wollte, dass sein Kumpel ja offenbar sehr beliebt war in Obergassen, da musste er lachen.«

»Ach?«

»Der hat sich beinahe nicht mehr eingekriegt. Offenbar – und das hat mir die Wirtin hinterher bestätigt – haben sich die Jungbauern regelmäßig über die Leute in Obergassen lustig gemacht.«

»War denn der Garzinger der Einzige in der Runde, der in Obergassen lebte?«

»Von denen, die regelmäßig teilnahmen, schon – zwei andere Bauern aus Obergassen sind nur selten mit am Tisch gesessen, und an diesen Abenden wurde dann natürlich über andere hergezogen.«

»Nette Runde«, brummte Hansen.

»Leider wurde Mäckl nicht konkret. Als ich wissen wollte, ob Garzinger mit jemandem in Obergassen Streit gehabt hätte, wich er aus und behauptete, dass er das alles nicht so gemeint habe und eigentlich gar nicht genau wisse, mit wem sich sein Saufkumpel Manfred gut und mit wem er sich schlecht vertragen habe. Die Wirtin war zum Glück gesprächiger.«

»Und?«

»Garzinger muss wohl dem einen oder anderen im Dorf ein Dorn im Auge gewesen sein, weil er sich so wenig um seinen Hof gekümmert hat. Du hast ja selbst gesehen, dass sein Anwesen das einzige im Ort ist, das nicht aussieht wie ein Schmuckkästchen.«

»Ja, schon. Aber deswegen wird ihn wohl keiner umgebracht haben.«

»Das nicht«, stimmte Haffmeyer zu, »aber vielleicht kam ja noch das eine oder andere dazu, und irgendwann hatte einer von den wütenden Nachbarn die Nase voll.«

»Und gießt oder pumpt Garzinger aus purer Wut Farbe in den Mund, bis er daran erstickt? Ich weiß nicht recht.«

»Auf jeden Fall sollten sich die Kollegen die Nachbarn noch einmal vornehmen und sie vor allem danach fragen, warum in den ersten Befragungen alles Friede, Freude, Eierkuchen war.«

Resi war während der Unterhaltung aufgestanden, und nun stand sie in der Tür und hob die rechte Hand mit ihrer Aktentasche hoch.

»Ich muss los«, sagte sie. »Kannst du mit Willy nach Kempten fahren?«

Hansen sah auf die Uhr: Neun Uhr war es inzwischen geworden.

»Klar, Schatz. Ich räume noch kurz zusammen, dann machen wir uns auch bald auf den Weg.«

Sie verabschiedeten sich mit einem Küsschen, was Haffmeyer mit einem seltsam verträumten Gesichtsausdruck beobachtete. Dann flitzte Resi los, und Hansen begann, die Frühstücksreste auf ein Tablett zu laden. Als er nach dem Wurstteller und dem Brett mit dem Rauchfleisch griff, stoppte ihn Haffmeyer.

»Das trag ich rein. Ich werde mir gleich noch eine Scheibe Schinken stibitzen.«

Hansen erwiderte sein Grinsen und packte stattdessen ein

paar andere Sachen aufs Tablett, bevor er nach drinnen verschwand. Haffmeyer nahm sich sogar zwei Scheiben Schinken – aber nur eine verschwand zusammengerollt in seinem Mund. Die andere flog in hohem Bogen zum Hackblock. Ignaz fischte den Leckerbissen geschickt mit einer Pfote aus der Luft, bevor er den Schinken beeindruckend schnell verschlang. Ähnlich erging es den zwei, drei Bröckchen Rauchfleisch, die Haffmeyer dem Kater zuwarf. Schließlich ließ er es gut sein und trug den Teller und das Brett nach drinnen.

Ignaz sah ihm zufrieden nach. Endlich ein Zweibeiner, der wusste, was sich gehörte. Er leckte sich genießerisch das Maul, doch als Hansen wieder in Sicht kam, trollte er sich lieber. Nicht, dass der ihm und dem hageren Katzenfreund noch auf die Schliche kam.

Vroni Schliers blätterte noch einmal in den Unterlagen, dann begrüßte sie die Mitglieder der Soko Obergassen zur zweiten Besprechung.

»Inzwischen wissen wir, dass Manfred Garzinger handelsübliche Dispersionsfarbe in Mund und Rachen gespritzt wurde. Die Kriminaltechniker sind noch dran, den genauen Hersteller herauszufinden, aber allem Anschein nach handelt es sich um rote Innenfarbe, die im Baumarkt erhältlich ist.«

Pressesprecher Christoph Ohser machte sich Notizen und sah die Kripochefin an. »Ich vermute, dass wir das so noch nicht rausgeben, oder?«

»Nein, lieber nicht. Es bringt uns nichts, wenn Boulevardblätter mit reißerischen Schlagzeilen das Kopfkino ihrer Leser anwerfen.«

Ohser nickte und schrieb weiter.

»Ich habe vorhin noch einmal mit Resi Meyer telefoniert. Sie hat die Obduktion vor zehn Minuten kurz unterbrochen, um uns für die Besprechung einen Zwischenstand durchzugeben. Dem Opfer ist die Farbe offenbar mit einigem Druck beigebracht worden: Farbspuren fanden sich auch in Nase und Nebenhöhlen, und im Mundraum konnte sie einige Verletzungen feststellen. Außerdem war Garzinger zu diesem Zeitpunkt noch am Leben: Er hatte Farbe in Speise- und Luftröhre, also hat er wohl nach Luft geschnappt, als ihm das Zeug verpasst wurde. Resi Meyer meinte, sie könne uns in der nächsten Besprechung einige recht spektakuläre Detailaufnahmen zeigen.«

»Na super«, meinte Polizeipräsident Benedikt Huthmacher. »Wir wollen heute Abend grillen, Bauch und Hals in roter Marinade – vielleicht schau zumindest ich mir die Fotos erst morgen an, was?«

Huthmacher grinste. Einige in der Runde lachten, die meisten von ihnen wussten, dass ihm so schnell nichts den Appetit verdarb.

»Wie auch immer«, fuhr Vroni Schliers fort. »Die Gerichtsmedizinerin meint, dass Garzinger die Farbe ziemlich gezielt verabreicht wurde, während er gefesselt war – allem Anschein nach hat man ihm einen dickeren Strick um Brust und Bauch geschlungen. Die KT hat auf dem Sessel passende Abriebspuren gefunden. Garzinger muss, wie gesagt, zu diesem Zeitpunkt bei Bewusstsein gewesen sein. Er ist also elend an der Farbe erstickt, die ihm die Atemwege verklebt oder verstopft hat. Resi Meyer muss noch ein paar weitere Untersuchungen vornehmen, aber sie vermutet, dass dem Opfer die erste Farbmenge im Bereich des Gaumensegels eingespritzt wurde und dass das Gerät, mit dem der Täter arbeitete, langsam aus dem Rachen und schließlich aus dem Mund herausgezogen wurde. Erst zu diesem Zeitpunkt wurden die Farbflecken auf Lippen, Kinn, Wangen, Hals und Oberkörper erzeugt. Als Letztes entstanden die Flecken auf Sessel und Bademantel.«

Vroni Schliers überflog noch einmal die Notizen, die sie gerade zusammengefasst hatte. Dann schüttelte sie den Kopf und blickte in die Runde.

»Hat jemand eine Idee, nach welcher Art von Tatwaffe wir suchen müssen?«

»Vielleicht nach einer Lackierpistole?«, schlug Ohser vor. »Oder nach so einem Airbrush-Teil? Ich kenn mich da nicht aus, aber in Filmen habe ich so etwas schon gesehen – allerdings weiß ich nicht, ob man die einem Menschen so weit in den Mund stecken kann, dass zunächst nur die Luftröhre und der hintere Mundraum bespritzt wird.«

»Das lass ich abklären«, sagte Ulf Kayserling, der Chef der Kriminaltechnik. »Vielleicht gibt's ja Verlängerungsstücke oder Schläuche oder so etwas. Ist jedenfalls notiert, danke.«

»Mein Neffe«, meldete sich Staatsanwältin Gudrun Labranz zu Wort, »hatte mal Ärger, weil er mit seinen Freunden im Wald Paintball oder Gotcha gespielt hat. Da ballert man sich gegenseitig mit Farbkügelchen ab. Das ist allerdings nur auf entsprechenden Anlagen erlaubt, und als seine Clique dabei erwischt wurde, wie sie sich einfach so zwischen den Bäumen gejagt haben, waren sie dran. Keine Ahnung, wie da die Pistolen oder Gewehre genannt werden.«

»Normalerweise dürften sie die Farbe mit einem geringeren Druck versprühen als Lackierpistolen«, bemerkte Kayserling. »Wenn uns Resi Meyer dazu etwas Genaueres sagen könnte, vielleicht anhand der Art der Verletzungen, die sie vorgefunden hat, würde das die Suche schon mal eingrenzen.«

»Ich werde sie fragen, wenn sie mich nach der Obduktion anruft«, erwiderte Vroni Schliers. »Oder …« Ihr Blick ging zu Hansen, und sie zwinkerte ihm zu. »Oder Sie fahren zu ihr und fragen sie persönlich, Herr Hansen.«

Sie stammte wie Resi aus Roßhaupten, und sie wusste, dass Hansen und Resi schon über ein Jahr verlobt waren.

»Gern.« Hansen nickte ihr lächelnd zu. »Sobald wir hier fertig sind.«

»Wir von der KT sind noch nicht ganz durch mit den Spuren in Garzingers Haus«, berichtete Kayserling, nachdem Vroni Schliers ihn nach weiteren Ergebnissen gefragt hatte. »Der ganze Bauernhof ist ein ziemlicher Saustall, schon in der Wohnung liegt alles dermaßen wild durcheinander, dass wir diesmal deutlich länger brauchen werden als bisher. Garzingers Computer haben wir mitgenommen, da arbeitet sich ein Kollege noch durch die Dateien. Aber weder dort noch auf den Kameras, die im Arbeitszimmer lagen, ist uns bisher etwas aufgefallen, das uns weiterhelfen könnte. Da sind wir heute Abend hoffentlich schon weiter. Auf den selbst gebrannten CDs und DVDs ist neben Musik und Spielen vor allem Pornozeugs: Videos aus dem Internet, Fotos – aber nichts Strafbares, abgesehen davon, dass er sich in den meisten Fällen nicht ums Urheberrecht geschert hat. Im Verlauf seines Browsers finden sich die dazu passenden Internetseiten.«

Er wandte sich an die Staatsanwältin.

»Bisher haben wir im Haus nichts gefunden, was als Tatwaffe gedient haben könnte. Weder eine Lackieranlage noch eine Airbrush-Ausrüstung oder irgendwelche Farbkügelchen sind den Kollegen bisher aufgefallen. Im Arbeitszimmer, in dem der Tote lag, wies eine Wand einige kleine Löcher auf, so als hätten dort vor Kurzem noch Reißzwecken gesteckt. Die Positionen der Löcher würden dazu passen, dass er dort Poster oder etwas Ähnliches im Format DIN A4 aufgehängt hatte. Wir haben bisher nirgendwo im Haus solche Blätter oder Bilder mit entsprechenden Löchern in den Ecken gefunden.«

»Klingt ganz so, als hätte jemand Hinweise verschwinden lassen, die uns geholfen hätten«, sagte Vroni Schliers.

»Und es sieht so aus, als hätte er damit Erfolg gehabt«, meinte Kayserling mit bedauernder Miene.

Die Urkunden hatte er in der Nacht noch einige Male durchgesehen. Auch die anderen Sachen hatte er auf dem Küchentisch erst ausgebreitet und dann zusammengeräumt. Immer wieder hatte er überlegt, ob er auch alles gefunden und mitgenommen hatte. Irgendwann war er eingeschlafen und erst gegen halb zehn am Sonntagmorgen wieder aufgewacht – völlig gerädert und noch immer unsicher, ob er wirklich alle Spuren beseitigt hatte.

Zwei Tassen starker Kaffee machten ihn leidlich wach, und ein letztes Rekapitulieren des vergangenen Tages beruhigte ihn so weit, dass er glaubte, getrost allem entgegensehen zu können, was womöglich auf ihn zukommen würde. Selbst wenn die Polizei Hinweise finden und sie auch noch richtig deuten würde, müsste ihm das eher in die Karten spielen, als ihm zu schaden: Die Verbindung von Manfred Garzinger zu ihm war nicht zwingender als die zu allen anderen.

Er rieb sich die blauen Flecken an Schulter und Oberarm, schenkte sich eine dritte Tasse Kaffee ein und überlegte, was ihm im Fall des Falles als Alibi oder als weitere falsche Fährte dienen könnte. Nach einer Weile legte sich ein Lächeln auf sein Gesicht.

Ja, dachte er, so müsste es klappen.

Hansen hatte Resi auf ihrem Handy angerufen, bevor er sich auf den Weg zur Obduktion machte. Es klingelte lange, dann meldete sich eine männliche Stimme.

»Tut mir leid, Frau Dr. Meyer kann grad nicht. Herr Hansen, richtig?«

»Stimmt. Kennen wir uns?«

»Nein, aber die Kollegin hatte ihr Handy abgelegt, sie hat es klingeln gehört und auf dem Display Ihren Namen gesehen. Nur rangehen konnte sie nicht, weil sie gerade mit beiden Händen – na ja, egal. Was kann ich ihr denn ausrichten?«

»Ich wollte fragen, ob ich vorbeikommen und gleich nach den Ergebnissen der Obduktion fragen kann.«

Im Hintergrund hörte er Gemurmel, dann erklang die Stimme von Resi: »Klar kannst du kommen, Eike. Ich schick dir meinen Kollegen entgegen, er wird dich vorne am Eingang erwarten, okay? Bis gleich. Ich hoffe, du hast nicht zu viel gefrühstückt.«

Sie lachte, dann wurde das Gespräch weggedrückt, und

wenig später führte ein schlanker Mann von Ende vierzig mit ausgreifenden Schritten und wehendem weißen Kittel Hansen durch die Flure, bis sie den Sektionssaal erreicht hatten.

»Hallo, Eike«, sagte Resi, blickte auf und konzentrierte sich dann wieder auf ihre Arbeit. Sie beugte sich über einen Stahltisch, auf dem Manfred Garzingers Leiche lag. Der Brustkorb und der Bauchraum des Toten waren geöffnet, und in der Luft hingen die penetranten Aromen, die ein toter Körper ausdünstete. Resi und ihre Kollegin, die ihr am Stahltisch gegenüberstand, trugen grüne OP-Kleidung. Der Mann im weißen Kittel, der Hansen hereingeführt hatte, wusch sich die Hände und machte sich dann wieder an den Metallbehältern zu schaffen, in denen er die inneren Organe des Toten präparierte.

»Habt ihr schon eine Idee, wie unserem Toten die Farbe in den Mund gespritzt wurde?«, erkundigte sich Resi.

»Sogar schon zwei oder drei, aber dazu müssten wir wissen, mit wie viel Druck die Farbe in Garzingers Mund und Atemwege gelangt ist. Kannst du dazu was sagen?«

»Wir haben ausgemessen, wie weit die Farbe eingedrungen ist und wo sie welche Schäden verursacht hat – diese Daten kann ich euch geben. Außerdem waren Magen und Lunge etwas aufgebläht, was zu einem Einspritzen der Farbe mit Druckluft passen würde. Aber welcher Druck dafür nötig war, müssten bitte eure Kriminaltechniker errechnen oder abschätzen. Wir haben so etwas bisher noch nicht auf dem Tisch gehabt – da fehlen mir also die Vergleichswerte. Zum Glück eigentlich, oder? Welche Möglichkeiten zieht ihr denn in Betracht?«

»Eine Lackierpistole zum Beispiel oder ein Airbrush-Gerät.«

»Die Farbe muss Garzinger über eine Art Schlauch beigebracht worden sein, dessen Spitze hinten am Gaumensegel steckte. Ich habe an dieser Stelle Druck- und Schürfspuren gefunden, die diese Annahme stützen.«

»Kayserlings Leute werden abklären, ob es für Lackierpistolen und Airbrush-Geräte irgendwelche Rohre oder Schläuche als Aufsatz gibt. Es kommen wohl auch Paintball-Waffen infrage.«

»Paintball?«

Der Kollege im weißen Kittel hatte gerade beide Hände frei. Nun duckte er sich, was bei seiner schlaksigen Figur recht komisch wirkte, schlich mit einer imaginären Waffe im Anschlag zügig an Resi heran, zielte auf ihre Schulter, brummte ein paarmal »Buff! Buff!« und verkündete dann: »Jetzt bist du bunt – und damit ausgeschieden.«

»Ach, das hab ich mal im Fernsehen gesehen. Aber heißt das nicht anders? Gotcha oder so?«

»Ich durfte mal mitballern«, erklärte der Kollege. »Seitdem weiß ich: Gotcha sagen nur Leute, die das nicht selbst betreiben. Die richtigen Cracks nennen diesen Sport Paintball. Da gibt's richtige Wettbewerbe, Bundesliga und so weiter. Manche der Markierer – so werden die Schussgeräte genannt – sehen fast aus wie richtige Gewehre, aber auch die anderen haben Läufe, wie man sie für den Mord an Garzinger gebraucht hätte. Nur eins passt gar nicht.«

»Und das wäre?«

»Rot nimmt kein Paintball-Spieler. Das ist bei denen verpönt. Nichts soll danach aussehen, als würde wirklich Blut vergossen – außerdem würden es rote Farbtreffer schwerer machen, Schürfungen oder Risse zu erkennen, die sich Paintballer während eines Wettbewerbs durchaus mal zuziehen. Übrigens haben wir an und in Garzinger zwar jede Menge Farbe gefunden, aber meines Erachtens keine typische Paintball-Farbe.«

»Was ist es denn für eine Farbe?«, hakte Resi nach.

»Kayserling sprach von normaler Dispersionsfarbe für Innenanstriche, wie man sie im Baumarkt kaufen kann.«

Hansen war anzusehen, dass er sich auf die einzelnen Ergebnisse noch keinen richtigen Reim machen konnte. Resi lächelte ihn aufmunternd an.

»Na ja, das müsst ihr noch rausfinden. An Garzingers Leiche habe ich jedenfalls außer der Farbe nichts gefunden, was mit seinem Tod zu tun hatte. Es gibt Würgemale am Hals und Druckstellen an Oberarmen und Oberkörper – das würde dazu passen, dass ihn jemand mit den Händen, mit den Knien und dem eigenen Körpergewicht fixiert hat, während er ihm die Farbe in den Mund spritzte.«

»Passen die Spuren zu einem Täter oder zu mehreren?«

»Wenn es ein Einzeltäter war, war er wohl kräftiger.«

»Gut. Dann müssen Kayserlings Leute mal sehen, welche Schlüsse sie aus deinen Messungen und deinen Fotos ziehen können.«

Resi hatte während ihrer Unterhaltung weiter an Garzingers Leichnam gearbeitet. Nun wies ihre Kollegin sie auf eine interessante Stelle hin, und die beiden Frauen diskutierten mit gedämpften Stimmen, was daraus zu folgern war.

»Habt ihr noch was gefunden?«, fragte Hansen.

»Nichts Neues«, versetzte Resi. »Was dir aber helfen könnte, sind einige ältere Blutergüsse an den Armen und Beinen, am Oberkörper und an den Fingern. Garzinger hatte sich wohl etwa zwei Wochen vor seinem Tod geprügelt – und er hat dabei ebenso ordentlich eingesteckt wie ausgeteilt.«

Als Hansen mit den vorläufigen Ergebnissen der Obduktion ins Kommissariat zurückkehrte, warteten dort Hanna und Haffmeyer bei Käsesemmeln und Sprudel auf ihn. Haffmeyer erzählte gerade von einem neuen Bild, an dem er arbeitete.

»Wenn es mir gelingt, dann sieht man förmlich den Wind, in den sich die Frau stellt.«

Er pflegte also noch immer sein sehr spezielles Hobby: Mit einer ausgeklügelten Mischung aus Käscher und Klatsche fing er im Kommissariat und anderswo Fliegen, ohne sie zu zerquetschen. Daheim spießte er sie auf Nadeln, tunkte sie in Ölfarbe und steckte sie so auf eine Leinwand, dass sich am Ende aus unzähligen bunten Fliegen ein Bild formte. Pointillismus gewissermaßen. Er hatte schon Munchs »Schrei« auf diese Weise kopiert, und inzwischen versuchte er sich an der Kopie eines Gemäldes von Claude Monet, dessen Original er den Kollegen nun auf dem Handy zeigte.

»So, so«, meinte Hansen und grinste. »Ein romantisches Motiv also …«

Haffmeyer räusperte sich und steckte das Handy wieder weg

Hanna quittierte Willys leichte Verlegenheit mit einem Lächeln, dann fuhr sie sich ein paarmal durch die Haare, bis

Hansen endlich auffiel, dass darin eine Spange steckte, die er noch nie an ihr gesehen hatte.

»Oh, ist die neu?«

»Ja«, sagte sie und strahlte. »Hat mir Thomas geschenkt. Die muss ich jetzt natürlich ständig tragen.«

Sie lachte und biss von ihrer Semmel ab.

»Na, Chef, trotzdem noch Appetit?«, fragte Hanna mit vollem Mund. »Eine Semmel hätten wir noch für dich.«

»Auch mit Käse?«

Sie nickte.

»Das ist gut. Auf Blutwurst bin ich im Moment nicht so scharf.«

Dann berichtete er den beiden von seinem Gespräch mit Resi und zeigte ihnen einige der Fotos, die sie ihm inzwischen auf sein Diensthandy gesendet hatte.

»Ach, der Garzinger hat sich geprügelt?« Haffmeyer zog die Brauen hoch. »Ich dachte, den mochten alle so sehr.«

»Wir sollten uns die Obergassener noch einmal vornehmen«, sagte Hansen. »Mit den nächsten Nachbarn von Garzinger würde ich mich gern selbst unterhalten.«

»Wenn wir die ein wenig ins Gebet nehmen, müsste es doch mit dem Teufel zugehen, wenn sich da keiner verplappern würde«, meinte Haffmeyer.

»Ich habe zwar noch nicht die Protokolle der gestrigen Gespräche gelesen, aber das können wir hinterher immer noch mit dem abgleichen, was wir in Obergassen in Erfahrung bringen. Bisher haben die Kollegen von den anderen Dorfbewohnern offenbar nichts erfahren, was uns weiterbringen würde.«

»Können wir das zu dritt machen?«, fragte Hanna. »Auf Innendienst habe ich grad nicht so wahnsinnig Lust, und Vroni Schliers hat eh schon genug Leute dafür eingeteilt.«

»Klar«, versicherte Hansen, »wir drei machen das zusammen. Ich berichte nur noch kurz den anderen in der Soko von Resis Ergebnissen. Dann würde ich am liebsten gleich los.«

Haffmeyer sah auf die Uhr.

»Tja, da werden wir wohl beim Mittagessen stören. Aber wenigstens sind die Leute dann daheim.«

Tatsächlich trafen sie die Obergassener Nachbarn zu Hause an, und die meisten störten sie beim Mittagessen oder während der letzten Vorbereitungen.

Helmfried Mäckl zum Beispiel kam auf Hansens Klingeln hin erst nach einiger Zeit ans Küchenfenster und schaute ungnädig auf die Polizisten hinunter. Ihm hing eine Nudel im Mundwinkel, und drumherum waren Spuren von Tomatensoße zu sehen.

»Was isch denn? I ess grad!«

»Kripo Kempten. Können wir trotzdem kurz mit Ihnen reden? Es geht um Ihren Nachbarn Manfred Garzinger.«

Der Alte winkte ab und verschwand ohne weiteren Kommentar vom Fenster. Hansen sah hinauf, aber es rührte sich nichts mehr.

»Hallo? Herr Mäckl? Sie können uns hier nicht so einfach stehen lassen!«

»Reikomma! S'isch offa!«, war von oben zu hören, und als Haffmeyer die Klinke drückte, schwang die Tür mit einem leisen Quietschen nach innen auf. Sie betraten den Hausflur und stiegen die knarrenden Stufen hinauf in den ersten Stock.

Den Weg zur Küche fanden sie leicht: Sie mussten nur dem Geschirrgeklapper folgen.

Dem Geruch nach zu urteilen, hatte es sich Mäckl recht einfach gemacht mit dem Kochen, und in der Tat stand auf der Spüle eine geöffnete Dose, deren Etikett »Leckere Gabelspaghetti mit würziger Tomatensauce« versprach. Was in dem halb geleerten Teller des Alten zu sehen war, wirkte kulinarisch weit weniger anspruchsvoll, aber Mäckl verschlang es trotzdem mit großem Appetit. Zwischendurch fuchtelte er mit seiner freien linken Hand herum und deutete auf zwei Stühle am Tisch und einen dritten, der wohl dazu diente, die Küchentür auch bei Zugluft offen zu halten.

Hansen und seine Kollegen setzten sich und warteten, bis der Alte seinen Teller geleert hatte. Er schlürfte einen kräftigen Schluck Bier, schob den Teller von sich und rülpste herzhaft.

»Duat mir loid«, meinte er und besah sich seine Gäste erst einmal genauer.

»Wie gesagt«, setzte Hansen neu an, »wir sind wegen Ihres Nachbarn da. Sie haben sicher mitbekommen, dass er gestern verstorben ist.«

»Dass er tot isch, woiß i, sicher. I ben alt, aber ned bled. Aber Nähers woiß i nix. Grundsätzlich net.«

Hanna verkniff sich ein Grinsen, Hansen seufzte.

»Es isch halt so, Herr Mäckl«, antwortete an seiner Stelle Haffmeyer und wechselte, wie Hansen erstaunt feststellte, mühelos vom Hochdeutschen in seinen heimischen Dialekt. »Mir könnat Sie bei Ihne dahoim befroga – oder mir könnat Sie zu ons ens Kommissariat bstella.«

»Heit fahrt koi Bus meh, ond außer meira Zugmaschie han i koi Fahrzeug«, schnarrte der Alte.

»No dät i mol langsam auf d'Zugmaschie klettra. Heit am Sonntag machat mir sicher net gar so spät Feierobend.«

Mäckl blinzelte, und als er Haffmeyer grinsen sah, nickte er und schmunzelte, dass sich sein hageres Gesicht in Falten warf.

»Also lieber hier?«, fragte Haffmeyer, und als der Alte erneut nickte, sagte er: »Gut. Und ich würde jetzt wieder Hochdeutsch mit Ihnen reden, damit unser Chef das Gespräch auch verfolgen kann.«

»Send Sie net von do?«

»Nein«, antwortete Hansen. »Ich komme aus der Gegend von Hannover.«

»Ond von wo genau?«

»Das werden Sie nicht kennen: Klein Heidorn, ein Stadtteil von Wunstorf.«

»Des werd i net kenna! Ha!«

Der Alte wirkte ehrlich empört und schenkte sich Bier nach.

»Mei Vatter, dr Otto Mäckl, hot zwei Spleens ghabt: Meine Briader Herwald ond Hildebrand ond mir seltsame Nama zom gäba – ond Luftwaffe luaga. Als er nemme so guad z'Fuaß war ond uffem Hof nemme so recht hot schaffa könna, send meine Briader ond i mit ihm zu Militär-Flugplätz gfahra, ond irgendwann warat mir natürlich au uffem Fliegerhorscht bei Ihne en Klein Heidorn. Ond des Ju-52-Museum dort hend mir ons natürlich au agluagat.«

Ein verträumter Zug spielte um Mäckls Augen, und er verstummte wieder.

»Dann hot's dr Vatter leider nemme lang gmacht, aber die restaurierte Ju 52 hot er nommol gsäha.«

Mäckl nickte und wischte sich die Nase mit dem Ärmel ab.

»Dann hätte sich Ihr Vater mit meinem sicher gut unterhalten können. Er war Jetpilot bei der Luftwaffe, stationiert in Wunstorf, bis zuletzt.«

»Wie bis zletscht … bis zur Rente?«

»Das nicht gerade. Er ist während eines Einsatzes ums Leben gekommen.«

»Duat mir loid.«

Diesmal klang es aufrichtig.

»Schon recht. Ist lange her. Und heute soll es eher um Ihren Nachbarn gehen. Was können Sie uns denn nun von ihm erzählen? Sind Sie gut mit ihm ausgekommen, oder gab es auch mal Streit?«

Mäckl sah Hansen verblüfft an, dann lachte er meckernd.

»Sie glaubat aber net, dass i mit dem Manfred seim Tod was zom do hab, oder?«

»So war das nicht nicht gemeint. Aber gestern haben sich unsere Kollegen hier im Dorf umgehört, und jeder hatte nur Gutes über Manfred Garzinger zu erzählen. Inzwischen wissen wir, dass er wohl doch nicht so beliebt war in Obergassen. Also, sind Sie mit ihm gut ausgekommen?«

»Ha, seine Eltern warat mir liaber, weil dr Manfred des Schaffa net grad erfonda hot. Aber richtig Streit … noi, des han i koin mit ihm g'het.«

Er lachte wieder, verschluckte sich und trank etwas Bier.

»Den anderen im Dorf waren die Eltern vermutlich auch lieber als der faule Sohn, oder?«

»Ha, isch des a Wonder? Vatter ond Mutter hend ällaweil gschaffat, ond der Jong flackt bloß faul uffem Sofa!«

»Gut. Und mit wem in Obergassen kam Manfred Garzinger am wenigsten zurecht?«

»Moinat Sie, i dät jetzt oin von meine Nochbor bei Ihne aschwärza? Pah!«

»Es geht nicht ums Anschwärzen, Herr Mäckl. Ihr Nachbar ist keines natürlichen Todes gestorben.«

»Scho klar. Sonschd dät sich jo koi Kripo drum kümmra!«

»Eben. Und wir wollen herausfinden, wer Manfred Garzingers Tod zu verantworten hat. Wollen Sie nicht auch, dass wir das herausfinden und wieder Ruhe im Ort einkehrt? Dass Sie sich nicht mehr beim Bäcker oder Metzger oder im Gasthaus fragen müssen, ob einer der anderen Kunden oder Gäste womöglich Ihren Nachbarn auf dem Gewissen hat?«

Mäckl stierte vor sich auf den leeren Teller.

»Mit wem sollten wir Ihrer Meinung nach zuerst reden hier in Obergassen?«

»Woiß i net.«

»Wissen Sie von keinem Streit, von keiner alten Geschichte?«

»I woiß nix.«

Haffmeyer war aufgestanden, ans Fenster getreten und hatte nach draußen geschaut.

»Sie haben ja einen richtigen Logenplatz hier oben«, sagte er. »Was haben Sie denn von hier aus gesehen? Wer ist denn alles zu Manfred Garzinger ins Haus? Gestern oder in den Tagen davor?«

»Meine Auga send nemme die beschte.«

»Ach? Schon länger?«

»Scho lang, arg lang.«

»Das ist natürlich schade, bei der schönen Aussicht.«

Mäckl räusperte sich.

»Und vermutlich brauchen Sie auch nicht mehr so viel Schlaf wie früher. Also ich stelle mich bei mir daheim auch mal ans Fenster und schau nach draußen, wenn ich nicht schlafen kann. Ich hab dann das Licht aus, weil ich mich in meinem Haus ja eh blind zurechtfinde. Und manchmal mach ich dann ein Fenster auf, weil einen die frische Luft so schön müde macht. Und dann schau ich raus und seh, wer spät nach Hause kommt oder wer sich aus einem der Nachbarhäuser schleicht.«

Der Alte hatte die Augen aufgerissen und starrte Haffmeyer ungläubig an.

»Wie kommat Sie auf so was?«

Haffmeyer drehte den Fenstergriff und ließ erst den einen und dann den anderen Fensterflügel aufschwingen.

»Weil auf allen Fensterbrettern Kakteen oder kleine Holzfiguren und anderer Kruscht stehen – nur das Brett vor diesem Küchenfenster ist leer. Und es sieht übrigens auch etwas blank gescheuert aus.«

Mäckl schluckte, Haffmeyer sah sich um und hielt wenig später ein kleines Kissen in der Hand, das er in einem Regalfach nicht weit vom Fenster entfernt gefunden hatte.

»Ist bequemer als direkt mit den Unterarmen auf dem Fensterrahmen, stimmt's?«

»I … äh … ka scho sei, dass i mol nausschau, aber meine Auga send wirklich nemme die beschte. I han geschtern nix gsäh ond vorgeschtern net ond au net en dr Nacht.«

Haffmeyer nickte, verabschiedete sich von Mäckl und verließ das Haus wieder, gefolgt von seinen beiden Kollegen.

»Der weiß mehr als nur die Antwort auf deine Frage, mit wem sich Garzinger besser und mit wem schlechter vertragen hat«, sagte er, als sie draußen waren und sich dem nächsten Haus zuwandten.

»Und mit deinem Schuss ins Blaue hattest du offenbar Glück: Mäckl schläft ab und zu schlecht und stellt sich dann in der Nacht ans Fenster. Aber wenn es stimmt, dass er nicht mehr besonders gut sieht, wird uns das nicht viel helfen.«

Der nächste Nachbar öffnete schon, bevor sie neben dem Türschild mit der Aufschrift »Herbert Rautner« geklingelt hatten.

»Ich kaufe nichts, und an Umfragen nehme ich auch nicht teil.«

Er warf den Besuchern zunächst einige abschätzende Blicke zu, dann stutzte er.

»Habe ich Sie nicht gestern schon mal gesehen? Haben Sie mir nicht die Einfahrt zugeparkt?«

»Das war die Gerichtsmedizinerin«, antwortete Hanna, »aber es stimmt: Wir haben uns gestern schon gesehen.«

Sie zeigte ihren Dienstausweis und stellte sich, Hansen und Haffmeyer vor.

»Und was will die Kripo von mir? Ich habe mir noch nie etwas zuschulden kommen lassen.« Er legte den Kopf in den Nacken, um Hanna einen besonders herablassenden Blick zuwerfen zu können. »Sie werden mich nicht einmal beim Falschparken erwischen.«

Hanna tat so, als bemerke sie Rautners Gehabe nicht.

»Wir würden gern wissen, wie gut die Nachbarn mit Manfred Garzinger ausgekommen sind.«

»Gut. Und das habe ich übrigens so gestern auch schon Ihren beiden uniformierten Kollegen gesagt.«

»Das wurde uns berichtet. Aber inzwischen wissen wir, dass Herr Garzinger in Obergassen doch nicht allzu beliebt gewesen ist.«

»Ach? Und woher wollen Sie das wissen?«

Er sah die Beamten trotzig an, dann warf er einen Blick zu Mäckls Haus, nickte und machte eine Miene, die wohl betrübt wirken sollte.

»Der alte Mäckl hat Ihnen das gesagt, oder? Bei ihm waren Sie grad, gell? Oje, geben Sie darauf lieber nicht so viel. Der ist seit einiger Zeit nicht mehr so ganz beisammen da oben, wenn Sie verstehen ...«

Er ließ den rechten Zeigefinger neben der Schläfe kreisen und setzte ein verschwörerisches Lächeln auf.

»Hat er Gift und Galle gespritzt? Ja?«

Hanna widersprach ihm nicht, sondern wartete einfach.

»Na, was will man machen? Vielleicht ist es dem alten Zausel ja auch zu langweilig, und er muss über seine Nachbarn lästern, was weiß ich. Mit mir redet er eigentlich so gut wie nie.«

»Haben Sie Manfred Garzingers Eltern noch gekannt?«

»Ja, das waren rechtschaffene Leute. Fleißig und sehr darum bemüht, dass alles sauber und ansehnlich ist.«

»Also ganz anders als der Sohn.«

»Da sagen Sie was! Der Manfred war so faul, dass er nicht einmal ...«

Rautner unterbrach sich, als er Hannas leichtes Grinsen bemerkte, dann schüttelte er den Kopf.

»Sie haben einen schlechten Einfluss auf mich. Ich rede sonst nie abfällig über andere Leute.«

»Darauf möcht ich wetten«, platzte es aus Hanna heraus, was ihr einen tadelnden Blick von Hansen einbrachte.

»Herbert, das Essen wird kalt!«

Hinter Rautner war eine Frau zu sehen, die sich gerade die Hände an der Kittelschürze abtrocknete und neugierig zu den drei Fremden schaute – aber nicht neugierig genug war, um näher heranzukommen.

»Ich komm gleich«, antwortete Rautner, ohne sich umzudrehen. Er sah Hanna streng an. »Mit Ihren Tricks kommen Sie bei mir nicht weit. Ja, es stimmt: Die meisten hier im Dorf hätten es gern gesehen, wenn sich Manfred Garzinger etwas mehr um den Hof gekümmert hätte. Aber da war halt nichts zu machen, also haben wir das hingenommen. Was hätten wir denn auch tun sollen? Und Sie glauben ja wohl hoffentlich nicht, dass den armen Manfred jemand umgebracht hat, weil er den Gehweg nicht gefegt und die Blumen nicht gegossen hat?«

Er lachte gekünstelt.

»Frau Rautner«, rief Hanna an ihm vorbei in den Flur hinein, »kommen Sie doch bitte kurz – wir hätten ein, zwei Fragen, auch an Sie.«

Herbert Rautner trat einen kleinen Schritt zur Seite und versperrte Hanna den Blick auf seine Frau.

»Traudl hat nichts gesehen, nichts gehört, und sie äußert sich auch nicht zu irgendwelchen Gerüchten.«

Hanna lugte an Rautner vorbei und sah die Frau wie festgenagelt auf demselben Platz stehen wie zuvor. Sie knetete noch immer ihre Schürze, obwohl die Hände längst trocken sein mussten.

»Nicht wahr, Traudl?«, sagte Rautner etwas lauter, und sie nickte eifrig, bevor sie hektisch hinter sich deutete.

»Ich muss dann auch wieder, damit da nicht noch womöglich was anbrennt …«

Damit war sie auch schon weg.

»Was denn nun?«, zischte Hanna den direkt vor ihr stehenden Mann an, der sich ein sehr zufriedenes Grinsen gönnte. »Brennt gleich was an, oder wird das Essen schon kalt?«

»Da dürfen Sie mich nicht fragen. In der Küche rühre ich nichts an, das ist ganz allein das Reich meiner Frau. Und wenn Sie nichts dagegen haben, würde ich mir jetzt gern schmecken lassen, was sie Schönes für mich gezaubert hat.«

»Wissen Sie was, Herr Rautner? Wir laden Sie einfach vor, und dann erzählen Sie uns in aller Ruhe auf dem Kommissariat in Kempten, was wir von Ihnen wissen wollen! Morgen, pünktlich um neun, bitte. Hirnbeinstraße 10. Wir haben leider keine öffentlichen Parkplätze direkt vor dem Gebäude, aber Sie werden schon was in der Nähe finden.«

»Neun? Das passt gut. Ich wollte eh in die Stadt. Und wenn es etwas länger dauert im Kommissariat, ist das auch nicht schlimm. Ich bin ja Rentner, und wenn nicht gerade ein Arzttermin ansteht, habe ich Zeit.«

Rautner nickte ihr gönnerhaft zu und machte Anstalten, die Tür zu schließen. Hanna presste die Lippen zusammen und brachte noch halbwegs beherrscht hervor: »Gut, bis morgen.« Dann wandte sie sich abrupt ab und marschierte auf das nächste Haus zu.

Hansen und Haffmeyer holten sie erst nach einigen Metern ein.

»Alles gut, Hanna?«, fragte Haffmeyer.

»Super.«

»Reg dich nicht über diesen Deppen auf.«

»Mir tut die Frau leid.«

»Hätte sie halt besser aufgepasst, wen sie heiratet. Manche stolpern schneller in eine Ehe rein, als es ihnen lieb ist.«

Hansen räusperte sich.

»Das war nicht auf dich und Resi gemünzt«, versicherte Haffmeyer schnell. »Ihr beide könntet im Gegenteil durchaus mal einen Zahn zulegen. Auf eure Feier freue ich mich schon, seit du mir von der Verlobung erzählt hast. Und das ist immerhin schon mehr als ein Jahr her!«

»Schon gut, Willy. Können wir uns bitte wieder auf unsere Arbeit konzentrieren?«

»Ich werde doch eingeladen?«, schob Haffmeyer nach und legte einen so übertriebenen Dackelblick auf, dass Hansen lachen musste.

»Aber sicher. Hanna mit ihrem Freund, und natürlich auch du gerne mit Begleitung.«

Hansen zwinkerte ihm zu, doch Haffmeyer wich seinem Blick aus und reagierte erstaunlich ernst auf die nett gemeinte Anspielung.

»Schaun wir mal«, sagte er nur, dann drückte er den Klingelknopf neben einer modernen Haustür aus hellgrau lackiertem Stahl und mit getönten Glasflächen, die sie mittlerweile erreicht hatten.

Das ganze Gebäude strahlte gediegenen Wohlstand aus. Der Garten war offensichtlich vor nicht allzu langer Zeit von einem Profi angelegt worden, alles sah auffällig gepflegt aus. Ein weiteres Schmuckstück des Dorfes Obergassen.

»Ja, bitte?«

Die Tür schwang auf, und vor ihnen stand eine schlanke Frau in Jeans und Bluse. Sie war etwa eins fünfundsechzig groß, wirkte sportlich und trug eine flotte Kurzhaarfrisur. Hansen übernahm diesmal die Vorstellung und nannte den Grund ihres Besuchs, und die Frau nickte nur betrübt und bat sie herein.

Sie führte sie in eine geräumige Wohnküche mit bodentiefen Fenstern, die in den hinteren Garten hinauswiesen. An einer Kochinsel stand ein schlanker Mann, der gerade Gemüse klein schnitt, aber sein Messer weglegte, als die Besucher hereinkamen.

»Thomas«, sagte die Frau zu ihm, »die Herrschaften sind von der Kripo. Sie kommen wegen Garzinger.«

»Also war's doch Mord?«, fragte der Mann, der sofort interessiert wirkte.

Hansen gab ihm die Hand und stellte sich und die Kollegen auch ihm vor.

»Thomas Gangerell«, revanchierte sich der Mann. »Meine Frau Anne-Kathrin haben Sie ja schon kennengelernt.«

Er wies zu einem großen Holztisch.

»Nehmen Sie doch bitte Platz. Kaffee?«

Sie ließen sich auf den langen Bänken nieder, die auf beiden Seiten des Tischs standen. Anne-Kathrin Gangerell hatte inzwischen einige Kekse in einer Porzellanschale angerichtet, und ihr Mann ließ ihnen Espresso aus einem Vollautomaten.

»So«, sagte er, als alle mit dampfenden Tassen versorgt waren. »Wie können wir Ihnen denn nun helfen?«

»Wir würden uns gern ein Bild davon machen, wie Manfred Garzinger mit seiner Nachbarschaft ausgekommen ist.«

Das Ehepaar stutzte.

»Sie wissen aber schon, dass Ihre Kollegen uns gestern dasselbe gefragt haben, oder?«

»Ja, aber wir müssen annehmen, dass gestern nicht alle … nun ja … alles erzählt haben.«

»Das trifft auf uns zwar nicht zu, aber wir können Ihnen auch gern noch einmal alles sagen, was uns zu Herrn Garzinger einfällt.«

Gangerell trank seinen Espresso aus und schloss kurz die Augen, als müsse er sich sammeln.

»Richtige Probleme hatten wir mit Manfred Garzinger nie«, sagte er. »Aber inwieweit das auf die anderen hier im Dorf zutrifft, weiß ich nicht. Wir sind erst vor etwa eineinhalb Jahren hergezogen. Davor hatte ich eine HNO-Praxis in der Nähe von Stuttgart, in der auch meine Frau mitgearbeitet hat. Ich hab den Beruf immer gern gemacht, aber irgendwann muss man sich auch zur Ruhe setzen und sich nicht mehr um die Patienten, sondern um sich selbst kümmern, nicht wahr? Wir haben also ein altes Haus in Obergassen gekauft, haben es abreißen lassen und auf dem Grundstück unser neues Haus gebaut. Ist ganz nett geworden, gell?«

»Ja, sehr schön«, gab ihm Hansen recht. »Sie haben gesagt, dass Sie keine ›richtigen‹ Probleme mit Garzinger hatten – aber gewisse Schwierigkeiten hatten Sie schon?«

»Ach, vermutlich nur das Übliche, wenn man als Fremder, als Reingschmeckter in ein kleines Dorf zieht. Wir haben Garzinger – wie alle anderen Nachbarn auch – besucht, als wir das alte Haus gekauft hatten. Um ehrlich zu sein, wollten wir ein bisschen auf gut Wetter machen, denn es war ja klar, dass Abriss und Neubau gerade für die direkten Anwohner kein Spaß werden würden. Mit einigen unserer künftigen Nachbarn kamen wir von Anfang an gut zurecht, und bald weiß man ja auch, wo die anderen der Schuh drückt. Dem alten Mäckl haben wir zum Beispiel öfter mal Brezeln und Maultaschen von uns daheim mitgebracht, und er hat sich immer sehr darüber gefreut. Die Rautners hier direkt neben uns sind auch ganz in Ordnung. Sie ist eine ganz Nette, aber sehr ruhig und zurückhaltend. Und er? Na ja, solange ich meinen Wagen nicht vor seinem Haus abstelle, ist alles in Ordnung.«

Er lachte und holte sich noch einen Espresso.

»Will noch jemand einen zweiten?«

Hanna nickte, die anderen lehnten ab, und kurz darauf kam Gangerell mit zwei gefüllten Tassen wieder an den Tisch.

»Zu unserer Überraschung hat sich während der gesamten Bauzeit niemand über Lärm oder Dreck beklagt. Im Gegenteil: Alle in Obergassen standen unserem Projekt sehr positiv gegenüber. Unser erster Kontakt war Herr Kugler, der in Schellenried ein Immobilienbüro betreibt. Er hatte das Haus, das früher hier stand, zu einem vernünftigen Preis im Angebot. Zumindest fanden wir den Preis vernünftig – wir waren ja aus der Stuttgarter Gegend ganz anderes gewohnt. Verkauft haben die Erben eines Fritz Mayer, der wohl bis zu seinem Tod hier gelebt hat, aber direkt zu tun hatten wir nur mit Kugler. Er ist offenbar gut im Geschäft hier in der Gegend, und überzeugt hat er uns auch mit den baulichen Möglichkeiten, die sich hier für uns boten. Dieses kleine Dorf scheint regelrecht zu boomen. Einige Gebäude wurden neu gebaut, alle anderen aufwendig herausgeputzt – jetzt, wo Sie für Ihr Erspartes keine Zinsen mehr bekommen, sind Sie halt mit Betongold in der Regel besser dran, gell?«

»Können wir bitte auf Herrn Garzinger zurückkommen?«

»Sehr gern. Er war eigentlich der Einzige, der sich bei uns beschwert hat, wenn mal ein Baulaster die Straße blockiert hat. Die Handwerker waren ja alle hier aus der Gegend, die meisten hat uns Kugler vermittelt, und sie haben auch alle gute Arbeit zu fairen Preisen abgeliefert.«

»Und was war denn nun mit Garzinger?«

»Der hat ab und zu gemosert. Der Dreck hat ihn nicht so sehr gestört – da wäre er ja auch wirklich der Letzte gewesen, der sich über so etwas beschweren dürfte, gell? So, wie es bei dem auf dem Hof aussieht! Aber er hat rumgepoltert, wenn er wegfahren wollte und hinter seinem Wagen geparkt wurde. Oder wenn die Bauarbeiten zu Zeiten lauter waren, zu denen er sich mal etwas aufs Ohr legen wollte.«

»Haben Sie sich dann darüber mit ihm gestritten?«

»Nein, das nicht. Wissen Sie: Wenn Sie jahrelang täglich mit Patienten zu tun haben, legen Sie sich irgendwann ein ziemlich dickes Fell zu. Es ist nun mal nicht jeder, der in Ihre Praxis kommt, zum Gernhaben.«

»Die meisten schon«, fügte seine Frau schnell hinzu, begleitet von einem entschuldigenden Lächeln.

»Also gut, meine Liebe: Die meisten schon.«

Gangerell lachte kurz, dann wurde er wieder ernst.

»Also, um auf Ihre Frage zurückzukommen: Richtig gestritten haben wir uns nicht. Er ist mal rübergekommen und hat einen der Handwerker oder uns, wenn wir grad da waren, angeblafft und gefordert, dass dieses oder jenes Fahrzeug sofort weggefahren wird. Das wurde dann erledigt und fertig. Und das mit der Lautstärke: Im Grunde genommen hatte er ja recht, wir fanden die Bauarbeiten auch nicht besonders leise. Aber wenn ein Gebäude abgerissen wird, wenn eine Baugrube gebaggert oder später Fliesen geschnitten werden – das geht nun mal nicht ohne Lärmbelästigung ab.«

»Zu welchen Zeiten hat Herrn Garzinger die Lautstärke denn beim Schlafen gestört? Waren Ihre Arbeiter abends zu lange auf der Baustelle? Oder am Wochenende?«

»Nein, nein, da wurden alle Ruhezeiten natürlich penibel eingehalten. Wir waren zwar nur alle paar Tage hier, aber es kam uns nie etwas Gegenteiliges zu Ohren. Nein, Garzinger legte sich gerne auch tagsüber ins Bett. Und seit wir im Dorf wohnen, haben wir auch schon mitbekommen, warum das so ist: Garzinger kam ab und zu recht spät nach Hause, und dann brannte oft noch stundenlang das Licht. Und auch, wenn es dunkel war, lag er meiner Meinung nach nicht immer im Bett.«

»Wie meinen Sie das?«

Gangerell grinste.

»Er hat zur Straße raus ein Zimmer, das er selbst Arbeitszimmer genannt hat. So haben mir das jedenfalls die Nachbarn erzählt. Ich musste in diesem Frühjahr nachts manchmal raus: eine hartnäckige Erkältung mit allem Drum und Dran. Und wenn ich durch die dunkle Wohnung tappte, habe ich schon mal aus dem Fenster geschaut – und mir kam es ab und zu so vor, als schimmere im Arbeitszimmer ein schwaches Licht wie von einem Computer- oder Smartphone-Display. Und das Fenster stand nachts oft offen.«

Er hob abwehrend die Hände.

»Bitte glauben Sie jetzt nicht, ich hätte Garzinger beobachtet oder würde nachts irgendwie Posten beziehen.«

»Das klingt aber wirklich danach. Oder warum knipsen Sie nachts nicht das Licht an, sondern gehen durchs dunkle Haus? Macht man das nicht vor allem, weil man sehen, aber nicht gesehen werden will?«

Gangerell lachte. »Erwischt! Ich wollte wirklich nicht gesehen werden. Wir haben einen kleinen Kater, seit wir hier wohnen, und der stromert nachts in der Gegend umher. Gegen drei, halb vier scheint er genug davon zu haben, und dann liegt der irgendwo nahe beim Haus auf der Lauer. Sobald er Licht bei uns sieht, stellt er sich vor die Terrassentür und maunzt, bis wir ihn reinlassen. Das kann er ziemlich laut. Und weil ich nicht will, dass der kleine Racker meine Frau weckt, lass ich das Licht aus, damit er es nicht mitbekommt, wenn im Haus jemand wach ist.«

Hansen dachte an seinen nervigen Mitbewohner Ignaz und glaubte seinem Gesprächspartner jedes Wort.

»Außerdem ist die Erkältung längst überstanden, und ich

schlafe seither wieder wunderbar durch«, fuhr Gangerell fort.

»Hatten Sie mit Garzinger auch noch Ärger, als Ihr Haus fertig war?«

»Er hat nicht gegrüßt, hat kein Wort mit uns gewechselt, und wir haben unsere Versuche, mit ihm ins Gespräch zu kommen, irgendwann aufgegeben. Seitdem hatten wir keinen Ärger und keinen Streit mit ihm, keine Probleme – aber eben praktisch auch keinen Kontakt.«

»Und ist Ihnen gestern oder in der Nacht davor etwas aufgefallen? Haben Sie jemanden gesehen, der ins Haus ging oder herauskam oder sich auf dem Grundstück oder in der Nähe zu schaffen machte?«

»Da können wir Ihnen leider nicht helfen. Wir waren in der Nacht auf Samstag bei Freunden in der alten Heimat zu Besuch und sind erst kurz nach drei Uhr wieder in Obergassen eingetroffen. Da war hier schon alles voller Polizei, und Garzingers Tante wurde von den Sanitätern betreut.«

»Kennen Sie Frau Mecheler?«

»Nicht wirklich. Wir haben mal mit dem alten Mäckl darüber gesprochen, dass Garzinger mehrmals in der Woche immer von derselben älteren Dame besucht wird und dass sie meistens irgendwelche Taschen oder Tüten mit dabeihat, wenn sie von ihrem Mofa steigt. Er hat uns dann erklärt, wer Frau Mecheler ist.«

Er grinste.

»Und wenn ich mich nicht sehr täusche, hat er ganz zufällig gerade dann zum Fenster rausgeschaut, wenn sie mal wieder nach Obergassen kam.«

Die drei, die da von Haus zu Haus gingen und mit Manfred Garzingers Nachbarn redeten, trugen zwar keine Uniform, aber dass sie wahrscheinlich von der Polizei waren, stand für ihn außer Frage. Mäckl hatte ihnen wohl nicht allzu behilflich sein können: Der alte Zausel hatte vermutlich nichts mitbekommen. Auch die Reingschmeckten, der pensionierte Arzt und seine Frau, wussten nicht wirklich, was in Obergassen vor sich ging. Aber im Fall von Rautner musste er hoffen, dass dieser Trottel den Mund halten konnte. Und jetzt gingen die drei Beamten auch schon wieder weiter, klingelten bei den Hunziks, ausgerechnet!

Als nach zweimaligem Klingeln niemand öffnete, gingen die drei Polizisten weiter – und er konnte erst einmal aufatmen. Mit Paul Hunzik musste er unbedingt reden. Mit Rautner auch. Briefen musste er sie, die Deppen, damit sie sich nicht um Kopf und Kragen quatschten. Und ihn gleich mit …

Allmählich wurde es in seinem Versteck ungemütlich. Er verlagerte das Gewicht ein wenig, aber wenn er nicht bald aus der Hocke herauskam, würden ihm noch die Beine einschlafen. So sportlich war er ja auch nicht mehr.

Ein Geräusch hinter ihm ließ ihn zusammenschrecken. Er drehte sich um und sah Horst Schrundt aus seinem Fenster auf ihn herunterstarren. Die Frage, warum er sich hinter einem Holzhaufen auf seinem Grundstück versteckte, stand Schrundt überdeutlich ins Gesicht geschrieben. Er versuchte, ihm mit ein paar Gesten zu verstehen zu geben, dass er gleich zu ihm hochkommen würde, aber Schrundt verstand nur Bahnhof. Also legte er den Zeigefinger über die Lippen und deutete in die Richtung des Trios, das jetzt den Bauernhof von Ferdinand Heppler erreicht hatte. Schrundt sah in die angegebene Richtung und erbleichte.

»Po-li-zei?«, fragte er mit heillos übertriebenen Mundbewegungen, aber wenigstens lautlos. Der andere nickte und scheuchte ihn mit einer wedelnden Handbewegung ins Haus zurück. Tatsächlich verschwand Schrundt sofort nach drinnen und zog das Fenster ganz leise zu.

Der Kontrast zwischen Garzingers heruntergekommenem Anwesen und dem Bauernhof des unmittelbaren Nachbarn zur Rechten war Hansen schon am Vortag aufgefallen, und er hätte nicht größer sein können. Es wurde einem geradezu schmerzhaft vor Augen geführt, was auch aus dem Garzinger-Hof hätte gemacht werden können. Hansen kannte sich nicht besonders gut aus mit Architektur, aber beide Höfe schienen etwa zur selben Zeit und in einem ähnlichen Stil erbaut worden zu sein. Wo aber in Garzingers Fall stellenweise der Putz von den Wänden bröckelte und das Holz der Balkone riss, weil es schon lange schutzlos dem Wetter ausgesetzt war, wirkte auf dem anderen Hof alles auf Hochglanz poliert, mit viel Engagement konserviert und obendrein geschmackvoll herausgeputzt und dekoriert.

Die makellos lackierte Holztür schwang auf, und heraus trat ein Mann von Mitte vierzig: hochgewachsen, schlank und auf eine feingliedrige Art muskulös. Er steckte zwar in groben Arbeitsschuhen, trug eine Jeans mit ein paar kleineren Schmutzflecken und ein kariertes Flanellhemd mit aufgekrempelten Ärmeln – aber er legte eine Körperhaltung an den

Tag, als bewege er sich im maßgeschneiderten Anzug auf der Bühne eines Konferenzzentrums.

Hinter ihm stand eine Gans, die sich nicht aus der Deckung traute, aber immer wieder links oder rechts an den Beinen des Hausherrn vorbeilugte, um die Besucher misstrauisch zu beäugen. Als sie schnatterte, stampfte der Mann nur einmal kurz mit dem linken Fuß auf, und schon stob das Federvieh aus dem Haus, flitzte an der Wand entlang und verschwand hinter der nächsten Ecke. Gleich darauf war ihr Kopf wieder zu sehen – offenbar wollte die Gans genau wissen, was vor sich ging.

Den Namen »Ferdinand Heppler« hatte Hansen bereits auf dem Klingelschild gelesen, nun stellte er sich und die Kollegen vor, danach warf er der Gans einen kurzen Seitenblick zu.

»Ach, wegen Alf müssen Sie sich keine Gedanken machen«, beruhigte ihn Heppler. »Ich weiß nicht, ob sich mein Gänserich für einen Hund hält, aber er ist sehr wachsam – und ziemlich neugierig. Wenigstens gehorcht er mir. Entschuldigen Sie bitte.«

Heppler lachte und bat seine Besucher herein. Er war ausgesucht freundlich, bot ihnen Kaffee und Sprudel an und setzte sich, als sie alles dankend abgelehnt hatten, mit seinen drei Gästen an den Esstisch aus hellem Holz, von dem aus man einen schönen Blick auf den gepflegten Garten hatte. Allerdings behielt er Hansen, Hanna und Haffmeyer ständig im Auge und wirkte ein wenig angespannt.

»Wir sind wegen Ihres verstorbenen Nachbarn Manfred Garzinger hier«, begann Hansen.

»Natürlich. Und wie kann ich Ihnen da helfen? Ich habe Ihren Kollegen gestern schon gesagt, dass mir gestern nichts Ungewöhnliches aufgefallen ist. Bei meinem Nachbarn war alles wie immer. Nun ja, außer, dass er dann halt irgendwann tot war.«

Er hatte das relativ gelassen dahingesagt, und seinem Gesicht war auch keinerlei Bedauern über Garzingers Tod zu entnehmen.

»Es scheint Ihnen nicht leidzutun, dass Ihr Nachbar tot ist«, merkte Hansen an.

Heppler zuckte mit den Schultern.

»Gestern haben Sie meinen Kollegen allerdings noch erzählt, dass Sie keinen Streit mit Garzinger hatten und auch sonst nichts Schlechtes über ihn sagen könnten.«

»Was man halt so sagt, wenn einer tot ist, nicht wahr? Ich habe natürlich mitbekommen, dass Sie alle Nachbarn noch einmal befragen. Also werden Sie mit den gestrigen Antworten nicht recht zufrieden sein, vermute ich mal.«

»Das stimmt. Und welche neuen Antworten haben Sie heute für uns?«

»Ich konnte Garzinger nicht leiden. Er war faul, hat sich einen Dreck um seinen Hof gekümmert, und besonders in meinem Fall ist es natürlich schlecht, wenn direkt neben meinem Grundstück so ein Saustall steht.«

»Wieso speziell in Ihrem Fall?«

»Ich habe diesen Hof vor elfeinhalb Jahren gekauft, danach aufwendig um- und ausgebaut, und seither vermiete ich Ferienwohnungen.«

Hansen stutzte. Ihm waren keine Fahrzeuge von außerhalb

aufgefallen, und auch sonst hatte er außer Heppler selbst keine Menschenseele auf dem Grundstück gesehen.

»Ferienwohnungen?«, fragte er. »Im Moment scheinen Sie keine Gäste zu haben. Läuft es denn nicht so gut? Es ist doch eigentlich Hauptsaison.«

Heppler nickte, wirkte aber nicht allzu betrübt.

»Das ist in diesem Jahr etwas blöd gelaufen. Wissen Sie, man muss den Gästen immer wieder etwas Neues bieten. Wir haben hier keine schönen Badeseen und liegen auch nicht direkt in den Bergen – also achte ich darauf, dass meine Wohnungen technisch und von der Einrichtung her immer auf dem neuesten Stand sind. Dieses Jahr waren etwas aufwendigere Arbeiten an der Reihe. Die Handwerker hätten vor den Pfingstferien fertig sein sollen – aber das hat leider nicht hingehauen, und jetzt wird es sich wohl noch zwei oder vielleicht sogar drei Wochen lang ziehen. Für Ende Juli habe ich zwei Buchungen, im August und September ist das Haus dann wieder gut gefüllt.«

»Ist das ein finanzielles Problem?«, erkundigte sich Hansen.

Ein Lächeln legte sich auf Hepplers markantes Gesicht.

»Nicht wirklich. Ich hab früher ganz gut verdient und das Geld erfolgreich angelegt. Wenn mal zwei, drei Jahre nichts reinkommt, ist das kein Beinbruch.«

»Was haben Sie denn beruflich gemacht, wenn Sie in Ihrem Alter schon ausgesorgt haben?«

»Fußball, Bundesliga, offensives Mittelfeld.«

Er zählte ein paar Vereine im In- und Ausland auf, deren Namen sogar Hansen etwas sagten.

»Nicht schlecht, Herr Heppler.«

»Ja, nicht wahr? Und während die Kicker früher eine Lottoannahmestelle oder einen Schreibwarenladen übernahmen, lässt sich der sportliche Ruhestand mit dem Geld, das man zu meiner Zeit verdienen konnte, schon etwas angenehmer gestalten.«

»Fehlt Ihnen der Fußball nicht? Die Mannschaftskameraden, der Jubel des Publikums, die Erfolge?«

Ganz kurz huschte ein Schatten über Hepplers Gesicht, dann schüttelte er bedächtig den Kopf.

»Nein, das fehlt mir nicht. Trainer oder Manager habe ich nie werden wollen, und der Alltag als Profisportler ist kein Zuckerschlecken, auch wenn man sich das als Fan vielleicht so vorstellt. Ich genieße jetzt meine Freiheit, habe meine Ruhe, und wenn ich ein Spiel im Stadion anschauen will, rufe ich einen meiner früheren Vereine an und lass mir Karten zurücklegen. Ich bin überall im Guten gegangen, das zahlt sich jetzt aus.«

»Das freut mich für Sie. Aber zurück zu Manfred Garzinger: Hatten Sie mit ihm mal Streit, weil er sich nicht um sein Grundstück gekümmert hat?«

»Streit nicht direkt, aber ... Als ich den Bauernhof gekauft habe, hat mich der Immobilienmakler mit den Nachbarn bekannt gemacht. Witziger Typ, dieser Makler: Hans Kugler heißt der und hat ein winziges Büro drüben in Schellenried – aber ich glaube, hier in der Gegend wird kein Haus verkauft, ohne dass er seine Finger im Spiel hätte.« Heppler lachte. »Aber er macht das gut. Der Preis, den er mir für den Hof genannt hat, kam mir relativ günstig vor – aber ich weiß inzwischen, dass ich etwas zu teuer gekauft habe. Nun ja, auf die paar Euro, die er für mich als Ortsfremden draufgeschlagen hat, kam es mir letztendlich auch nicht an. Er hat mich auch den Nachbarn vorgestellt, und so habe ich noch die Eltern von Manfred Garzinger kennengelernt. Die Mutter war damals schon sehr krank, und der Vater rieb sich förmlich auf mit ihrer Pflege. Noch im selben Jahr sind sie gestorben, und seither konnte man zusehen, wie das damals noch recht schöne Anwesen verfiel.«

Er schüttelte den Kopf.

»Aber zurück zu Ihrer Frage: Wenn Manfred Garzinger und ich uns nach dem Tod der Eltern auf der Straße begegnet sind, habe ich ihn anfangs schon mal darauf angesprochen, dass er doch dies und jenes mal richten lassen oder aufräumen könnte. Das hat er nicht gut aufgenommen, das kann ich Ihnen sagen. Sofort hat er losgepoltert und hat mich beschimpft. Irgendwann war mir das zu blöd, und ich schau ihn seither nicht mehr mit dem Arsch an, wie man so schön sagt.« Heppler seufzte. »Hat sich ja jetzt auch erledigt.«

Eine Pause entstand. Schließlich fragte Hansen: »Und Sie haben wirklich nichts mitbekommen von Garzingers Tod?«

»Nein, ich habe nichts gehört und nichts gesehen.«

Er erwiderte Hansens Blick ruhig und verschränkte dann die Arme vor der Brust.

»Ich kann Ihnen da leider nicht helfen«, fügte er hinzu. »Ich bin derzeit so mit diesen Umbauarbeiten ausgelastet, dass ich um meinen eigenen Hof herum eigentlich gar nichts mehr mitbekomme.«

»Waren denn noch Handwerker bei Ihnen zugange, als Ihr Nachbar am Samstag starb?«

Heppler öffnete den Mund, dann hielt er inne, und ein Lächeln huschte über sein Gesicht.

»Dazu müsste ich natürlich erst einmal wissen, wann Garzinger starb.«

»Gegen zwei, halb drei.«

»Nachmittags, nehme ich an? Jedenfalls habe ich zwischendurch mal das alte Mofa von Garzingers Tante knattern hören. Klingt ganz so, als hätte sie den Toten gefunden. Richtig geraten?«

»Richtig«, bestätigte Hansen und forschte in Hepplers Miene. »Aber geraten?«

»Ach, Herr Kommissar«, versetzte der lässig und grinste, »wenn ich auf so billige Tricks hereinfallen oder mich von solchen Unterstellungen provozieren lassen würde, hätte ich es im Profifußball nicht so weit gebracht.«

»Vielleicht hat ja ein Berater für Sie verhandelt.«

»Der hat ausgehandelt, was ich ihm aufgetragen habe. Da konnte ich hinter den Kulissen knallhart sein – und vornerum dem Verein gegenüber bedauern, dass der Berater so ein sturer Bock ist.« Er zuckte mit den Schultern. »So läuft das Spiel halt. Und auf dem Platz war natürlich kein Berater dabei, wenn mich ein Verteidiger anspuckte oder mir im Vorbeirennen irgendwelche Schweinereien ins Ohr rief. Das härtet ab, glauben Sie mir. Da lernen Sie was fürs Leben.«

»Kommt Ihnen das in diesem Gespräch zugute?«

Heppler hob eine Augenbraue.

»Ich finde, dieses Gespräch nimmt eine eigenartige Wendung, Herr Hansen. Mein Nachbar ist tot, und ich konnte ihn nicht leiden – aber ich habe gestern nichts beobachtet oder aufgeschnappt, was Ihnen helfen könnte. Ich habe Ihnen alle Fragen bereitwillig beantwortet und würde mir von Ihnen genauso viel Respekt wünschen, wie ich ihn Ihnen und Ihren Kollegen erweise.«

Hansen nickte und stand auf. »Sie haben ja recht, Herr Heppler. Danke für Ihre Auskünfte. Wollen Sie in nächster Zeit mal wegfahren?«

»Weil Sie vielleicht noch weitere Fragen an mich haben? Keine Sorge, dieser blöde Umbau hält mich fest im Griff. Sie werden mich also durchgängig hier erreichen, wenn ich nicht gerade einkaufen bin.«

Er stand ebenfalls auf und warf Hansen einen spöttischen Blick zu.

»Und einkaufen gehen werde ich doch dürfen, oder?«

Hansen gab ihm die Hand. Heppler hatte einen trockenen, warmen und festen Händedruck. Er geleitete seine Gäste zur Haustür und sah ihnen noch nach, wie sie die Straße überquerten. Gänserich Alf wartete, bis Hansen und seine Kollegen das Grundstück verlassen hatten, dann watschelte er zu seinem Herrchen und baute sich kerzengerade vor ihm auf. Doch anstatt ihm wie sonst über den Kopf zu streicheln, ging Heppler nach drinnen, ohne das Tier zu beachten, und zog die Tür hinter sich zu. Alf blieb verwundert stehen, dann nahm er wieder seine Wachparade auf und marschierte auf dem Grundstück hin und her.

Hansen und die anderen hatten inzwischen das letzte Haus erreicht, mit dessen Bewohner sie reden wollten. Es lag schräg gegenüber Garzingers Bauernhof und grenzte nördlich an das Grundstück des alten Helmfried Mäckl.

»Schrundt«, las Haffmeyer im Gehen von einem kleinen Notizzettel ab. »Maria und Horst, beide Mitte fünfzig und leben schon ewig in Obergassen.«

Als sie nur noch ein kleines Stück von der Haustür der Schrundts entfernt waren, fragte Hanna: »Sag mal, Chef, warum bist du denn diesen Heppler gegen Ende so angegangen? Der war doch ganz nett zu uns, und wie ein Mörder wirkte er auf mich auch nicht.«

»Als hätte es noch nie Mörder gegeben, die nett sein können«, entfuhr es Hansen, dann sah er sie entschuldigend an. »Du hast recht, das war nicht in Ordnung. Ich kann mich nicht mal damit rausreden, dass ich einen Trick versuchen wollte. Mir geht das nur auf die Nerven, dass wir von keinem der Nachbarn etwas erfahren, was uns weiterbringt. Keiner hat was gesehen, keiner hat was gehört – und keiner konnte den Garzinger wirklich leiden, aber keiner hat ihn wiederum so gehasst, dass er ein Mordmotiv hätte.«

»Ach, Chef, der Nächste erzählt uns sicher was Nützliches, du wirst schon sehen.«

Hanna trat vor und drückte die Türklingel des Ehepaars Schrundt. Der Klingelton war auffallend altmodisch und klirrte durchs ganze Haus. Hanna drückte noch einmal, und als nach kurzem Warten noch immer niemand reagierte, drehte sie sich um und zuckte mit den Schultern.

»Dann erzählen sie es uns halt morgen. Und was machen wir jetzt?«

»Ich hab Hunger«, meldete sich Haffmeyer zu Wort. »Und

bei der Gelegenheit könnten wir doch auch gleich noch einmal mit den Wirtsleuten im Hasen in Sulzberg reden. Vielleicht haben die ja noch was für uns.«

Hansen zögerte, und Haffmeyer schob schnell nach: »Einen guten Braten haben sie auf jeden Fall.«

Er erntete ein Lachen von Hansen, und dann machten sie sich auf den Weg zum Wagen.

»Da würde ich mich gern ausklinken«, sagte Hanna auf den ersten Metern. »Thomas ist ja wieder da, und heute Abend wollten wir schön zusammen essen gehen – da trete ich heute Mittag mal lieber etwas kürzer. Okay, Chef? Ich hab noch was Kleines zu essen im Büro, da kann ich nebenbei ein wenig in den Akten wühlen.«

Die beiden Männer standen zwei Schritte vom Fenster entfernt und lugten zwischen den Gardinen hindurch auf die Straße hinunter. Die Polizisten verließen gerade das Anwesen von Heppler. Nachdenklich sah dieser ihnen hinterher. Dann ließ er seinen Blick durch die Straße schweifen, ob wohl einer seiner Nachbarn etwas von seinen Gästen mitbekommen hatte. Schnell traten die Männer noch etwas tiefer in den Raum zurück.

»Und was sollen wir jetzt machen?«

Horst Schrundt war nervös. Seine Frau Maria hatte sich nach dem Mittagessen hingelegt. Die Schlaftablette, die sie genommen hatte, würde sie noch einige Zeit im Bett halten. Ohne Medikamente kam sie nachts kaum mehr in den Schlaf, und seit sie erfahren hatte, dass man ihren Nachbarn Manfred Garzinger tot in seinem Haus aufgefunden hatte, nahm sie sogar für den sonntäglichen Mittagsschlaf Tabletten. Bisher hatte es gereicht, wenn sie sich vorher ordentlich den Bauch vollgeschlagen hatte.

»Ahnt deine Frau was?«, fragte der Besucher.

»Ach, woher denn! Die ahnt doch gar nichts. Maria ist ein Einfaltspinsel.« Er grinste böse und fügte hinzu: »Gott sei Dank, würde ich sagen.«

»Aber trotzdem nicht leichtsinnig werden, Horst, ja?«

»Auf keinen Fall. Ich werd mich an das halten, was wir gerade besprochen haben. Auf mich kannst du dich verlassen.«

Er hätte es gern geglaubt, aber er hatte keine andere Wahl, als Schrundt und den anderen zu vertrauen. Und für alle Fälle hatte er sich einen Notfallplan zurechtgelegt. Aber zunächst musste er erfahren, was die Polizisten alles herausgefunden hatten, damit sie sich nicht widersprachen.

Ein altmodisches Klingeln schepperte durchs Haus, und Horst Schrundt erstarrte zur Salzsäule. Mit aufgerissenen Augen sah er den anderen an, der aber nur mit den Schultern zuckte und sich in Richtung Treppe wandte.

»Kannst ruhig hierbleiben«, sagte Schrundt und hielt ihn an der Schulter zurück. »Ich bin einfach nicht da, und Maria schläft so tief, die hört das Klingeln nicht.«

Es schellte erneut, und dann war Ruhe. Durch die dünnen Fenster war gedämpft zu hören, wie sich die Polizisten vor dem Haus berieten. Verstehen konnten die beiden Männer allerdings nichts. Dann trennte sich das Trio. Die beiden Beamten gingen zurück zu dem Wagen, mit dem sie nach Obergassen gekommen waren. Und die dritte, eine junge, korpulente Frau, steuerte auf den Streifenwagen zu, der ein Stück entfernt an der Straße stand und in dem zwei Uniformierte den Garzinger-Hof im Blick behielten. Der Fahrer ließ das Seitenfester herunter, die Frau sprach kurz mit ihm, dann sagte er etwas in sein Funkgerät, und etwa zwanzig Minuten später fuhr eine zweite Streife vor und nahm die Dicke mit.

Dann wurde es ruhig in Obergassen, und Schrundt verabschiedete seinen Besucher, der durch die Hintertür nach draußen schlüpfte und sich davonmachte.

Das Essen im Hasen war ausgezeichnet gewesen, aber die Wirtsleute hatten Haffmeyer und Hansen nichts Interessantes zu berichten. Also machten sie sich auf den Weg zu Marga Mecheler, in der Hoffnung, heute etwas ausführlicher mit ihr reden zu können.

Das Dörfchen Schellenried, in dem sie wohnte, lag wunderschön eingebettet in Wiesen, die sanft zum Rottachsee hin abfielen. Der Ort war von Sulzberg aus über zwei schmale Sträßchen erreichbar, die am westlichen Ortseingang aufeinandertrafen. Die Uferstraße war zugleich auch der einzige größere Weg durch den Ort, bebaut war nur die eine Straßenseite.

Gleich am Ortseingang kamen sie an einer kleinen Werkstatt vorbei, deren Hof dringend wieder frisch asphaltiert gehört hätte. Die zum Verkauf angebotenen Fahrzeuge wirkten nicht besser in Schuss als die Fläche, auf der sie standen. Über der großen Metalltür des geduckten Flachdachgebäudes hing ein Schild mit der Aufschrift »Kugler Automobile«, und als Haffmeyer herunterschaltete und der Motor ein wenig lauter aufheulte, hob ein alter Hund, der sich im Schatten zwischen den Fahrzeugen lang ausgestreckt hatte, kurz den Kopf, ließ ihn aber schnell wieder sinken und döste weiter.

Die Werkstatt war das einzige Gebäude, das zwischen Uferweg und See errichtet war, ansonsten bestand dieser Bereich in ganz Schellenried aus einem Grünstreifen, auf dem sich nur vereinzelte Ruhebänke und Abfalleimer befanden. Marga Mechelers Haus befand sich etwa in der Mitte des Ortes. Mit den Blumen in den Fensterkästen, seinem hellbeigen Anstrich und allerlei liebevoll arrangiertem Kleinkram im Vorgarten wirkte es durchaus gepflegt.

Anders als in Obergassen schienen die meisten anderen Bewohner von Schellenried nicht allzu viel Mühe auf das Äußere ihrer Häuser zu verwenden. Nicht alles war so unansehnlich wie die Werkstatt, aber insgesamt machte der Ort einen verschlafenen und etwas vernachlässigten Eindruck – selbst die Fahrzeuge und Traktoren, die entlang der Straße geparkt waren, waren weniger auf Hochglanz poliert als die Fahrzeuge in Obergassen. Auch das Mofa, das vor Marga Mechelers Haus stand und unter dem ein kleiner Ölfleck schimmerte, war nicht mehr das schönste.

Wie können sich zwei Dörfer so nah und doch so wenig ähnlich sein?, ging es Hansen durch den Kopf, während Haffmeyer den Wagen am Straßenrand abstellte. Er war noch ganz in Gedanken, als Haffmeyer schon die Straße überquert und zu Marga Mechelers Haus gegangen war. Und so klingelte Haffmeyer zweimal, ohne dass jemand öffnete, während Hansen noch neben dem Wagen stand und auf den See hinausschaute. Er sah die saftigen Wiesen und mitten im Dorf jenseits des Sees den Kirchturm, der sich im Wasser spiegelte.

»Scheint nicht da zu sein«, sagte Haffmeyer plötzlich direkt neben ihm und schreckte Hansen aus seinen Gedanken auf.

»Schönes Fleckchen«, murmelte Hansen und wandte sich zu seinem Kollegen um. Dabei streifte sein Blick eine Bank, die gut zwanzig Meter entfernt von ihnen stand. Darauf saß reglos eine ältere Dame mit schulterlangen grauen Haaren, die ebenfalls auf den See hinausschaute.

»Das ist sie doch, Willy, oder?«

Hansen hatte Manfred Garzingers Tante am Vortag nur kurz gesehen, und jetzt wandte sie ihm halb den Rücken zu. Haffmeyer nickte. Die beiden Männer gingen langsam auf Marga Mecheler zu, um sie nicht zu erschrecken. Die alte Dame sah ihnen erst fragend und dann nickend entgegen.

»Die Herren von der Kripo«, sagte sie. »Was führt Sie denn nach Schellenried?«

»Wir wollten gern noch einmal mit Ihnen reden, falls Sie sich heute schon wieder etwas besser fühlen.«

»Na ja, ich habe nach wie vor diese grässlichen Bilder im Kopf, aber Sie tun ja nur Ihre Arbeit. Wenn ich Ihnen helfen kann, will ich das gern versuchen.«

»Können Sie uns ein bisschen von Ihrem Neffen erzählen?«

Ein schmerzliches Lächeln legte sich auf ihr faltiges Gesicht. »Setzen Sie sich doch ein bisschen zu mir.«

Hansen und Haffmeyer ließen rechts sich und links von ihr auf der Bank nieder.

»Da werden meine Nachbarn aber neidisch sein«, raunte sie ihnen zu. »Da sitzt die alte Marga mit zwei jungen Männern zusammen und ratscht.«

Sie kicherte, aber es klang nicht sehr vergnügt.

»Tja, der Manfred«, fuhr sie dann fort und seufzte. »Wissen Sie, meinen Neffen musste man nicht mögen, aber ich habe ihn trotzdem mit all seinen Fehlern ins Herz geschlossen. Ich hatte ja sonst auch niemanden mehr.«

Ihre Augen schimmerten, und um ihren Mund zuckte es ein wenig. Man hätte sie sich gut als Oma mit vielen um sie herumwieselnden Enkeln vorstellen können.

»Mein Mann ist schon vor vielen Jahren gestorben«, erzählte sie. »Herzinfarkt. Einfach so. Kinder haben wir leider keine, und bis ich den Tod meiner großen Liebe endlich einigermaßen verwunden hatte, war ich halt auch schon eine alte Frau. Also bin ich allein geblieben. Es werden ja viele Frauen älter als ihre Männer, deshalb habe ich damals schnell Freundinnen gefunden. Wir haben Ausflüge unternommen, sind tanzen gegangen oder zur Wassergymnastik. Sie glauben ja gar nicht, wie lustig ältere Damen werden können, wenn sie unter sich sind und genügend Likör in Reichweite haben. Wissen Sie, mein Neffe traf sich auch regelmäßig mit Freunden – oder wohl eher Bekannten –, aber sonst war er ein rechter Stubenhocker. Fernsehen, Computerspiele: Es gab Tage, an denen er sein Haus gar nicht verlassen hat.«

Sie seufzte wieder.

»Mein Gott, was habe ich auf den Jungen eingeredet und ihm vorgeschwärmt, was er alles stattdessen erleben könnte – doch vergeblich, Manfred wollte nicht hören. Sogar eine Kamera habe ich ihm geschenkt, damit er vielleicht wieder das Fotografieren anfängt. Das war früher eine Leidenschaft von ihm, aber ich weiß gar nicht, ob er die Kamera überhaupt benutzt hat. Fotos hat er mir jedenfalls keine mehr gezeigt in letzter Zeit.«

Sie schnaubte. »Faul war er schon immer, aber diese Bezeichnung reicht für sein Verhalten in den vergangenen Jahren nicht mehr aus. Phlegmatisch trifft es eher – dabei war ich letztlich immer auf seiner Seite. Womöglich ist es ja auch zum Teil meine Schuld, dass Manfred seinen Hintern nicht hochbekam. Ich habe ihm mehrmals die Woche was gekocht, habe für ihn eingekauft, ihm die Wäsche gemacht und jedes Mal auch ein bisschen aufgeräumt, wenn ich schon mal bei ihm war.«

»Wie oft kamen Sie denn zu ihm?«

»Wenn nichts dazwischenkam, habe ich mich jeden Dienstag, Donnerstag und Samstag auf mein Mofa gesetzt und bin zu ihm rübergefahren.«

»Zu festen Zeiten?«

»Nein, das hat gewechselt. Manfred hatte ja eh keinen geregelten Tagesablauf, da war es auch egal, ob ich ihm Wurst und Brot am späten Vormittag oder erst im Lauf des Nachmittags brachte.«

»Und wie war das gestern?«

»Da war ich etwas früher dran als sonst. Samstags haben wir manchmal Bingo in Moosbach, danach gehe ich gern noch ein wenig in St. Johannes beten. Die Kirche ist schön hell, ich setze mich meistens ganz nach vorne, direkt unterhalb der Kanzel. Dann hab ich rechts vor mir den Altar, hinter mir die Empore mit der Orgel, und wenn ich dann die Augen zum Deckengemälde hebe …« Sie räusperte sich. »Wie auch immer: Gestern fiel der Bingonachmittag aus, also konnte ich schon früher nach Obergassen fahren. Ich war außerdem bei Freunden eingeladen, bei dem schönen Wetter wollten wir in deren Garten grillen. Deshalb hatte ich diesmal eigentlich nur ganz kurz bei Manfred vorbeigehen wollen, aber …« Marga Mecheler verstummte, und ihre Augen füllten sich wieder mit Tränen.

»Sie hatten vorhin gesagt, dass Sie Ihren Neffen trotz all seiner Fehler ins Herz geschlossen hätten«, versuchte Hansen das Gespräch umzulenken. »Bisher haben Sie nur erwähnt, dass er eher faul war – welche Fehler hatte er denn sonst noch?«

»Er war ziemlich rechthaberisch, und wenn andere einen Fehler machten – ob nun tatsächlich oder nur seiner Einschätzung nach –, dann ließ er kein gutes Haar an ihnen. Ich glaube nicht, dass Manfred richtige Freunde hatte.« Sie sah Hansen mit gerunzelter Stirn an. »Das klingt schlimm, wenn das eine Patentante von ihrem Neffen sagt, oder?«

»Ich bin jedenfalls froh, dass Sie so offen darüber sprechen. Wir wollen uns ein möglichst genaues Bild von Ihrem Neffen machen, damit wir herausfinden, warum er sterben musste.«

Sie nickte.

»Wenn Sie sagen«, hakte Hansen nach, »dass er Ihrer Meinung nach keine wirklichen Freunde hatte – hatte er denn dann Feinde oder zumindest Leute, mit denen er sich gar nicht vertrug?«

»Na ja, was heißt schon Feinde … Ab und zu ist er zu diesen Neuen rübergegangen, die das alte Haus vom Fritz Mayer abgerissen und neu gebaut haben. Er hat sich beschwert, wenn ihm einer die Zufahrt zugestellt hatte, aber dann ist derjenige halt weggefahren, und die Sache war ausgestanden.

Nein, Feinde dürfte Manfred keine gehabt haben. Beliebt war er in Obergassen aber auch nicht. Die meisten haben ihn scheel angeschaut, weil er seinen Hof nicht in Schuss gehalten hat. Eine Zeit lang habe ich ja geglaubt, dass der Manfred durch den Tod seiner Eltern aus dem Tritt gekommen sei – Sie wissen, dass meine Schwester und ihr Mann kurz nacheinander gestorben sind?«

»Ja, wir kennen die Geschichte.«

Sie sah ihn an, als wolle sie in seiner Miene lesen.

»Ihre Schwester starb dem Arzt zufolge an Atemstillstand«, gab Hansen die offizielle Version wieder, »und Ihr Schwager erlitt kurz danach einen tödlichen Herzinfarkt.«

Marga Mecheler wirkte erleichtert. Sie nickte, dann fuhr sie fort. »Aber ich musste mir bald eingestehen, dass ich mir da in die eigene Tasche log. Als mein Mann starb, war die Krankheit meiner Schwester noch nicht so weit fortgeschritten. Während es mit ihr immer schlimmer wurde, war ich so sehr mit mir selbst und meiner Trauer beschäftigt, dass fast alles an meinem Schwager hängen blieb. Erst wenige Monate vor ihrem Tod hatten wir endlich wieder mehr Kontakt. Ich hätte so gern bei der Pflege meiner Schwester geholfen, aber das war alles schon so eingespielt, und mein Schwager erledigte alles Notwendige so gut, dass für mich gar kein Platz mehr blieb. Nicht einmal ich als Schwägerin habe mitbekommen, wie sehr das alles an die Substanz von Manfreds Vater ging. Und Manfred, der sich einen Dreck um seine kranke Mutter scherte und nicht einmal seinen Saufurlaub abbrach, als die Eltern starben, war für die beiden ganz sicher keine Hilfe, sondern eine zusätzliche Last.«

Sie schüttelte erneut den Kopf. »Entschuldigen Sie bitte, wenn ich so schlecht über mein totes Patenkind rede. Wissen Sie, manchmal hatte ich den Eindruck, dass er ein schlechtes Gewissen hatte, und dann wieder kam er mir so kalt vor wie eine Hundeschnauze. Wann immer ich mit ihm über seine Eltern reden wollte, blockte er ab, und manchmal wurde er ziemlich grob. Deshalb ließ ich das Thema meistens ruhen.«

»Ist Ihnen eigentlich irgendetwas Ungewöhnliches aufgefallen, als Sie gestern zu Ihrem Neffen wollten? Stand ein fremdes Auto in der Nähe, oder haben Sie jemanden auf dem Grundstück gesehen?«

»Weder noch. Die Obergassener sind sehr fleißig, wenn es darum geht, ihre Autos, Gärten oder Häuser auf Hochglanz zu bringen. Wann immer ich Manfred besuchte, achtete niemand auf mich – zumindest nicht so, dass ich es mitbekommen hätte. Was weiß ich, wer womöglich heimlich hinter den Gardinen steht. Außer dem alten Helmfried Mäckl hat meiner Meinung nach niemand gesehen, dass ich vor Manfreds Haus vom Mofa gestiegen und dann hineingegangen bin.«

»Und der wird nicht viel gesehen haben. Er hat gesagt, dass seine Augen nicht mehr die besten seien und er deshalb auch gestern nichts habe beobachten können.«

Marga Mecheler hob die Augenbrauen und schüttelte grinsend den Kopf. »Das hat er gesagt? Dass er kaum mehr etwas sieht?«

Hansen nickte.

»Der alte Schlawiner! Der Helmfried sieht noch ganz gut. Wenn ich vom Mofa klettere, kann ich regelrecht spüren, wie er mir auf den Hintern glotzt.«

Sie bemerkte Hansens zweifelnden Gesichtsausdruck, und sofort erzählte sie von dem Tag, an dem sie kurz befürchtete, Mäckl eine Herzattacke eingebrockt zu haben. Haffmeyer lachte laut, Hansen beherrschte sich besser, musste aber auch grinsen.

»Dann hat er uns wohl wirklich angeschwindelt. Na gut, wir reden noch einmal mit ihm – wobei es vielen lieber ist, nichts gesehen oder gehört zu haben, wenn die Polizei Fragen stellt.«

»Vermutlich hat er wirklich nichts gesehen«, beschwichtigte Marga Mecheler, »und er will nur nicht als Spanner dastehen.«

»Gut möglich. Und als Sie im Haus waren, ist Ihnen da etwas aufgefallen? Sah irgendetwas anders aus als sonst?«

»Nein. Im Wohnzimmer lagen Chipskrümel auf dem Sofa, im Schlafzimmer waren Socken und Unterwäsche auf dem Boden verstreut – alles sah aus wie immer, leider.« Sie verzog das Gesicht.

»Sie waren im Schlafzimmer?«

»Ja, natürlich. Ich habe Manfred ja gesucht. Sonst hatte er oft schon in der Küche den Tisch gedeckt – wenigstens das hat er ab und zu gemacht, weil ich ja gern süße Stückle oder sonst etwas Leckeres zum Essen mitbrachte. Diesmal lagen auf dem Esstisch Zeitungen, Zettel und Rechnungen wild durcheinander. Und bevor ich ins Schlafzimmer bin, habe ich natürlich angeklopft. Aber dort war er ja auch nicht.«

»Hat Ihr Neffe denn häufiger tagsüber geschlafen?«

»Jeden Tag eigentlich. Ich mach auch meinen Mittagsschlaf, aber er … Ich fand eigentlich immer, dass er dafür noch zu jung war mit seinen siebenunddreißig Jahren. Aber was will man machen.«

»Kam Herr Garzinger denn nachts oft spät nach Hause?«

»Das weiß ich nicht, er hat mir gegenüber jedenfalls nie etwas in der Art erwähnt. Von den Jungbauern und der Schafkopfrunde habe ich Ihnen ja gestern schon erzählt – die trinken jedenfalls alle recht schnell, da muss Manfred nicht bis spät in die Nacht verhocken, um betrunken nach Hause zu kommen. Ich kann Ihnen also gar nicht sagen, woher er all die Müdigkeit nimmt, um auch tagsüber schlafen zu können.«

»Kehren wir noch einmal zu dem Zeitpunkt zurück, als Sie gestern Ihren Neffen suchten. Da haben Sie doch sicher auch nach ihm gerufen?«

»Ja, natürlich.«

»Und haben dann gehorcht, ob er von irgendwoher antwortet?«

»Ja, aber er hat natürlich nicht mehr geantwortet.«

»Und Sie haben auch sonst nichts gehört im Haus?«

»Nein. Wobei ... warten Sie ... einmal, ganz am Anfang, war es mir, als hätte ich Schritte gehört. Aber das war nur ganz kurz, danach war alles still. Und das muss ich mir ja auch eingebildet haben, denn der Manfred ...«

Sie verstummte, senkte den Kopf. Dann schien ihr etwas einzufallen, und sie sah Hansen erschrocken an.

»Glauben Sie, diese Schritte ... das könnte der gewesen sein, der meinen Manfred ...?«

»Nein, Frau Mecheler«, log er schnell, um sie nicht unnötig zu belasten, »das mit den Schritten haben Sie sich vermutlich nur eingebildet.«

Sie sah ihn noch einen Moment lang prüfend an, dann nickte sie und versank in brütendes Schweigen. Hansen blieb noch ein wenig neben ihr sitzen, aber als ihre Schultern leicht bebten und sie immer mehr Mühe hatte, ihr Schluchzen zu unterdrücken, entschied er, dass er die Frau nicht mehr länger quälen wollte, und verabschiedete sich.

Während die beiden Fremden in ihren Wagen stiegen und davonfuhren, sah er angespannt zu Marga Mecheler hinüber. Doch dann stellte er fest, dass sie einfach auf der Ruhebank sitzen blieb, offenbar von Weinkrämpfen geschüttelt, und er konnte seine Arbeit noch zu Ende bringen. Es war nicht schwer gewesen, in ihr Haus in der Ortsmitte einzudringen. Die Hintertür war gut geölt und unverschlossen, und so war er hineingeschlüpft, sobald Frau Mecheler durch die Vordertür hinausgegangen war. Um einiges kniffliger war es dagegen, die Kameras in den aufgeräumten Zimmern unauffällig zu platzieren. Doch bald hatte er auf Schränken, neben einem Brennholzkorb, der im Sommer wohl nicht benutzt werden würde, und zwischen angestaubten Büchern in einem Regal alle Geräte so untergebracht, dass man sie kaum entdecken würde, ohne nach ihnen zu suchen.

Das Gespräch zwischen Marga Mecheler und den beiden Männern hatte er eine Zeit lang beobachtet, aber da er ohne technische Hilfsmittel auf diese Entfernung nicht erfahren würde, worüber sich die drei unterhielten, kümmerte er sich lieber wieder um seine Arbeit. So wurde ihm künftig zumindest in diesem Haus kein Gespräch mehr entgehen. Nur ab und zu lugte er hinaus, um nicht von der unerwartet zurückkehrenden Frau Mecheler überrascht zu werden. Als alles eingeschaltet war, schlüpfte er wieder durch die Hintertür nach draußen und suchte in dem kleinen Schuppen ein geeignetes Versteck für den letzten Bestandteil des Überwachungssets: ein Gerät, das die Signale der Kameras empfing und an sein Handy weiterleitete. Er hatte gestaunt, was alles für relativ wenig Geld im Elektronikhandel zu bekommen war – und wie bequem alles zu bedienen und kabellos miteinander zu verbinden war.

So unbeobachtet, wie er gekommen war, verschwand er auch wieder zwischen den dichten Büschen, die Marga Mechelers Grundstück von der Wiese dahinter abgrenzten. Keine zwanzig Meter weiter konnte er sich hinter ein Gebüsch ducken und so gegenüber etwaigen Beobachtern aus dem Ort in Deckung bleiben, bis er das kleine Waldstück erreichte, hinter dem er seinen Wagen abgestellt hatte.

Noch bevor er am Auto angelangt war, tippte er auf seinem Smartphone die App an, mit der er das Überwachungsset steuern konnte. Die Internetverbindung war nicht die beste, trotzdem empfing er die Signale aus dem Haus von Garzingers Tante in hinreichender Qualität. Er änderte die Einstellungen so, dass sein Handy angerufen wurde, sobald die Sensoren der Kameras laute Geräusche oder Bewegungen in den präparierten Räumen meldeten, dann stieg er ein und steuerte seinen Wagen langsam über den holprigen Feldweg, bis er endlich das Gaspedal durchtreten konnte.

Es war zwar warm an diesem Sonntagnachmittag Ende Juli, aber geschwitzt hatte er nicht nur der sommerlichen Temperaturen wegen.

Als Hansen und Haffmeyer in die Kriminalinspektion Kempten zurückkehrten und sich bei den Kollegen vom Soko-Innendienst erkundigten, erfuhren sie gleich zwei Neuigkeiten. Die Kriminaltechniker konnten den Druck, mit dem die Farbe in Manfred Garzingers Mund gespritzt worden sein musste, anhand von Resis Messungen nicht exakt berechnen. Sie konnten also weder eine Lackierpistole noch einen Paintball-Markierer als Tatwaffe ausschließen – aber in der Fußbodenritze hinter einem Schränkchen im Arbeitszimmer hatten die Kollegen rote Farbspuren und die Reste eine Gelatinekapsel gefunden. Offenbar war eine Paintball-Kugel hinter das Schränkchen gerollt und dort vor längerer Zeit zerquetscht worden, als jemand das kleine Möbelstück verschoben hatte.

Kayserling hatte in seinem Bericht vermerkt: »Rot ist eigentlich tabu im Paintball. Prüfen: Hat Garzinger Paintball gespielt? Wenn ja, in offiziellen Anlagen?«

Hansen kamen die Spuren an den Wänden des Arbeitszimmers in den Sinn, wo mehrere Blätter im Format DIN A4 mit Reißzwecken aufgehängt gewesen waren. Wenn Garzinger dort Artikel über Paintball oder womöglich Urkunden aufgehängt hatte, die er als Paintballer errungen hatte, könnte der Mörder ein Interesse daran haben, diese Hinweise verschwinden zu lassen – und so eine Fährte in seine Richtung oder zumindest in Richtung dieses Sports zu verwischen.

Er überflog noch einmal den Bericht und fand schließlich die Stelle, in der stand, dass von der zerquetschten Farbkugel abgesehen nirgendwo im Haus etwas gefunden worden war, das auf Paintball als Manfred Garzingers Hobby hingewiesen hätte.

Wenn jemand Garzingers Freizeitbeschäftigungen kennen musste, dann Marga Mecheler, die ihren Neffen dreimal die Woche besucht und dabei sicher auch häufiger das »Arbeitszimmer« betreten hatte. Vielleicht erinnerte sie sich, welche Blätter dort an der Wand gehangen hatten.

Ob sich die Tante nach dem Gespräch am See wieder so weit gefangen hatte, dass er sie noch einmal auf das Zimmer ansprechen konnte, in dem sie den Toten entdeckt hatte?

Hansen suchte ihre Nummer heraus, wählte und musste es ziemlich lange klingeln lassen, bis sich am anderen Ende jemand meldete.

»Frau Mecheler?«

»Ja. Wer ist denn da?«

»Hansen, Kripo Kempten. Wir haben uns vorhin am See unterhalten, und ich habe noch etwas vergessen. Darf ich Ihnen einige kurze Fragen stellen?«

In der Leitung blieb es einen Moment still, dann war ein Seufzer zu hören.

»Gut, fragen Sie, Herr Hansen.«

»Wissen Sie von irgendeinem Sport, den Ihr Neffe betrieben hat?«

»Er saß viel am Computer. Dort hat er gespielt und im Internet herumgesurft – aber das gilt vermutlich nicht als Sport. Meines Wissens hat er seit längerer Zeit nichts Anstrengenderes gemacht als Schafkopfen und Biertrinken. Früher muss er mal eine dieser neumodischen Sportarten betrieben haben, aber das ist lange her. Und er wollte davon auch nichts mehr hören. Einmal, vor zwei oder drei Jahren, habe ich ihn auf die Urkunden angesprochen, die er in seinem Arbeitszimmer hängen hatte. Aber da ist er sofort wütend geworden. Das Thema hat ihn aber offenbar genervt, oder er wollte darüber auf keinen Fall mit mir reden, ich hab's damals nicht ganz verstanden.«

»Ging es bei den Urkunden um einen Sport namens Paintball oder Gotcha?«

Es entstand eine längere Pause. »Richtig, so hieß das. Manfred wurde als Mitglied einer siegreichen Mannschaft benannt und ausgezeichnet, soweit ich mich erinnere. Ist das denn ein Mannschaftssport?«

»Es treten dabei Teams gegeneinander an, ja. Es gibt verschiedene Ligen, und die Wettkämpfe werden auf speziellen Sportanlagen ausgetragen. Die einzelnen Spieler beschießen sich gegenseitig mit Farbkugeln, und wer getroffen wird, scheidet aus.«

»Das klingt nach Manfred. Ich glaube, dass er auch im Internet vor allem solche Ballerspiele gemacht hat – aber wie gesagt: Als ich ihn auf dieses Paintball angesprochen habe, ist er richtig laut geworden. Und ...« Sie unterbrach sich.

»Ja?«, hakte Hansen nach.

»Er hat mir das Versprechen abgenommen, nie darüber zu sprechen«, fuhr sie mit leiser Stimme fort. »Dieses Versprechen habe ich gerade gebrochen.«

»Ihr Neffe ist tot, Frau Mecheler, und Sie helfen uns mit Ihren Hinweisen, den oder die Leute zu finden, die für seinen Tod verantwortlich sind. Wir können nicht ausschließen, dass die Art seines Todes mit diesem Hobby zu tun hat.«

»Das viele Rot war Farbe, richtig?«

»Ja«, antwortete Hansen.

»Farbe, wie sie bei diesem Paintball verwendet wird?«

Hansen zögerte. Mehr Details wollte er ihr eigentlich nicht verraten.

»Dazu kann ich leider nichts sagen. Ermittlungstaktische Gründe, Sie verstehen?«

»Muss ich wohl.«

»Lassen Sie uns noch einmal auf die Urkunden zurückkommen. Stand darauf ein Ort oder ein Vereinsname oder etwas anderes, das uns weiterhelfen könnte?«

»Diese Urkunden …« Sie unterbrach sich, Hansen konnte sie fast denken hören. »Diese Urkunden hingen nicht mehr an der Wand, als ich Manfred gefunden habe.«

»Richtig. Wir haben nur noch Löcher von den Reißzwecken gefunden. Dank Ihrer Hilfe haben wir überhaupt erst erfahren, dass es Paintball-Urkunden waren.«

»Mir ist das nicht gleich aufgefallen, dass die weg waren, wissen Sie? Natürlich habe ich nur noch den Manfred angestarrt, als ich ihn da so in seinem Sessel liegen sah, aber …«

»Aber?«

»Na ja, ich habe schon zu seinen Lebzeiten vermieden, mir die Wand genauer anzusehen. Ich wollte nicht, dass er wieder laut wird – ich mag Streit nicht besonders, wissen Sie? Außerdem hatte er mir gleich während meines nächsten Besuchs einen Streich gespielt: Da hatte er großformatige Nacktfotos aus einer dieser Zeitschriften herausgetrennt, die er sich manchmal kaufte, und die hat er über die Urkunden gehängt. Er hat sich diebisch darauf gefreut, dass ich mich geniere und rot werde oder was er sich sonst so vorgestellt hat.«

Sie lachte ganz leise.

»Aber den Zahn habe ich ihm gezogen. Ich habe ihm ein paar besonders zotige Witze erzählt, die damals gerade in unserer Frauenrunde kursierten, und beim nächsten Mal waren die nackten Frauen wieder abgehängt.« Marga Mecheler unterbrach sich. »Mir ist gerade etwas eingefallen. Ich habe Manfred in meinem Testament bedacht, das muss ich jetzt ändern, oder? Was passiert denn in einem solchen Fall? Mein Gott, was für ein Durcheinander! Die jungen Leute sollten einfach nicht vor den Alten sterben.«

»Wusste Ihr Neffe, dass er in Ihrem Testament bedacht war?«

»Natürlich. Ich habe noch ein paar andere in mein Testament aufgenommen, aber für ihn war der größte Brocken gedacht, und das wusste er auch. Er hat mich im Scherz als seine Erbtante bezeichnet und hat mich immer ganz unheilvoll angeschaut, wenn er mir Streuzucker in den Kaffee rührte. Wir haben darüber viel und gern gelacht. Warum sollte ich denn daraus auch ein Geheimnis machen? Manfred war ja mein nächster Blutsverwandter. Mein Mann hatte einen Bruder, dessen einziger Sohn wohnt in Nesselwang. Aber der Bruder hat nach dem Tod meines Mannes schon seinen Teil geerbt, den kann er ja irgendwann seinem Sohn vermachen – für mich ist das erledigt.«

»Entschuldigen Sie bitte, wenn ich so direkt frage: Haben Sie viel zu vererben?«

Sie kicherte kurz. »Das kann man so sagen. Mein Mann war geschäftlich sehr erfolgreich, am Ende hat er leider mit dem tödlichen Herzinfarkt einen hohen Preis dafür bezahlt. Geld hatte er bis dahin reichlich angehäuft.«

»Und wieso wohnen Sie dann in dem vergleichsweise kleinen Häuschen in Schellenried? Verstehen Sie mich nicht falsch, Frau Mecheler: Ihr Haus ist schön und liegt wunderbar mit Blick auf den See, aber Sie könnten sich doch sicherlich stattdessen eine Villa leisten oder eine Stadtwohnung mit allem Drum und Dran.«

»Sicher, aber wozu? Schon mein Mann hatte kein Interesse an Statussymbolen. Wir sind nach Schellenried gezogen, als wir frisch verheiratet waren. Wir hatten dort wunderbare Jahre, also sind wir geblieben. Und als mein Mann gestorben war, stellte dieses Haus für mich die letzte Verbindung zu ihm dar. Und die würde ich um nichts in der Welt aufgeben. Das Geld ist vernünftig angelegt – das wirft sogar in der heutigen Zeit noch genügend ab. Und wenn ich was brauche, hebe ich ein bisschen was ab.«

»Vor Ihrem Haus steht dieses alte Mofa, das scheinbar Öl verliert. Haben Sie kein Auto?«

»Nein, das alte klapprige Mofa tut's mir, und wenn wieder was dran kaputtgeht, richtet es mir der Ferdi vorne in seiner Werkstatt wieder. Der kann jeden Auftrag gut gebrauchen, und mir kommt's nicht drauf an, dass das Mofa besonders günstig gerichtet wird. Und falls ich mal woanders hinwill als nach Obergassen oder Sulzberg, ruf ich mir ein Taxi. Glauben Sie mir, Herr Hansen: Mir fehlt nichts.«

Sie legte eine kurze Pause ein.

»Nur der Manfred, der fehlt mir.«

Hansen beendete das Telefonat mit ein wenig Small Talk, dann legte er nachdenklich auf. Auch Marga Mecheler legte den Hörer weg.

Eine Kamera übertrug, wie sie schniefend im Flur stand, wie sie sich geräuschvoll die Nase putzte, wie sie in die Küche schlurfte und sich dort einen Kaffee aufsetzte. Sie war auf dem Display des Smartphones gut zu erkennen. Die Bild- und Tonqualität der Kameras waren besser, als der günstige Preis erwarten ließ. Und der Mann, dem das Smartphone gehörte, versuchte, aus der einen Hälfte des Telefonats, die er hatte hören können, schlau zu werden.

Nun wusste dieser Hansen, der wahrscheinlich Polizist war, dass von Garzingers Wand Paintball-Urkunden verschwunden waren. Das Wegräumen des Markierers, das fieberhafte Suchen nach Paintballs in Schubladen und Schränken hatte sich mehr oder weniger als sinnlos entpuppt. Er dachte darüber nach, was Hansen daraus wohl für Schlüsse ziehen konnte. Und ob ihm diese Schlüsse gefährlich werden konnten.

Bislang nicht, entschied er. Doch weil er nicht genau wusste, was Manfred Garzingers Tante noch alles wusste oder an was sie sich später noch erinnern würde, war es gut möglich, dass es nicht reichte, ihr nur mit Kameras zu Leibe zu rücken.

Marga Mecheler begann, ihm ernsthaft Sorgen zu bereiten.

Haffmeyer hatte während des Telefonats stumm am Besprechungstisch in Hansens Büro gesessen. Nun lieferte ihm sein Chef eine Zusammenfassung des Gesprächs mit Marga Mecheler.

»Also hat Manfred Garzinger Paintball gespielt«, stellte Haffmeyer fest. »Aber warum haben wir im ganzen Haus nichts gefunden – bis auf diese eine Farbkugel hinter dem Schrank?«

»Weil jemand nicht wollte, dass wir von Garzingers Hobby erfahren.«

»Genau.«

»Weil uns das auf eine vielversprechende Fährte bringen würde.«

»Sehr wahrscheinlich.«

»Nur auf welche? Die Tante kann sich an keinen Vereins- oder Ortsnamen erinnern, den sie auf den Urkunden gelesen hätte. Wo sonst können wir ansetzen?«

»Die Kollegen im Innendienst sollen alle Paintball-Spielplätze, oder wie das heißt, zusammenstellen und dort nach Manfred Garzinger fragen. Vielleicht muss man sich da ja anmelden, und wir finden so heraus, wo Garzinger aktiv war. Dann sprechen wir mit anderen, die dort ebenfalls rumgeballert haben. Fleißarbeit halt, das kennen wir ja.«

»Das müssen wir natürlich machen, klar. Aber wer könnte noch etwas von Garzingers Paintball-Hobby wissen? Und inwiefern könnte dieses Farbgeballer etwas mit seinem Tod zu tun haben? Abgesehen davon, dass die Tatwaffe wohl ein Paintball-Markierer war?«

»Und dass dieser Markierer zufällig als Tatwaffe ins Spiel kam, können wir ziemlich sicher ausschließen. Kayserling hat mir vorhin skizziert, welchen Aufwand man betreiben muss, um mit solch einer … nun ja … Spielzeugpistole Wandfarbe aus dem Baumarkt zu verspritzen. Was also ist an diesem Paintball so wichtig oder so schlimm, dass jemand deswegen einen Mord begeht?«

Hansen hörte Haffmeyer aufmerksam zu. »Während die Kollegen diese Paintball-Anlagen abklappern, sollten wir unser Glück in Garzingers Freundeskreis versuchen.«

»Wobei er nicht wirklich Freunde gehabt zu haben scheint«, gab Haffmeyer zu bedenken. »Die Männer in der Schafkopfrunde haben wohl hauptsächlich einen vierten Kartenspieler gebraucht. Die Jungbauern könnten wir befragen, aber ob die Manfred näher kannten oder ob die sich nicht nur alle vierzehn Tage zum Saufen trafen …?«

»Apropos Saufen: War Garzinger nicht mit ein paar Kumpels auf Ibiza, als vor elf Jahren seine Eltern starben? Welche Kumpels waren das? Die Schafkopfmänner scheiden aus, sonst hätte Robbie Fleischlen nicht gesagt, dass Garzinger schon mal auf Ibiza war – dann hätte er erzählt, dass Garzinger *und er* schon mal dort waren. Ob er sich damals mit einigen von den Jungbauern auf die Reise gemacht hat? Karl Kallmann fällt auch aus: Der Bruder unseres Kollegen hat Garzinger auf Ibiza angerufen, als die Mutter gestorben war, also muss er zu dieser Zeit hier gewesen sein. Aber vielleicht weiß er, mit wem Garzinger auf die Insel geflogen war.«

Haffmeyer sah auf die Uhr. »Ich ruf den gleich mal an. Soweit ich weiß, hält Kallmann Milchkühe. Ich frag ihn, wann er mit dem Melken anfängt und wann er fertig ist. Er kann uns sicher sagen, mit wem Manfred damals im Urlaub war – und auch sonst müsste er einiges über ihn zu erzählen haben, als früherer Lehrling und Freund der Familie.«

Schon fünf Minuten später saßen die beiden im Auto. Karl Kallmann war gerade von einer Runde mit dem Hund zurückgekommen, und bis er sich im Stall um die Kühe kümmern musste, war noch gut eine Stunde Zeit. Davon war noch eine halbe Stunde übrig, als Haffmeyer und Hansen auf dem Kallmann'schen Hof eintrafen.

Sie wurden schon erwartet. Karl Kallmann lehnte an der Wand eines Holzschuppens und rauchte eine Zigarette. Er trug eine ausgebeulte Latzhose und darunter ein Feinrippunterhemd. An der Tür hing ein Schild mit der Aufschrift »We're open!«, darunter waren die Preise für Kartoffeln, Eier und selbst gebrannten Schnaps aufgelistet. Durch ein Sprossenfenster konnte man ins Innere des Schuppens blicken: Auf einem Regal stapelten sich Netze mit Kartoffeln, in einem anderen standen Flaschen mit Obstler und Mirabellengeist.

Kallmann stieß sich von der Wand ab, schnippte die Zigarette in eine Güllepfütze und begrüßte seine Besucher mit festem Händedruck.

»Ohne Selbstvermarktung geht heute gar nichts mehr«, sagte er dann. »Bei den derzeitigen Milchpreisen verdienen wir fast nur noch an dem, was wir nebenbei anbieten. Ich habe schon darüber nachgedacht, von Milchvieh auf Mutterkuhhaltung umzustellen und nur noch Fleisch zu vermarkten, vielleicht sogar mit Biosiegel. Aber was mach ich dann mit der teuren Melkmaschine? Die kann ich wegschmeißen, die kauft mir in der heutigen Zeit keiner ab.«

Karl Kallmann war den Akten zufolge Anfang sechzig, sein markantes Gesicht wirkte aber auf eine wettergegerbte, rustikale Art alterslos.

»Wollen Sie mal in den Stall?«, fragte er Hansen, der daraufhin kurz die Gummistiefel des Bauern musterte. Diese waren bis zum Schaft hinauf mit braunen Flecken versehen, wie sie Hansen nicht auf seiner Hose haben wollte.

»Nein, danke, Herr Kallmann, vielleicht ein anderes Mal. Wir wollten uns von Ihnen ein bisschen was über Manfred Garzinger erzählen lassen.«

»Schlimme Sache, das mit dem Manfred«, sagte Kallmann und wiegte betrübt den Kopf. »Mein Bruder hat mir gestern Abend davon erzählt.«

Er fing Hansens fragenden Blick auf.

»Keine Sorge, Franz hat mir keine Details genannt. Er hat nur gesagt, dass Manfred tot ist und die Polizei von Fremdverschulden ausgeht. Ich muss immer lachen, wenn er sich so geschwollen ausdrückt – aber er hat mir kein Täterwissen weitergegeben. So nennen Sie das doch?«

»Ja. Und uns hat Ihr Bruder erzählt, dass Sie bei Manfred Garzingers Eltern in die Lehre gegangen sind und auch später den Kontakt zur Familie gehalten haben. Nun hoffen wir, dass wir uns mit Ihrer Hilfe ein etwas besseres Bild von Garzinger machen können. Bisher hatten wir den Eindruck, dass er nicht viele oder vielleicht gar keine Freunde hatte.«

Kallmann zuckte mit den Schultern und zog eine neue Zigarette aus der Brusttasche seiner Latzhose.

»Stört es Sie?«

Hansen schüttelte den Kopf. Kallmann zündete die Zigarette an und nahm einen ersten tiefen Zug.

»Dass Manfred Garzinger keiner zum Mögen war, wissen Sie vermutlich schon. Und ich glaube auch nicht, dass er richtige Freunde hatte.«

»Ihr Bruder hat uns erzählt, dass er nicht einmal einen

Ibiza-Ausflug mit Kumpels unterbrechen wollte, als seine Mutter gestorben war – obwohl Sie ihn deswegen extra angerufen hatten.«

Kallmann lachte freudlos. »Dass euch das der Franz sofort erzählt hat, überrascht mich nicht. Ihm hat das damals fast mehr zu schaffen gemacht als mir. Ich kannte den Manfred ja schon ewig, und ein besonders fürsorglicher Sohn war er noch nie. Der hat immer nur nach sich selbst geschaut. Sein Vater hat immer fürchterlich auf ihn geschimpft, weil er zu faul war zum Helfen und uns alle Arbeit ließ. Mich hat das nicht gestört, im Gegenteil: Wenn ich mittags mit der Familie am Esstisch saß und Garzinger senior mich mal wieder vor seinem Sohn über den grünen Klee lobte, hat mir das ganz gutgetan. Vom alten Garzinger habe ich viel gelernt. Mein eigener Vater hatte es nicht so mit dem Loben, und wir konnten auch nicht besonders gut zusammenarbeiten.«

Er zog wieder an der Zigarette und sah dem Rauchkringel nach, den er in die Luft blies.

»Kennen Sie denn jemanden, der Manfred Garzinger Böses wollte?«, erkundigte sich Hansen. »Gab es einen Konkurrenten? Jemanden, mit dem er Streit hatte?«

»Der Manfred hat sich ziemlich vergraben in seinem Elternhaus. Im Hasen in Sulzberg hat er Schafkopf gespielt, und dann hat er sich mit den Jungbauern getroffen – da bin ich auch manchmal dabei gewesen.«

Er grinste und fuhr sich über den ergrauten Dreitagebart.

»Wenn Sie mich ansehen, können Sie sich denken, dass sich die Jungbauern schon etwas länger treffen.«

»Und mit wem war Manfred Garzinger damals auf Ibiza?«

»Das waren Spezln, mit denen er zu dieser Zeit häufiger zusammen war – soweit ich das mitbekommen habe, gibt es die Clique heute nicht mehr, oder die treffen sich nur noch selten. Ich hatte mit Manfred seit dem Tod seiner Eltern kaum mehr zu tun.«

»Kennen Sie jemanden aus dieser alten Clique?«

»Nicht persönlich, aber ich weiß, dass die alle nicht von hier waren.«

»Und woher kannte Manfred Garzinger diese Männer?«

»Das waren nicht nur Männer. Meines Wissens waren zumindest auf Ibiza auch zwei oder drei Frauen dabei. Und woher sie sich gekannt haben … hm … Ich glaube, einer der Männer war mit Manfred bei der Bundeswehr. Das war ein … Mensch, wie hieß der noch? Martin, glaube ich. Und wie weiter … Sein Nachname … Da war irgendetwas mit Sonne …«

Er legte die Stirn in Falten, dann schüttelte er den Kopf.

»Nein, tut mir leid, ich komm nicht mehr drauf. Ich hab mit dem auch nur ein einziges Mal gesprochen, da hat er Manfred in Obergassen besucht. Ich war mit dem Traktor unterwegs und kam an Manfreds Haus vorbei. Offenbar war dieser Martin gerade erst gekommen, und die beiden standen noch beisammen und unterhielten sich. Manfred war ungewöhnlich gut gelaunt, und als er mich heranfahren sah, winkte er mir zu. Ich habe angehalten, wir haben ein bisschen geratscht, und er hat mir Martin vorgestellt. Ich hatte den Eindruck, dass er fast vor Stolz geplatzt ist, dass er ihn mir als seinen Freund präsentieren konnte. Ich weiß aber nicht, warum. Dieser Martin fuhr ein ziemlich teures Auto, vielleicht hatte er viel Geld, und das hat Manfred imponiert.«

Er zuckte mit den Schultern.

»Viel haben wir nicht miteinander geredet, und ich bin dann auch wieder weitergefahren. Ab und zu hat Manfred danach noch beim Jungbauernstammtisch von seinem Kumpel erzählt, aber nach dem Ibiza-Ausflug wenige Jahre später war nicht mehr lange von ihm die Rede. Keine Ahnung, ob die beiden am Ende noch Kontakt hatten.«

»Eins noch, Herr Kallmann, haben Sie irgendwann mitbekommen, dass Manfred Garzinger die Sportart Paintball betrieben hat?«

»Manfred und Sport?« Kallmann lachte. »Das kann ich mir nun gar nicht vorstellen. Was ist denn das, dieses Paintball?«

Hansen erklärte es ihm.

»Na gut, rumballern – das passt schon zu ihm. Von der Zeit bei der Bundeswehr hat er meistens recht positiv erzählt. Aber falls er dieses … Paintball betrieben hat, habe ich es nicht mitbekommen, tut mir leid.«

»Gut, dann wollen wir Sie auch nicht länger vom Melken abhalten«, sagte Hansen und wandte sich ab.

»Schade«, versetzte Kallmann grinsend, stopfte die Hände in die Hosentaschen und machte sich auf den Weg zum Stall. Kurz bevor er das offen stehende Tor erreicht hatte, drehte er sich noch einmal um.

»Farbkugeln, sagten Sie?«, rief er Hansen zu, der gerade in den Wagen einsteigen wollte.

»Ja, warum?«

»Reden Sie doch mal mit dem Roland Mäckl. Der wohnt in Schellenried, und der war genauso regelmäßig beim Jungbauernstammtisch wie der Manfred. Ich glaube, dem hat mal einer eine Kuh angemalt. Das ist drei, vielleicht vier Jahre her, und Roland hat sich damals fürchterlich aufgeregt. Vielleicht hilft Ihnen das weiter.«

Der Mäckl-Hof lag am östlichen Ende von Schellenried. Auf dem Weg dahin kamen Hansen und Haffmeyer wieder an der Werkstatt von Ferdi Kugler und am Haus von Marga Mecheler vorbei. Kurz vor dem Bauernhof stand ein recht ansehnliches Wohnhaus, an das eine Doppelgarage und ein niedriges Gebäude mit Flachdach angebaut waren. In den Fenstern zur Straße hin hingen Plakate mit Häusern und Bauplätzen und darüber in geschwungener Schrift der Spruch »Hans Kugler – der Makler Ihres Vertrauens«.

Schon beim Aussteigen hörten sie das laute Surren aus dem Stall.

»Da hätten wir besser vorher anrufen sollen«, bemerkte Haffmeyer. »Roland Mäckl ist offenbar mit der Melkmaschine zugange.«

Hansen sah sich um. Das Haus war nicht mehr neu, aber recht ordentlich in Schuss. Zwischen Wohngebäude und Stall ging der Blick auf den hinteren Teil des Anwesens, wo eine Scheune und andere Nebengebäude die Sicht begrenzten. Traktoren, Anhänger, ein altes Moped und ein nicht viel jüngeres Motorrad, ein Pick-up und zwei Kleinwagen standen auf dem Gelände verteilt. Brennholz war unter dem Dachvorsprung der Scheune gestapelt, und von irgendwo hinter dem Haus war das Gegacker von Hühnern zu hören. Eine Frau von etwa siebzig Jahren stapfte in ihr Blickfeld. Sie trug einen altmodischen Rock, eine geblümte Schürze und Gummistiefel, das graue Haar hatte sie streng hinter dem Kopf zusammengebunden. Als sie die beiden Fremden bemerkte, stellte sie ihren Blecheimer ab und kam auf die Besucher zu.

»Kann ich Ihnen helfen?«, fragte sie.

Hansen zeigte seinen Dienstausweis und sagte, dass er gern mit Roland Mäckl sprechen würde.

»Da werden Sie sich etwas gedulden müssen. Mein Sohn ist gerade im Stall, da kann er nicht so einfach weg. Es geht um den Manfred, oder?«

»Was wissen Sie darüber?«

»Nur das, was im Dorf so rumgeht. Dass der Manfred in seinem Haus tot aufgefunden wurde, dass ihn wohl ausgerechnet die Marga gefunden hat – und dass die Kripo ermittelt.«

»Was geht denn sonst noch so im Dorf rum?«

»Nichts Genaues. Ich bin heute früh gleich zur Marga, nachdem ich noch vorm Gottesdienst davon gehört habe. Sie ist meine beste Freundin, und ich wollte schauen, ob sie meine Hilfe braucht. Ich habe sie zum Mittagessen eingeladen, aber sie wollte allein sein – kann man ja verstehen. Ich meine, der Manfred war ihr einziger näherer Verwandter, und sie wollte ihm das meiste von ihrem Vermögen vermachen.«

»Das hat sie Ihnen erzählt?«

»Natürlich. Wie gesagt, wir sind beste Freundinnen, da spricht man auch über so etwas. Und sie wusste: Was sie mir erzählt, ist bei mir gut aufgehoben.«

Sie machte eine Geste, als schließe sie ihre Lippen ab und werfe dann den Schlüssel weg. Dann zuckte sie zusammen und beugte sich ein wenig zu Hansen hin.

»Und jetzt haben Sie hoffentlich keinen falschen Eindruck von mir, nur weil ich Ihnen das gleich erzählt habe. Zum einen wissen Sie das vermutlich eh schon – und der Kriminalpolizei muss man ja auch alles erzählen, nicht wahr?«

»So wäre es für alle am besten, ja.«

Hansen warf einen Blick zum Stall hin. Gerade trat ein Mann durchs Tor, der ein paar Jahre älter als Frau Mäckl sein mochte. Als er die Besucher bemerkte, kam er gleich auf sie zu. Im Gehen wischte er sich die Hände an seiner Arbeitshose ab.

»Das ist mein Mann, Herwald Mäckl«, sagte die Frau. »Die Herren sind von der Kripo und wollen mit dem Roland reden.«

»Ach? Und worüber? Geht's um den toten Manfred?«

»Ja, und um Freunde von ihm.«

»Freunde? Der Manfred?« Der Bauer lachte polternd. »Da werden Sie nicht viele finden, fürchte ich. Und der Roland ist eigentlich auch nicht sein Freund. Die beiden hocken jeden zweiten Donnerstag im Jägerwinkel zusammen, mehr war da nie.«

»Manfred Garzinger schien nicht sehr beliebt gewesen zu sein.«

Herwald Mäckl wandte sich ein wenig ab und spuckte auf den Boden. »Das hat er sich selbst zuzuschreiben, das Arschloch«, knurrte er und blickte finster drein.

»So spricht man nicht über einen Toten, Herwald!«, herrschte ihn seine Frau an.

Sofort machte er eine beschwichtigende Geste in ihre Richtung und brummte: »Schon gut, Sieglinde.«

»Sie müssen bitte entschuldigen, Herr Kommissar«, fuhr sie schnell fort. »Der Manfred hat es allen, die mit ihm zu tun hatten, schwer gemacht. Er war rechthaberisch, streitsüchtig, faul sowieso … Ach, jetzt fang ich auch schon so zu reden an!«

»Aber es ist doch auch wahr!«, stand ihr Herwald Mäckl bei. »Den mochte keiner – na ja, von der guten Marga mal abgesehen. Hat sie Ihnen erzählt, dass Manfred ihr Haupterbe sein sollte? Und sie hat was zu verteilen, das können Sie ruhig glauben!«

Sieglinde Mäckl lächelte unsicher.

»Meinem Mann«, sagte sie, »habe ich natürlich immer alles erzählt. Wir haben ja keine Geheimnisse voreinander. Aber sonst …«

»Wie gut kannten Sie beide Manfred Garzinger?«

»Na ja, hier auf dem Land kennen wir uns natürlich alle«, antwortete Frau Mäckl. »Den einen besser, den anderen weniger gut. Ich finde es schön, dass ich ständig jemanden zum Ratschen treffe, wenn ich zum Bäcker, zum Metzger oder in den Supermarkt fahre.«

»Garzinger dürften Sie ja nicht so oft getroffen haben. Karl Kallmann hat uns vorhin erzählt, dass Manfred Garzinger sich geradezu in seinem Elternhaus vergraben hat.«

»Ja, der Karl … Das ist ein guter Kerl. Wissen Sie, dass er sich mehr um die alten Garzingers gekümmert als Manfred? Wenn man so was hört, kann man nur hoffen, dass man es mit dem eigenen Sohn mal besser erwischen wird.«

Ein Mann von Ende dreißig war unbemerkt an sie herangetreten.

»Was wollt ihr mal besser erwischen mit mir?«

»Ach, schon fertig im Stall, Roland?« Seine Mutter drehte sich um und machte ihren Sohn mit Hansen und Haffmeyer bekannt.

»Es geht um den Manfred, oder?«, fragte Roland Mäckl. »Schlimme Sache! Wissen Sie schon, wer's war?«

»Leider noch nicht. Deswegen wollten wir Sie auch sprechen. Wir hoffen, dass Sie uns mit ein paar Informationen weiterhelfen können.«

»Infos über den Manfred? Da bin ich schnell fertig: Er hat ordentlich Bier vertragen, fuhr auch danach noch vom Jägerwinkel heim und wurde nie betrunken am Steuer erwischt. Und passiert ist auch nie was.«

»Mehr fällt Ihnen zu Ihrem Freund nicht ein?«

»Freund? Ich weiß nicht recht ... Manfred war ein Kumpel, wir haben beide regelmäßig den Jungbauernstammtisch besucht, und das schon seit Jahren. Viel mehr hat uns nicht verbunden – und wenn ich so höre, mit wem er alles Streit hatte, teilweise wegen Nichtigkeiten, dann bin ich ganz froh darüber. Wir hatten jedenfalls keine Probleme miteinander, aber befreundet – nein, so weit würde ich nicht gehen.«

»Mit wem hatte er denn Probleme?«

»Gehen Sie einfach mal davon aus, dass er mit den meisten hier in der Gegend zusammengerasselt ist, wenn er etwas mit ihnen zu tun hatte. Und in Obergassen werden Sie vermutlich auch von keinem etwas Gutes über Manfred hören.«

»Bisher ist uns aus Obergassen kein Streit geschildert worden, der so heftig wäre, dass er ernsthaft mit Herrn Garzingers Tod in Verbindung gebracht werden könnte.«

»Dann wird halt jetzt, wo er tot ist, keiner schlecht über ihn reden wollen.«

»Von Ihnen mal abgesehen.«

»Ich rede doch nicht schlecht über den Manfred! Aber manches lässt sich nun mal nicht leugnen. Er hat die Arbeit nicht gerade gesucht, er hat sich um nichts gekümmert, und Verlass war auch nicht wirklich auf ihn.«

»Hat er Sie mal hängen lassen?«

»Mal so, mal so. Ich will Ihnen ein Beispiel nennen. Er hat ein Stück Wald, drüben bei Bodelsberg, auf der anderen Seite der A7. Wir hatten vor zwei Jahren besprochen, dass ich dort eine Anzahl Bäume schlage und das Holz selbst verwerte. Einen Teil verkaufe ich ans Sägewerk, den Rest verarbeite ich zu Hackschnitzeln, damit heizen wir hier. Der Preis, den er mir dafür gemacht hat, war okay, und weil ich Manfreds Zusage hatte, habe ich mich nicht um anderes Holz gekümmert. Und als ich dann mit meinen Helfern anrückte, war dort schon ein Kollege aus Oy bei der Arbeit. Manfred hatte ihm ebenfalls zugesagt – vielleicht hat ihm der andere mehr geboten, aber mir davon nichts zu sagen und mich einfach auflaufen zu lassen … Da hat er sich beim nächsten Jungbauernstammtisch natürlich was anhören müssen, und sein blöder Wald kann mir seither gestohlen bleiben.«

»Und trotzdem saßen Sie alle zwei Wochen mit ihm im Jägerwinkel zusammen?«

Mäckl blinzelte irritiert.

»Ich meine«, fuhr Hansen fort, »wenn Sie sich so reingelegt fühlten – wäre es da nicht das Normalste, dass man künftig eben mit anderen Leuten ein Bier trinken geht?«

»Sie kommen nicht vom Dorf, oder?«

»Warum?«

»Sie klingen nicht nach einem Hiesigen, und vielleicht ist das bei Ihnen daheim anders. In den Käffern in unserer Gegend jedenfalls habe ich nicht die große Auswahl, mit wem ich was trinken gehe. Und als ich Manfred damals wegen dieser Waldgeschichte einen eingeschenkt hatte, war die Sache für mich auch erledigt. Wir sind hier bei uns nicht so zimperlich, wissen Sie?«

»Offensichtlich.«

»Deshalb habe ich ja auch widersprochen, als Sie Manfred meinen Freund genannt haben. Das ist er nicht, war er nie und wird er auch nie sein.«

Roland Mäckl hatte sich in Rage geredet, und sein Gesicht hatte etwas Farbe angenommen. Seine Eltern sahen sich betreten an. Er räusperte sich.

»Na gut, geht ja auch nicht mehr, jetzt, wo er tot ist. Aber für ein Bier im Jägerwinkel hat's allemal gereicht.«

Hansen ließ einen Augenblick verstreichen, bevor er die nächste Frage stellte.

»Bisher wissen wir von zwei Gruppen, mit denen sich Manfred Garzinger regelmäßig getroffen hat: mit Ihren Jungbauern jeden zweiten Donnerstag im Jägerwinkel und mit den Leuten um Robbie Fleischlen sonntags im Hasen. Wissen Sie noch von einer anderen Clique, mit der er manchmal unterwegs war?«

»Ich bin doch nicht der Babysitter vom Manfred!«

In Mäckls Empörung hallte noch die Erregung wider, in die er sich vorhin hineingesteigert hatte, und auf einen strengen Blick seines Vaters atmete Roland Mäckl denn auch ein paar Mal tief durch, bevor er weiterredete.

»Wissen Sie, Herr Hansen«, fuhr er deutlich beherrschter fort, »Manfreds Tod beschäftigt uns alle. Hier auf dem Land ist es recht ruhig, und die meisten von uns schätzen das sehr. Und dann schnüffelt die Polizei herum und –«

Er unterbrach sich kurz und setzte ein entschuldigendes Lächeln an.

»So hab ich das nicht gemeint, sorry. Aber Ihre Fragen, die Ermittlungen – und hinter allem das Wissen darum, dass einer von uns, einer aus der Nachbarschaft einem Verbrechen zum Opfer gefallen ist … Das mag in Kempten, Augsburg oder München anders sein, aber wir hier sind so etwas nicht gewöhnt.«

»Da kann ich Sie beruhigen, auch in Kempten sind das die Leute nicht gewöhnt. Zum Glück haben wir nicht ganz so viele Morde, wie es im Fernsehen oder in Kriminalromanen dargestellt wird.«

»Mir reicht der eine.«

»Wissen Sie nun von einer weiteren Clique?«

Er dachte nach, zögerte kurz, dann schüttelte er den Kopf.

»Nein, ich glaube, dass er außer den Jungbauern und der Schafkopfrunde niemanden hatte. Er hat, soviel ich weiß, viel Zeit vor seinem Computer verbracht.«

»Vor dem PC, der in seinem Arbeitszimmer steht?«

»Ja.«

Mäckls Antwort kam schnell und ohne Nachdenken.

»Woher wissen Sie, wo Garzingers Computer steht?«, fragte Hansen.

»Ich? Na, ich war ein paarmal bei ihm. Mal haben wir ein Bier am Küchentisch getrunken, dann haben wir ein Fußballspiel im Wohnzimmer geschaut, und manchmal hat er irgendwas aus dem Arbeitszimmer geholt – da habe ich natürlich gesehen, dass dort der PC steht.«

»Sie haben ihn daheim besucht? Auch nach Ihrem Streit wegen des Waldes?«

»Nein, seither nicht mehr. Aber so faul wie Manfred war, hat er seither doch sicher nichts umgeräumt, oder?«

Hansen musterte ihn, Mäckl hielt seinem prüfenden Blick stand.

»Nein«, sagte Hansen dann, »er hat wohl nichts umgeräumt.«

»Na sehen Sie!«

»Wissen Sie auch, was er so viel am Computer zu tun hatte? Ist er da einem Job nachgegangen?«

Mäckl lachte.

»Job würde ich das eher nicht nennen.«

»Worauf spielen Sie an?«

»Ach«, sagte Mäckl leichthin und legte ein anzügliches Grinsen auf, »der Manfred wird am Computer halt das gemacht haben, was jeder alleinstehende Mann nachts am Computer macht, oder?«

»Wie bitte?«, fragte Sieglinde Mäckl dazwischen.

Sie hatte die ganze Zeit still und reglos zugehört, aber jetzt hob sie doch die Augenbrauen und sah ihren Sohn fragend an. Der duckte sich ein wenig unter ihrem Blick und lief rot an.

»Äh … nein, Mama, ich doch nicht … natürlich nicht, aber …«

Willy Haffmeyers ersticktes Prusten zeigte, dass nicht nur die besorgte Mutter verstanden hatte, was Mäckl meinte.

»Gut«, warf Hansen ein, »lassen wir das mal so stehen. Herr Mäckl, wenn Sie sich noch erinnern, wo Garzingers Computer steht, ist Ihnen denn sonst noch was in seinem Arbeitszimmer aufgefallen?«

»Da steht dieses Riesentrumm von einem Sessel, in dem Manfred immer herumgelümmelt hat.«

Hansen versuchte einzuschätzen, ob Mäckl mit dem Sessel wirklich nichts Besonderes verband – oder ob er seine Miene nur gut unter Kontrolle hatte.

»Was schauen Sie so?«, fragte Mäckl. »Der Sessel steht doch noch dort, oder?«

»Ja.«

Mäckl runzelte die Stirn, dann schien ihm ein Licht aufzugehen. »Scheiße! In diesem Sessel ist er von seiner Tante gefunden worden, stimmt's?«

Hansen ging nicht auf die Frage ein.

»Ist Ihnen sonst noch was aufgefallen am Arbeitszimmer, als Sie das letzte Mal dort waren?«

Roland Mäckl zuckte mit den Schultern.

»Hingen vielleicht irgendwelche Urkunden an den Wänden?«, fasste Hansen nach.

Mäckls Blick wirkte plötzlich lauernd.

»Warum fragen Sie?«

»Das ist mein Job, Herr Mäckl. Und? Hingen da Urkunden?«

Roland Mäckl senkte den Kopf und scharrte einige Augenblicke lang mit den Stiefeln im Boden, bevor er Hansen wieder in die Augen schaute.

»Sie wissen das eh schon, stimmt's?«

Hansen beschloss zu pokern. »Ich würde trotzdem gern Ihre Version hören.«

Mäckl blies die Backen auf und ließ die Luft dann zischend entweichen. »Okay … Da hingen Urkunden. Manfred hat mit Spezialgewehren Farbkugeln verschossen, Paintball nennt sich das. Mal ging er mit einigen Sportskameraden in den Wald, mal hat er an offiziellen Wettbewerben auf Paintball-Anlagen teilgenommen. Darin war er wohl recht gut, denn an der Wand hingen mehrere Siegerurkunden, weil sein Team dieses oder jenes Turnier gewonnen hatte.«

»Und?«

Hansen hoffte, dass Mäckl jetzt weiterredete, weil er sich bisher noch keinen Reim darauf machen konnte, warum dem Schellenrieder Bauern die Paintball-Erfolge von Manfred Garzinger zu schaffen machen könnten.

»Eines Tages hat jemand eine meiner Kühe angemalt.«

Hansen erinnerte sich an Karl Kallmanns Bemerkung zu diesem Thema.

»Und das hat Sie ziemlich wütend gemacht«, flocht er ein, um Mäckl darin zu bestätigen, dass die Polizei das eh schon wusste.

»Allerdings! Damals war so ein Verrückter auf den Weiden unterwegs, der hat mit Luftdruckgewehren auf Rinder geschossen, hat die Elektrozäune durchgezwickt, und einmal hat er eine Kuh so sehr mit einer Eisenstange malträtiert, dass das Tier hinterher eingeschläfert werden musste!«

Aus den Augenwinkeln sah Hansen seinen Kollegen nicken. Haffmeyer hatte offenbar von dem Fall gehört.

»Der Typ war sonst zwischen Görisried und Seeg unterwegs, aber als ich morgens sah, wie die angemalte Kuh über die Weide lief, dachte ich, dass der jetzt halt in unsere Nähe gekommen war.«

»Das war vor drei, vier Jahren, richtig?«

»Im Mai vor drei Jahren.«

»Und wann kam Ihnen der Verdacht, dass Manfred Garzinger etwas damit zu tun haben könnte?«

»Ich habe erfahren, dass der Typ, der auf den Weiden zwischen Görisried und Seeg sein Unwesen getrieben hat, schon zwei Tage vor der Farbattacke auf meine Kuh erwischt worden war. Dann ist mir eingefallen, dass Manfred diese Paintball-Urkunden an der Wand hängen hat. Er hat mir früher auch manchmal von diesen Turnieren vorgeschwärmt, er wollte mich sogar überreden, mal mitzumachen – aber ich hab ja keine Zeit, ich muss mich um den Hof kümmern.«

»Also haben Sie Manfred Garzinger auf die bemalte Kuh angesprochen.«

»Ich habe ihn ganz direkt gefragt, ob er mit seinem blöden Farbgewehr auf meine Kuh geschossen hat. Aber er hat nur gelacht und behauptet, dass er das auf gar keinen Fall gewesen sei. Und als ich noch einmal konkret nachfragte, hat er mich aus dem Haus komplimentiert – ich weiß bis heute nicht sicher, ob er das mit der Kuh nun war oder nicht.«

»Sah der Hintern der Kuh denn so aus, als wäre er von einer Farbkugel getroffen worden – oder hat sich da jemand mit einem Pinsel zu schaffen gemacht?«

»Woher soll ich das wissen? Ich bin Milchbauer und kein Spezialist für Maltechniken! Dieser Farbfleck hatte auf der einen Seite eine kräftigere Stelle, um die herum einige Spritzer zu sehen waren – und dann ging das in so einer Art Wischer weiter bis fast zur Schwanzwurzel.«

»Die Farbe?«

»Knallrot, und das Zeug ließ sich nicht abschrubben.«

»Bis heute nicht?«

»Die Kuh ist längst geschlachtet.«

»Hat Manfred Garzinger darüber später noch einmal mit Ihnen geredet?«

»Ich hab ihn noch ein paarmal drauf angesprochen, aber er hat immer abgestritten, damit etwas zu tun zu haben. Und irgendwann habe ich die Sache halt auf sich beruhen lassen. War ja im Grunde genommen nichts Schlimmes passiert. Ob die Kuh jetzt einen Farbfleck am Hintern hat oder nicht – da wären die Schäden durch eine Eisenstange schon was anderes gewesen.«

»Und über Paintball haben Sie sich danach auch nicht mehr unterhalten?«

»Nein. Der Manfred hatte plötzlich keine Lust mehr, mir von seinem Sport vorzuschwärmen, vielleicht hatte er ja doch ein schlechtes Gewissen wegen meiner Kuh, wer weiß? Als ich noch einmal nachgefragt habe, ist er richtig ärgerlich geworden. Er meinte, ich soll das Thema doch mal endlich gut sein lassen – und dabei kam raus, dass auch seine Urkunden wohl schon ein bisschen älter sind. Wenn ich mich richtig erinnere, lag sein letztes Paintball-Turnier fünf oder sechs Jahre zurück.«

»Hat er Ihnen gegenüber mal einen Verein erwähnt oder eine Mannschaft, in der er gestartet ist?«

»So sehr hat mich das nicht interessiert, und erzählt hat er da auch nichts Konkretes.«

Hansen überlegte, wonach er Roland Mäckl noch fragen konnte. Garzingers Bundeswehrkamerad fiel ihm ein, von dem Karl Kallmann nicht mehr den vollständigen Namen gewusst hatte.

»Uns wurde von einem Mann erzählt, mit dem Manfred Garzinger aus Bundeswehrzeiten befreundet war. Wissen Sie darüber etwas?«

»Der Manfred hat seinen Wehrdienst in derselben Kaserne abgeleistet wie ich, allerdings war ich schon fertig, als Manfred eingezogen wurde. Trotzdem haben wir uns hinterher ab und zu über die Kaserne und die Offiziere und so unterhalten. Ich hatte danach mit einigen meiner Kameraden Kontakt, mit zweien treffe ich mich noch heute. Manfred hatte nach der Bundeswehrzeit meines Wissens nur noch mit Sonny Kontakt. Das war sein Spitzname, und er hat Manfred immer wieder mal besucht. Manchmal waren die auch übers Wochenende zusammen weg – ich glaube, Manfred hat sich mit einigen von Sonnys Kumpeln angefreundet. Kann auch sein, dass eine Frau der wahre Grund war. Eine Zeit lang kam mir der Manfred schwer verliebt vor, aber das hat sich dann wieder gegeben.«

»Wissen Sie, wie dieser Sonny richtig hieß oder woher er stammte?«

»Martin, glaube ich. Ja, der hieß Martin, aber er wollte immer nur Sonny genannt werden. Hatte was mit seinem Nachnamen zu tun. Sonnheimer oder Sonnleitner, etwas in der Art. Sein Vater hatte eine Fabrik in Memmingen, irgendwas mit Maschinenbau – und die Firma muss gut gelaufen sein. Sonny kam immer in einem ziemlich teuren Schlitten, und seine Kleider sahen auch nicht gerade billig aus. Manfred war stolz wie Bolle, dass er mir Sonny als seinen Freund präsentieren konnte.«

»War Garzinger mit diesem Sonny auch noch befreundet, als seine Eltern starben?«, fragte Hansen.

»Er war genau zu dieser Zeit mit Sonny und seiner Clique auf Ibiza. Aber wenig später müssen die beiden ihren Kontakt abgebrochen haben. Und als ich Manfred irgendwann mal gefragt habe, ob Sonny ihn denn mal wieder besuchen kommt, ist er fast an die Decke gegangen. Ich schätze mal, dass sie sich über irgendetwas gestritten haben – und falls meine Vermutung stimmt, dass da auch eine Frau eine Rolle gespielt, die den Manfred vielleicht abserviert hat …«

Mäckl machte eine vielsagende Miene, und Hansen kam zu dem Schluss, dass er von ihm keine weiteren nützlichen Informationen mehr bekommen würde. Er gab ihm seine Visitenkarte für den Fall, dass ihm noch etwas einfallen sollte.

Während Hansen und Haffmeyer auf ihren Wagen zugingen, hörten sie hinter sich die Eltern von Roland Mäckl tuscheln und dann die strenge Stimme von Sieglinde Mäckl: »So, Roland, und jetzt erzählst du mir mal, was du da nachts am Computer treibst.«

Lachend klemmte sich Haffmeyer hinter das Lenkrad und fuhr los.

In der Inspektion herrschte reger Betrieb, obwohl Wochenende war. Hansen grüßte die Kollegen im Vorbeigehen und lächelte gequält, als ihm ein Krimi einfiel, den er mal gelesen hatte. Darin waren nach einem Mord im Schwäbischen die Kripobeamten sehr darauf bedacht gewesen, pünktlich ins Wochenende zu kommen – und als sie am Montag wieder den Dienst antraten, hatte der heldenhafte Reporter längst den Fall gelöst und die faulen Polizisten auf die Spur des Täters gebracht, sodass rechtzeitig vor der Vesperpause die Handschellen einrasten konnten.

Hanna studierte an diesem frühen Sonntagabend an ihrem Schreibtisch Akten, und als sie Haffmeyer und Hansen erblickte, sprang sie auf und überbrachte ihnen die neuesten Ergebnisse aus der Kriminaltechnik. In Manfred Garzingers Arbeitszimmer hatten die Kollegen einige Kameras vorgefunden, mit denen zwar schöne, handwerklich tadellose und teils sogar künstlerisch anspruchsvolle, aber für den Fall nicht allzu hilfreiche Aufnahmen gemacht worden waren. Inzwischen hatten die Techniker diese Kameras mit den Ladekabeln abgeglichen, die ebenfalls sichergestellt worden waren. Dabei hatte sich ergeben, dass zwei Ladekabel überzählig waren. Sie hatten nicht im Regal neben dem Computer gelegen, sondern etwas versteckt in einem Schrank, und die betreffenden Geräte waren nirgendwo aufgetaucht. Anhand der Ladegeräte hatte man rekonstruieren können, dass es sich um einen Camcorder und eine Fotokamera handeln musste, und zwar neuere und sehr hochwertige Exemplare.

»Hätte mich auch gewundert, wenn ein gelernter Fotolaborant nur die anderen, älteren Kameras besessen hätte«, sagte Hanna. »Und ich wette, dass die dort gespeicherten Bilder und Filme eine gute Spur für uns wären.«

Montag, 24. Juli

Das Telefonklingeln in Hansens Büro schreckte ihn und seine beiden Kollegen aus ihren Gedanken. Seit kurz nach acht brüteten sie schon am Besprechungstisch über der Frage, welche Ermittlungsansätze momentan am meisten Erfolg versprachen. Hansen hob ab und horchte.

»Bringen Sie ihn am besten zu mir«, sagte er dann, legte auf und lehnte sich mit einem Grinsen in seinem Stuhl zurück.

»Na, Hanna, was glaubst du, wer uns besuchen kommt?«

»Keine Ahnung.«

»Schau mal auf die Uhr. Es ist Punkt neun.«

Sie sah hin, zuckte mit den Schultern und brauchte einen Moment, bis es ihr wieder einfiel.

»Oh, Mist! Rautner?«

Hansen nickte und grinste noch breiter.

»Tut mir leid, Chef, den habe ich komplett vergessen. Ich wollte ihn mit dem Termin heute früh ja eigentlich nur triezen, weil er mich gestern Mittag so genervt hat. Wie der mit seiner Frau umspringt! Da geht mir der Hut hoch, ganz ehrlich.«

»Versteh ich ja, aber jetzt haben wir den Mann hier im Kommissariat. Ich lass ihn hierherbringen – für dieses Gespräch, das uns wahrscheinlich nichts bringen wird, müssen wir ja nicht gleich ein Vernehmungszimmer belegen, oder? Ich schlage vor, dass wir ihn gleich hier befragen. Was willst du denn von ihm wissen?«

»Warum seine Frau einen Deppen wie ihn geheiratet hat, vielleicht?«

»Da werden wir uns schon noch andere Fragen einfallen lassen müssen, Hanna.«

»Also, ich geh dann mal«, sagte Haffmeyer und stand auf. »Ich wollte eh noch mit den Kollegen vom Innendienst reden. Dann kann ich euch schon kurz vor der nächsten Soko-Besprechung aufs Laufende bringen. Wie lange werdet ihr denn mit diesem Rautner brauchen?«

»Zehn Minuten höchstens.«

»Gut. Ihr findet mich drüben bei den Innendienstlern.«

Damit war er auch schon aus dem Zimmer. Draußen im Flur stand schon Herbert Rautner bereit, begleitet von einem uniformierten Kollegen. Er überflog das Namensschild neben der Tür und lugte dann neugierig in Hansens Büro.

»Kommen Sie doch bitte herein«, sagte Hansen mit sanfter Stimme.

Dann beugte er sich zu Hanna hinüber und flüsterte ihr etwas ins Ohr. Sie versteifte sich einen Moment lang und presste die Lippen zusammen, dann zuckte sie mit den Schultern.

»Wenn's hilft«, knurrte sie und sah Rautner finster an.

Hansen bot ihm einen Stuhl am Besprechungstisch an, dann wandte er sich erneut und diesmal mit normal lauter Stimme an Hanna.

»Wären Sie bitte so nett, Frau Fischer, und würden uns einen Kaffee holen?«

Hanna stand auf.

»Milch? Zucker?«, fragte er Rautner, und der nickte zweimal, etwas verwirrt von der unerwartet freundlichen Begrüßung.

Kurz darauf war Hanna mit einem Tablett zurück, auf dem sie drei Tassen, Milch, Zucker und eine Thermoskanne hereinbalancierte und zwischen den Wassergläsern und den beiden Sprudelflaschen abstellte, die sich eh schon auf dem Tisch befanden. Hansen hatte inzwischen aus einer Schublade seines Schreibtischs eine Packung Kekse mit eingekerbtem Rand gezogen und legte sie nun dazu.

»Unsere Kriposekretärin besorgt die immer. Sie möchte mir mit den Keksen aus meiner alten Heimat Hannover eine Freude machen, aber ich mag … ich schaff es immer gar nicht, die zu essen. Wenn Sie möchten? Bitte sehr.«

Rautner sah noch einmal prüfend zu Hanna, die drei Tassen vollgeschenkt und sich dann gesetzt hatte, und kam wohl zu dem Ergebnis, dass diese Frau fürs Erste keine Bedrohung mehr für ihn darstellte.

»Im Fernsehen hat die Kripo immer so einen Raum mit einem großen Spiegel an der Wand«, sagte er, »und dahinter stehen dann die anderen Kommissare und hören alles mit an.«

»Na ja, im Fernsehen …«, versetzte Hansen nachsichtig lächelnd.

»Ach, gibt es solche Verhörzimmer gar nicht?«

»Doch, doch, wir haben solche Räume auch. Aber erstens nennen wir sie Vernehmungszimmer, und zweitens werden wir so etwas für unser Gespräch doch nicht brauchen, oder?«

Rautner warf Hanna einen trotzigen Seitenblick zu und sah dann wieder Hansen an. »Meinetwegen nicht.«

»Gut. Wir waren ja gestern Mittag nicht ganz fertig geworden mit unserer Unterhaltung. Hat's denn geschmeckt, was Ihre Frau gekocht hatte?«

»Natürlich hat das geschmeckt. Meine Traudl kocht ausgezeichnet, und ich esse gerne gut – insofern passt das wunderbar.«

»Was gab's denn?«

»Schweinsbraten, Spätzle, etwas Gemüse.« Er legte einen etwas leidenden Gesichtsausdruck auf. »War aber leider nicht mehr so heiß, wie ich es mag.«

»Na, dann ist ja wenigstens nichts verbrannt, nicht wahr?«

Rautner räusperte sich, und aus den Augenwinkeln prüfte er, ob Hanna wohl grinste. Doch sie saß so ernst da wie zuvor.

»Wir beschäftigen uns gerade mit dem Umfeld von Manfred Garzinger«, fuhr Hansen ungerührt fort. »Und dabei sind wir auf einen Freund oder früheren Freund gestoßen, der mit Garzinger zusammen bei der Bundeswehr war.«

»Stimmt. Gedient hat der Manfred, immerhin.«

»Dieser Bundeswehrkamerad hat Garzinger ein paarmal in Obergassen besucht. Ich nehme an, Sie haben das mitbekommen?«

Rautner verschränkte die Arme vor der Brust und schlug einen hochnäsigen Ton an.

»Ich finde Ihre Andeutung, die da mitschwingt, zwar unverschämt, aber ja: Ich habe diesen Besucher einige Male gesehen.«

»Hatten Sie Kontakt mit ihm?«

»Nur einmal, danach hat er nicht mehr vor meinem Haus geparkt, sondern hat seinen Wagen auf Garzingers Grundstück abgestellt.«

Rautner bemerkte gar nicht, wie Hanna hinter ihm kämpfte, um nicht laut loszuprusten.

»Schön«, sagte Hansen. »Können Sie sich an seinen Namen erinnern?«

»Nein, wir haben uns ja nur ein einziges Mal unterhalten, und da auch nur kurz. Ein Name ist da nicht gefallen.«

»Können Sie sich an seinen Wagen erinnern?«

»Ein ziemlich teures Coupé. Memminger Kennzeichen. Ich hatte mir das auch gleich notiert, den Zettel habe ich längst wieder weggeworfen. Aber an eines erinnere ich mich noch: Auf dem Träger des Autokennzeichens stand ein Firmenname.«

Rautner legte eine kleine Pause ein und schien die gespannte Aufmerksamkeit von Hansen zu genießen.

»SoMa stand da drauf«, sagte er schließlich. »Aber fragen Sie mich nicht, was das bedeutet. Mich hat's nicht interessiert, und ab diesem ersten Gespräch hat er ja auch nicht mehr vor meinem Haus geparkt.«

Hansen notierte sich die Information, dann überlegte er, was er den Besucher noch fragen konnte.

Rautner machte Anstalten aufzustehen. »Wenn Sie sonst nichts haben, würde ich mich gerne wieder auf den Weg machen. Meine Frau wartet im Café auf mich, wir wollen noch ein paar Kleinigkeiten einkaufen.«

»Sie hätten Ihre Frau gern mitbringen dürfen«, entgegnete Hansen. »Wir würden auch mit ihr gern reden.«

»Das wird nicht nötig sein. Traudl kann Ihnen nicht helfen. Sie kümmert sich ums Haus – wenn Sie wissen möchten, was außerhalb ihres kleinen Reichs los ist, sollten Sie sich an mich halten.«

Hansen hätte schwören können, dass er gerade ein Knirschen aus Hannas Richtung gehört hatte, aber als er hinschaute, saß die Kollegin reglos da wie zuvor.

»Ach, eins noch, Herr Rautner«, schob er nach. »Wir haben gehört, dass Manfred Garzinger ein Hobby hatte, eine Art Kampfsport. Wissen Sie etwas darüber?«

»Was meinen Sie?«

»Paintball heißt der Sport, manchmal wird auch Gotcha dazu gesagt. Zwei Teams verschießen dabei Farbkugeln, und wer getroffen ist, scheidet aus.«

Rautner war etwas bleich geworden.

Hansen füllte ein Glas mit Sprudel und schob es ihm hin. »Ein Wasser?«

Rautner griff nach dem Glas, trank es zur Hälfte aus und setzte es beim Zurückstellen etwas laut auf.

»Geht's wieder, Herr Rautner?«

»Ja, danke.« Er versuchte ein dünnes Lächeln, es misslang. »Der Kreislauf, wissen Sie? Ich bin nicht mehr der Jüngste, und manchmal, wenn es im Sommer zu warm ist oder zu schwül …«

»So früh am Morgen geht's ja noch mit den Temperaturen«, wandte Hansen ein. »Und schwül werden dürfte es heute eher gegen Nachmittag.«

Rautner griff noch einmal nach dem Glas. Seine Finger zitterten ein wenig, und als er das selbst bemerkte, ließ er das Glas unberührt und zog die Hand wieder zurück. Er hob den Blick und stellte fest, dass Hansen ihn die ganze Zeit über aufmerksam beobachtet hatte.

»War's das?«, schnappte er. »Ich würde jetzt wirklich gern gehen!«

»Gleich, Herr Rautner. Aber erzählen Sie uns doch vorher noch, was Ihnen an Garzingers Hobby Paintball so zu schaffen macht.«

»Mir? Quatsch! Ich …«

Hansen lehnte sich auf seinem Stuhl zurück und sah Rautner geduldig an. »Wir haben Zeit.«

In Rautners Gesicht arbeitete es.

»Soll meine Kollegin vielleicht Ihre Frau dazuholen? In welchem Café wartet sie denn auf Sie?«

»Lassen Sie meine Frau da raus!«, zischte er, und seine Gesichtsfarbe wechselte in ein zunehmend kräftiger werdendes Rot. »Die weiß von solchen Dingen nichts. Und sie will auch ihre Ruhe haben.«

»Dann sollten Sie jetzt bitte mit uns reden.«

Rautner zögerte, dann gab er sich einen Ruck.

»Ja, ich habe mitbekommen, dass Manfred Garzinger diesen … diesen Sport betrieben hat.«

»Sie sagen das so komisch. Hat er Sie mit seinem Hobby denn in irgendeiner Weise belästigt?«

»Was? Mich? Wie …« Er musterte Hansen, wurde aber nicht schlau aus dessen Miene. »Nein, Garzinger hat mich mit seinem Hobby nicht belästigt. Wie denn auch?«

»Nun, ein Landwirt aus Schellenried hatte eine Zeit lang den Verdacht, dass Manfred Garzinger einer seiner Kühe einen Farbfleck verpasst hat.«

Rautner saß stocksteif da, sein Blick flackerte einen Moment lang, dann hatte er sich wieder leidlich im Griff.

»Davon habe ich gehört. Aber ob das Garzinger war, weiß ich nicht.«

»Mich würde interessieren: Können Sie eine ähnliche Geschichte erzählen?«

»Das nicht, aber dieser Freund, der Bundeswehrkamerad von Garzinger, der hat meines Wissens auch Paintball gespielt. Vielleicht sollten Sie den mal fragen, wenn Sie in diese Richtung ermitteln.«

»Aha? Und woher wissen Sie das?«

»Einmal hat dieser Freund dem Garzinger ein solches Paintball-Gewehr mitgebracht. Es war noch originalverpackt, und auf dem Karton stand ›Paintball‹ in großen, knalligen Buchstaben. Außerdem hat er Garzinger nicht nur besucht, er hat ihn auch immer wieder mal übers Wochenende mitgenommen. Wohin, weiß ich nicht – aber meistens hatte der Freund eine Sporttasche auf der Rückbank liegen, und auch Garzinger lud so eine Tasche ins Auto. Beide Taschen waren mit markanten Farbklecksen verziert, vermutlich Aufdrucke für Paintball-Fans, und auf der Tasche des anderen pappte auch der Aufkleber eines Vereins.«

»Und das haben Sie alles gesehen?«

»Ja, was man halt so vom Fenster aus sieht, wenn man zufällig grad dort steht und rausschaut.«

Hansen nickte. »Dann werden wir wohl mal herausfinden müssen, wer dieser Freund aus Bundeswehrzeiten ist, was, Herr Rautner?«

»Wahrscheinlich.«

Rautners Anspannung löste sich etwas. Interesse zeichnete sich auf seiner Miene ab.

»Und was«, fragte er schließlich, »hat Paintball denn Ihrer Meinung nach mit dem Tod von Manfred Garzinger zu tun?«

Hansen erwiderte ruhig seinen Blick, dann lächelte er.

»Sagen Sie's mir?«

»Ich? Wieso ich? Ich weiß nicht mehr, als ich Ihnen gesagt habe! Fragen Sie diesen reichen Freund aus Memmingen. Wenn überhaupt, dann kann er Ihnen weiterhelfen.«

Hansen erhob sich und streckte Rautner die Hand zum Abschied entgegen.

»Wir melden uns bei Ihnen, Herr Rautner. Zunächst einmal vielen Dank. Sie haben uns sehr geholfen.«

Rautner blinzelte.

»Ja? Hab ich das?«

»Sehr, Herr Rautner, vielen Dank.«

Damit geleitete er seinen Gast zur Tür und bat Hanna, ihn zum Eingang zu bringen. Als sie in sein Büro zurückkam, fragte sie: »Inwiefern hat uns dieser Blödmann denn geholfen, Chef?«

»Na gut«, gab Hansen zu, »den Firmennamen SoMa als neuen Anhaltspunkt für die Suche nach diesem Sonny hätten wir irgendwann auch ohne Rautner rausbekommen, vielleicht wissen die Kollegen aus dem Innendienst das auch schon. Womöglich wären wir auch selbst drauf gestoßen, dass Garzinger mit diesem Sonny zu Paintball-Turnieren gefahren ist.«

»Nicht so aufregend, als dass wir uns bei dem unbedingt so hätten bedanken müssen«, maulte Hanna.

»Nein, da hast du recht. Aber ich hatte das Gefühl, dass dieser Rautner noch ganz andere Erinnerungen mit Paintball verbindet, welche auch immer – und jetzt kann er darüber nachdenken, ob wir mehr wissen, als er uns gesagt hat. Und vielleicht verleitet ihn das zu einem Fehler. Du weißt ja, Hanna: Wir ermitteln in alle Richtungen – da kann es nicht schaden, ein bisschen Verwirrung oder Unsicherheit unter denen zu stiften, von denen wir gern noch etwas mehr erfahren würden.«

Grinsend verließ Hanna das Büro ihres Chefs und machte sich auf den Weg zu den Kollegen vom Innendienst.

Hansen wollte vor der Soko-Besprechung noch mit dem Immobilienmakler Hans Kugler in Schellenried telefonieren, doch er erreichte ihn weder am Festnetzanschluss noch unter der Mobilnummer des Maklerbüros. Nur die Ansage war zu hören, dass »Hans Kugler – der Makler Ihres Vertrauens« im Moment im Urlaub und deshalb vorübergehend nicht erreichbar sei. Man solle aber bitte eine Nachricht per Mail hinterlassen, anschließend wurde die Mailadresse aufgesagt. Hansen schrieb eine kurze Nachricht, und als ihm auffiel, dass Kugler im Mailprogramm offenbar keinen Abwesenheitsassistenten eingerichtet hatte, hinterließ er auf der Handymailbox die Bitte um ein Treffen heute oder morgen. Vielleicht hatte Kugler ja nur sein Büro für ein paar Tage geschlossen, war gar nicht weggefahren und hatte doch Zeit für ein Gespräch.

Dann machte sich Hansen auf den Weg zur nächsten Besprechung der Soko Obergassen. Der Chef der Kriminaltechnik kam leicht verspätet – und mit Farbklecksen am Kinn und an den Fingern.

»Tja, Leute«, erklärte Ulf Kayserling fröhlich, »ich wollte wissen, ob man mit einem Paintball-Markierer Baumarktfarbe verspritzen kann oder ob man die vorher irgendwie in

Gelatinekügelchen verpacken muss. Dazu habe ich mir gestern zwei Markierer besorgt, die noch halbwegs funktionieren, die der Platzbetreiber in Günzburg aber schon ausrangiert hatte. Die haben am Wochenende natürlich Hochbetrieb, also habe ich mich zwar ein bisschen mit den Leuten dort unterhalten können, den Test habe ich aber in einem der Räume hier im Keller der Inspektion gemacht.«

Vroni Schliers warf einen Blick auf Kayserlings Farbflecken und zog die Augenbrauen hoch.

»Ich putz das alles wieder weg, Frau Schliers, keine Sorge.«

Grinsen und Gekicher rundum, dann fuhr Kayserling fort.

»Beim Paintball werden Gelatinekügelchen verschossen, die mit Farbe gefüllt sind. Angeboten werden die Kugeln meist beutelweise und in Farben wie Gelb, Grün oder Blau – rote Kügelchen kann man auch bekommen, aber die sind verpönt. In den Kugeln ist meistens Lebensmittelfarbe, die leicht auszuwaschen ist. Es gibt aber auch Turnierfarbe, die schwerer rausgeht – damit ein Getroffener nicht schummeln und sich einfach schnell die Farbe abwischen kann. Dispersionsfarbe, wie in unserem Fall, wird jedenfalls nicht verwendet. Man kann leere Gelatinekugeln kaufen, es ist viel zu kompliziert, die selbst mit Farbe zu füllen. Außerdem wurden an und in der Leiche keine Spuren von Gelatine gefunden. Es ist aber in der Tat möglich, normale Wandfarbe über einen Markierer zu verschießen. Man braucht dazu ein Modell mit einem oben angebauten Hopper – so wird der Behälter genannt, in den normalerweise die Kügelchen geschüttet werden.«

Inzwischen hatte Kayserling den Beamer gestartet und das Bild eines Paintball-Markierers an die Wand projiziert.

»Dies ist ein sehr einfaches Modell, kostet nur ein paar Euro, und mit dem klappt das, was mit Garzinger angestellt wurde, am besten. Die Farbe läuft aus dem Hopper nach unten, und wenn ich den Abzug drücke, presst die Druckluft, die jetzt in den Lauf gelangt, die Farbe vorne aus dem Lauf. Dazu braucht es allerdings etwas Übung, zumindest mit einem Markierer sollte man umgehen können. Wenn nicht, ist es eine ziemliche Sauerei – wie ihr ja an mir sehen könnt. Und den Markierer kann man hinterher natürlich wegschmeißen, so, wie der mit Farbe verklebt ist.«

Außerdem hatten die Kollegen herausgefunden, um wen es sich bei Sonny handelte, Garzingers Freund aus Bundeswehrtagen. Martin Sonnleitner hatte zusammen mit Manfred Garzinger den Wehrdienst abgeleistet. Er schien als Jugendlicher und junger Erwachsener in verschiedenen Sportarten recht gut gewesen zu sein, aber es gab auch zwei Einträge in der Datenbank des Polizeipräsidiums, weil er Paintball außerhalb von dafür zugelassenen Anlagen gespielt hatte.

Heute arbeitete Garzingers Paintball-Kumpel in gehobener Stellung im Memminger Maschinenbau-Unternehmen SoMa – ein Kürzel für »Sonnleitner Maschinenbau«. Gleich nach der Soko-Besprechung ließ sich Hansen einen Termin bei Martin Sonnleitner machen, und wenig später waren er und Hanna auf dem Weg nach Memmingen.

An der Pforte erwartete sie schon eine adrette Mittzwanzigerin im gut sitzenden Kostüm und brachte sie mit dem Aufzug in den ersten Stock. Sie bat die Besucher, kurz auf einer Polstergruppe Platz zu nehmen, aber sie mussten nicht lange warten. Keine zwei Minuten nach ihrem Eintreffen schwang eine gepolsterte Tür auf, und die beiden Polizisten wurden hereingebeten.

Hinter einem übergroßen Schreibtisch am Fenster erhob sich ein schlanker, sportlich wirkender Mann von Mitte oder Ende dreißig und kam mit federnden Schritten auf sie zu. Er gab Hanna und danach Hansen die Hand, stellte sich als Martin Sonnleitner vor und deutete auf zwei moderne Sessel an einem Besprechungstisch aus Stahl und Glas.

»Diana, meine Assistentin, hat uns schon etwas Kaffee vorbereitet. Möchten Sie eine Wurstsemmel oder eine mit Käse?«

Hansen lehnte ab, Hanna griff zu. Ihr Gastgeber quittierte das mit einem charmanten Lächeln und nahm sich selbst ebenfalls ein belegtes Brötchen.

»Ich hoffe, Sie finden es nicht unhöflich, wenn ich esse, während wir uns unterhalten«, sagte er zu Hansen. »Aber ich bin heute noch nicht zum Vespern gekommen, und gleich nachher geht es mit Besprechungen weiter.«

Er biss ein großes Stück ab, und als er den Mund wieder leer hatte, sah er gespannt zwischen Hanna und Hansen hin und her.

»So, Sie sind also von der Kripo. Wie kann ich Ihnen helfen?«

»Wir versuchen, die Umstände eines Todesfalls aufzuklären. Es handelt sich dabei um einen Freund von Ihnen. Oder vielleicht auch um einen ehemaligen Freund, das müssten Sie uns bitte sagen.«

»Sie meinen Manfred, richtig? Manfred Garzinger aus Obergassen?«

Sonnleitner stand auf, holte ein Laptop von seinem Schreib

tisch und klappte es so auf, dass Hanna und Hansen die Überschrift des Artikels lesen konnten.

»Das ist seit heute Vormittag online, Diana hat mich darauf aufmerksam gemacht.«

Hansen überflog den Bericht. Vom rätselhaften Tod eines Landwirts aus Sulzberg war die Rede, der als Einzelgänger beschrieben und dessen Name mit Manfred G. angegeben wurde. Dazu war ein Foto vom Garzinger-Hof zu sehen. Von Farbe im Mund des Toten oder von sonstigen Details vom Fundort der Leiche war keine Rede – zum Glück hatte sich die Redaktion an die Informationen gehalten, die von der Kripo-Pressestelle freigegeben worden waren.

»Manfred G. – und da hat Ihre Assistentin sofort geschaltet?«

»Ja, natürlich. Sie ist die jüngste Schwester von Linda, und die war mal mit Manfred zusammen. Ist lange her, aber Diana kennt die ganzen alten Geschichten. Und so viele Männer namens Manfred G. wird es in Sulzberg ja nicht geben. Und den Hof habe ich natürlich auch sofort erkannt.«

»Wenn Ihre Assistentin schon alle alten Geschichten kennt, würden wir die auch gerne hören.«

»Oh, in der langen Fassung ist das mehr, als ich bis zur nächsten Besprechung unterbringe.«

Er lachte, wurde aber gleich wieder ernst.

»Entschuldigen Sie bitte, vermutlich sollte ich jetzt ganz geknickt sein – immerhin ist ein früherer Freund von mir tot, aber ...«

Er nahm sich ein neues Wurstbrötchen, legte es dann aber vor sich auf dem Tisch ab.

»Der Manfred und ich sind im Streit auseinandergegangen, und das ist schon ... lassen Sie mich überlegen ... das ist, grob geschätzt, sechs oder sieben Jahre her. Seither hatten wir keinen Kontakt mehr.«

»Manfred Garzinger war vor elf Jahren mit einer Clique auf Ibiza. Waren das Sie und Ihre Freunde?«

»Ja. Als wir hinterher erfahren haben, dass Manfreds Mutter gestorben war und er den Urlaub nicht abbrechen wollte, obwohl ihn ein Bekannter der Eltern am Telefon darum gebeten hatte, haben wir ihn ordentlich ins Gebet genommen. Bald darauf hat sich auch Linda von ihm getrennt.«

»Weil er trotz der Nachricht vom Tod seiner Mutter auf Ibiza blieb?«

»Ja, und weil er weiter mit uns Party gemacht hat, als wäre nichts geschehen. Zumal ja zwei Tage später auch noch sein Vater starb, was er aber wohl erst nach dem Rückflug erfahren hat. Uns hat er damals erst mal nichts vom Tod der Mutter erzählt.«

»Seine Ausrede war damals wohl, dass die Reise ja schon gebucht und bezahlt gewesen sei.«

Sonnleitner schüttelte den Kopf.

»Ich sehe schon, ich hab mich richtig entschieden, als ich ihm nach unserem letzten Streit gesagt habe, dass ich nichts mehr von ihm wissen und am besten auch nichts mehr von ihm hören will. Mal ganz abgesehen davon, dass eine eben verstorbene Mutter allemal ein triftiger Grund ist, überstürzt nach Hause zu reisen: Wir waren alle auf der Finca meiner Familie, das hat ihn also gar nichts gekostet, und ich hätte ihm sofort ein Flugticket bezahlt, wenn ich gewusst hätte, was los war. Meine Familie ist finanziell ganz gut gestellt, da muss ich nicht auf jeden Cent achten, wenn ich Freunden helfen will. Aber ich habe vom Tod der Mutter erst Wochen danach erfahren, Linda sogar noch später.«

»Haben Sie von dieser Linda eine Adresse?«

»Klar, kann ich Ihnen geben.«

Er sah auf die Uhr.

»Oder würde es auch gehen, wenn das Diana übernimmt? Ich muss rüber in den Konferenzraum.«

»Worüber haben Sie sich eigentlich zerstritten? Ging Ihre Freundschaft wegen dieser Ibiza-Geschichte in die Brüche?«

»Nein, obwohl das ja auch schon ein Grund gewesen wäre, nicht wahr? Wir hatten uns schon ordentlich gefetzt, als er mir irgendwann die Sache mit dem Tod seiner Eltern beichtete. Aber Manfred tat mir leid – ich glaube, er hatte außer meiner Clique keine Freunde. Also habe ich mich weiter um ihn gekümmert. Bis dahin war immer er zu mir nach Memmingen gekommen, oder wir hatten uns irgendwo getroffen. Danach habe auch ich ihn besucht, und wir saßen in seinem Bauernhof auf ein, zwei Bier zusammen. Fürchterliche Bude, gruselige Nachbarn – aber wenn man seinen Wagen nicht falsch abstellte, hatte man seine Ruhe.«

Er lehnte sich in seinem Stuhl zurück und schien in die Ferne zu schauen.

»Ich habe damals sogar versucht, ihn mit einem neuen Hobby auf andere Gedanken zu bringen. Das hätte ich lieber bleiben lassen.«

»Paintball?«

Sonnleitner nickte.

»Er hat schnell gelernt, und bald waren wir ein richtig gutes Gespann. Unsere Teams haben ganz schön abgeräumt bei den Turnieren in Süddeutschland. Die Urkunden müsste er noch haben.«

»Das klingt ja nun nicht so, als müssten Sie es bereuen, dass Sie ihn mit dem Sport vertraut gemacht haben.«

»Aber letztlich hat uns das Paintball auseinandergebracht.«

Hansen hob eine Augenbraue, und Sonnleitner beantwortete seinen fragenden Blick mit einem Seufzen. Er sah auf die Uhr, stand auf und ging zu seinem Schreibtisch. Dann drückte er den Knopf einer Gegensprechanlage.

»Diana?«

»Ja?«

»Sag doch bitte im Einkauf Bescheid, dass es bei mir etwas später werden kann. Die sollen schon mal ohne mich anfangen, ja?«

Er wartete die Antwort seiner Assistentin nicht ab, sondern kam zu Hansen und Hanna zurück.

»Dann also die Paintball-Geschichte.«

Er biss in das Brötchen und trank etwas Sprudel nach, bevor er fortfuhr.

»Ich habe mit Paintball angefangen, nachdem ich mit meinem Grundwehrdienst fertig war. Der Sport war damals in Deutschland noch nicht sehr verbreitet, aber ich habe schnell Kontakt zu einigen anderen Paintball-Freaks gefunden – wir sind einmal sogar nach Kalifornien geflogen und haben dort am Saisonauftakt der NPPL teilgenommen. Da kann sich jedes Team anmelden, wenn es die entsprechende Gebühr bezahlt.«

Sein Blick bekam etwas Verklärtes, dann lächelte er wehmütig.

»Natürlich haben wir da nichts gerissen. Die Amerikaner haben uns so schnell markiert, dass wir kaum wussten, wie uns geschah. Aber Spaß hat's gemacht, und hinterher gab's ordentlich Party. War super.«

»War da Manfred Garzinger schon mit dabei?«

»Nein. Ihn habe ich erst nach dieser Ibiza-Geschichte mit Paintball bekannt gemacht. Und ganz ehrlich, eine solche Reise hätte sich Manfred auch nicht leisten können. Der Flug, die Teilnahmegebühr – und ich habe, wenn ich etwas richtig betreiben will, halt auch gern das bestmögliche Equipment. Glauben Sie mir, das kann ganz schön ins Geld gehen. Nach dem Tod seiner Eltern wurde Manfred von einer Tante unterstützt, die ein, zwei Dörfer entfernt wohnt. Die hat er immer scherzhaft seine Erbtante genannt.«

Sonnleitner lächelte, wurde aber schnell wieder ernst.

»Die Paintball-Ausrüstung, die Sie bei Manfred gefunden haben, hat er übrigens von mir. Nur falls Sie sich gefragt haben sollten, wie er sich so teures Zeug hatte leisten können.«

»Wir haben keine Ausrüstung bei ihm gefunden«, sagte Hansen.

»Echt nicht?« Er wirkte ehrlich überrascht. »Komisch. Ich hätte darauf gewettet, dass er das Equipment behält und …«

Sonnleitner verstummte.

»Und?«, hakte Hansen schließlich nach.

»Na ja … er … Ach, was soll's, er ist eh tot, also kann ich es Ihnen auch erzählen. Ich vermute, dass Sie ohnehin meine Akte checken werden.«

»Das haben wir schon. Sie haben zwei Einträge, weil Sie Paintball außerhalb von zugelassenen Anlagen gespielt haben.«

Er nickte und setzte ein entschuldigendes Lächeln auf.

»Das ist Jahre her. Und ich hab das nach dem zweiten Mal auch nie wieder gemacht. Außerdem war die Idee nicht von mir. Ich weiß, dass sich das jetzt anhört, als wollte ich meinen Fehler einem Toten in die Schuhe schieben, der sich nicht mehr wehren kann, aber es stimmt wirklich. Manfred fand es nach einiger Zeit fad, nur auf den offiziellen Plätzen zu spielen, und dann hat er mich und ein paar andere aus unserem Team überredet, doch selbst mal was aufzuziehen. Er schlug uns für das erste Mal seinen eigenen Wald vor, ein schönes Fleckchen ein paar Kilometer entfernt von Obergassen. Da hat uns auch keiner erwischt, aber den anderen gefiel das so gut, dass wir uns noch weitere Gelände aussuchten – mal ein Wäldchen an einem See, mal eher was mit Felsen. War schon klasse, aber … aber eben auch verboten. Und als wir an einem Abend gerade so richtig im Spielfieber waren, geriet eine unserer beiden Gruppen an zwei Spaziergänger mit Hunden. Die schimpften sofort los, und es wäre fast zu einem Handgemenge gekommen. Da sind Manfred und ich dazwischen und haben versucht, die Hundebesitzer zu beruhigen. Das hätte auch fast geklappt, aber als wir uns wieder in die Büsche schlugen und die Männer sich auf den Weg machten, hörte ich einen der Hunde jaulen – und wie ich mich umdrehe, sehe ich, dass eine Paintball-Kugel ihm einen blauen Fleck im Fell verpasst hat.«

»Und wer von Ihnen hat geschossen? Sie?«

»Nein, ich war an dem Tag im gelben Team. Von den Blauen hat's keiner zugegeben, aber unter den beiden, denen ich es am ehesten zugetraut hätte, war Manfred.«

»Und dann haben die Männer Anzeige erstattet. Warum haben Sie die Strafe abbekommen?«

»Einer der Hundebesitzer hat mich wohl erkannt – er war ein Mitarbeiter meines Vaters. Mir war's eigentlich egal. Meine Kumpels verpfeifen, das kam eh nicht infrage. Und erst dachte ich, mein Vater wird die Sache schon abbiegen und mal mit dem Mitarbeiter reden. Aber der hat nicht im Traum daran gedacht. ›Wer Mist baut, steht auch dafür gerade‹, hat er nur gesagt. Die Strafe hat mich letztendlich trotzdem nur ein müdes Lächeln gekostet.«

»Und wie kam's zum zweiten Eintrag?«

»Wir hatten nach der Anzeige ein paar Wochen Pause eingelegt, aber dann schlug Manfred ein besonders spannendes Waldgebiet vor, mit einem schönen Bach, mit steilen Hängen, Felsbrocken und so – war auch wirklich super, aber einer aus meinem Team hatte sich auf einem Hochsitz verschanzt, und die anderen nahmen ihn ordentlich unter Feuer. Sie können sich vorstellen, dass der Jägerstand ziemlich bunt aussah, bis sie meinen Mitspieler endlich erwischt hatten. Und wie er gerade runterkraxelt, kommt der Jagdpächter mit seinem Geländewagen daher und rastet schier aus, als er sieht, was wir gemacht haben. Dem hatten militante Jagdgegner erst wenige Wochen davor einen Hochsitz angesägt – da war er natürlich sofort auf hundertachtzig. Er hat Manfred, der auf seine Vorwürfe noch frech reagiert hat, eine gelangt, und mich hat er am Schlafittchen zu fassen bekommen. Die anderen sind abgehauen, und ich hatte ordentlich Mühe, mich freizukämpfen. Dann konnte ich endlich auch davonrennen, aber meinen Markierer hatte ich während der Balgerei fallen lassen – und weil das Ding so teuer war, hatte ich meinen Namen reingeschrieben.«

Martin Sonnleitner zuckte mit den Schultern.

»Da war die Sache natürlich schnell klar. Mein Vater hat ein riesiges Donnerwetter veranstaltet, und ich musste ihm versprechen, dass ich nie wieder außerhalb einer Paintball-Anlage schieße. Um ehrlich zu sein: Mir war die Lust eh vergangen, und seither liegt meine Ausrüstung irgendwo im Keller und staubt ein.«

»Und deswegen haben Sie sich mit Manfred Garzinger gestritten und haben ihm die Freundschaft quittiert?«

»Zu diesem Zeitpunkt noch nicht. Natürlich war ich sauer, dass mir keiner der anderen beigestanden hatte. Die anderen waren keine wirklichen Freunde, sondern halt Bekannte vom Paintball – von Manfred hingegen hätte ich schon Hilfe erwartet. Aber er ist genauso davongerannt wie die anderen. Und hat mir sogar noch zusätzlichen Ärger eingehandelt – jedenfalls glaube ich, dass er es war, der diesen Scheiß gebaut hat.«

»Welchen Scheiß?«

»Durch die Anzeige kannte ich ja den Namen des Jagdpächters, und natürlich habe ich darüber auch mit Manfred gesprochen. Den Kontakt zu den anderen habe ich nach der Aktion einschlafen lassen, aber mit Manfred traf ich mich noch ab und zu auf ein Bier. Jedenfalls hatte die Verhandlung noch nicht stattgefunden, da kam schon wieder die Polizei und stellte mir weitere Fragen. Offenbar hatte jemand mit einem Paintball-Markierer auf die Wege und auf das Haus des Jagdpächters gezielt, und das wurde mir jetzt auch noch vorgeworfen.«

»Und Sie waren's nicht?«

»Ich bin doch nicht bescheuert! Ich konnte nachweisen, dass ich zur betreffenden Zeit hier im Büro war, und dann verlief dieser Teil der Geschichte irgendwie im Sand. Ich erzählte Manfred davon, und auch wenn er beteuerte, dass er keine Ahnung habe, wer das gewesen sein könnte, wirkte er auf mich, als freue er sich nicht nur diebisch, dass irgendjemand dem Jagdpächter eins ausgewischt hatte – sondern als freue er sich darüber, dass er selbst einen solchen Wirbel hatte auslösen können. Ich sagte ihm direkt ins Gesicht, dass ich ihn für den Heckenschützen hielt. Darüber gerieten wir in Streit, es endete in gegenseitigen Beschimpfungen und ... tja, dann bin ich heimgefahren und habe seither nichts mehr von Manfred gehört oder gesehen.«

Er deutete auf seinen Laptop.

»Bis jetzt.«

Hans Kugler fuhr mit dem Wagen nicht direkt vor sein Immobilienbüro, sondern stellte seine Limousine ein Stück außerhalb von Schellenried auf einem Feldweg ab und ging das letzte Stück zum Dorf quer über die Wiese zu Fuß. Das Gras war trocken und würde dringend mal wieder Wasser vertragen, aber die Luft war eher heiß als drückend – heute würde es wohl nichts mit Regen werden.

»Na, Hans«, rief ihm Roland Mäckl zu, der mit seinem

Traktor ein paar Meter entfernt vorübertuckerte. »Geht's heute nur heimlich an den Schreibtisch?«

»Du weißt doch, Roland, wenn die Leute meinen Wagen vor dem Büro stehen sehen, kann ich so viele Urlaubszettel aufhängen und meine Jalousien geschlossen halten, wie ich will – dann kommt doch immer wieder einer und will mir sein Häusle aufschwatzen. Aber ich brauch eine Pause, also verrat mich bitte nicht!«

Kugler lachte und winkte Mäckl zu, dann setzte er seinen Weg fort. Niemand sonst sah ihn, und als er durch die Hintertür ins Büro gegangen war, steuerte er schnurstracks auf den großen Kühlschrank zu und holte sich ein kühles Radler heraus. Die Flasche war schon nach dem ersten Schluck halb geleert, der Rest rann ebenso zügig die Kehle hinunter, und erst danach ging er zu seinem Schreibtisch und ließ sich auf den bequemen Lederstuhl sinken.

Der Anrufbeantworter blinkte. Während er den Rechner hochfuhr, ging er die Liste der entgangenen Anrufe durch: Derselbe Kommissar Hansen von der Kripo Kempten, der ihn über seine Handymailbox um Rückruf bat, hatte es auch über die Festnetznummer versucht – und wenig später fand er eine entsprechende Mail von Hansen auf dem Bildschirm vor.

Dieser Kommissar wollte wohl dringend mit ihm reden, und natürlich würde es um den toten Manfred Garzinger gehen. Etwas anderes hatte die Kripo seines Wissens derzeit nicht in Sulzberg zu ermitteln, und dass dieser Hansen unbedingt mit ihm sprechen wollte, hatte wohl damit zu tun, dass es Hans Kuglers Job war, in den umliegenden Dörfern das Gras wachsen zu hören, um ja kein lukratives Immobilienprojekt zu verpassen. Trotzdem hatte er keine große Lust, mit dem Mann zu reden.

Kugler sah auf die Uhr, und ein Grinsen legte sich auf sein Gesicht: Inzwischen war es zwölf, und wenn er noch ein paar Minuten zuwartete, sollte Hansen beim Mittagessen sitzen, und er würde ihn deshalb leider nicht erreichen. Aber versucht hatte er es dann immerhin.

Nach ihrem Gespräch mit Martin Sonnleitner hatten sich Hansen und Haffmeyer von dessen Assistentin Diana die Adresse ihrer Schwester Linda Rehmchen geben lassen. Sie hatte vor acht Jahren den Handelsvertreter Günter Schwüllck geheiratet, der ihren Familiennamen angenommen hatte und in dessen kleiner Firma sie als Geschäftspartnerin mitarbeitete.

»Deshalb werden Sie meine Schwester leider nicht vor heute Abend daheim antreffen. Ich kann Ihnen die Handynummer geben, aber wenn sie Kunden besucht, geht sie nur im absoluten Notfall ran. Und es ist doch kein Notfall, oder? Vor allem …«

Sie druckste ein wenig herum.

»Vor allem, weil es auch noch um den Manfred geht. Da würde ich Ihnen raten, nicht übers Telefon mit ihr zu sprechen, sondern lieber im direkten Gespräch. Wir kommen nicht mehr oft auf den Manfred zu sprechen – aber wenn, dann kocht das in ihr noch immer ziemlich schnell hoch.«

Sie warf ihnen ein entschuldigendes Lächeln zu.

»Und zu welchen Gelegenheiten haben Sie sich über Manfred Garzinger unterhalten?«, fragte Hansen.

»Nicht oft, wie gesagt, aber es gibt da ein paar Themen, die hat er gewissermaßen besetzt. Ibiza zum Beispiel, oder wenn es um die Eltern geht. Unsere Mutter ist vor zwei Jahren gestorben, und unser Vater ist inzwischen im Pflegeheim. Meine Schwester hat sehr an der Mutter gehangen, und der Gedanke, dass wir irgendwann auch unseren Vater nicht mehr haben werden, macht sie manchmal fast verrückt. Familie ist ganz wichtig für sie. Und wann immer wir angerufen werden, weil es dem Vater etwas schlechter geht, kommt die alte Geschichte mit dem Manfred wieder in ihr hoch. Sie wissen, wie er reagiert hat, als seine Mutter gestorben ist?«

Hansen nickte.

»Das hat Linda damals förmlich von ihm fortgejagt. Und das scheint immer noch an ihr zu nagen.«

Hansen und Haffmeyer ließen sich noch berichten, was Diana Rehmchen über die alten Geschichten wusste, von denen Martin Sonnleitner erzählt hatte – und es stellte sich heraus, dass sie umfassend informiert war.

»Wissen Sie, dadurch, dass Linda in derselben Clique war wie Martin, habe ich einen ganz anderen Zugang zu diesen Themen. Und ich bin auch nicht nur seine Assistentin.«

Hansen stutzte, und sie lachte, als sie sein fragendes Gesicht bemerkte.

»Ja, wir gehen manchmal abends miteinander weg, und ich bleibe anschließend bei ihm über Nacht. Aber wir sind nicht fest zusammen. Martin genießt seine Freiheit genau wie ich, was sollen wir uns da eine Beziehung aufbürden? Wir können Spaß miteinander haben, und dann wieder sehen wir uns über Wochen hinweg nur während der Arbeit. Hier in der Firma jedenfalls ist er der Chef, und ich schaue, dass sein Büro flutscht.«

Sie sah auf die Uhr.

»Und wenn Sie jetzt keine dringenden Fragen mehr an mich haben, sollte ich mich schicken. Ich muss Kaffee und Schnittchen in die Besprechung bringen. Sie haben ja mitbekommen, dass mein Chef heute nur zwischendurch zum Essen kommt.«

Auf der Rückfahrt nach Kempten berichteten sie den Kollegen vom Soko-Innendienst das Wichtigste aus den Gesprächen und baten sie, alles zu den beiden Anzeigen rauszusuchen, die sich Martin Sonnleitner eingehandelt hatte. Und weil sie eh besprechen mussten, was als Nächstes anstand, ließ sich Hansen von Haffmeyer zu einer Mittagspause in Dietmannsried überreden, wo er – natürlich – ein gutes Lokal kannte. Nette Wirtsleute, gute Portionen, leckeres Essen: Hansen konnte sich wirklich nicht beschweren.

»Diese Paintball-Geschichten haben also Sonnleitner und Garzinger auseinandergebracht«, sinnierte er zwischen zwei Bissen. »Das würde dazu passen, dass in Garzingers Haus keine Paintball-Ausrüstung mehr gefunden wurde. Aber die Urkunden hatte er wohl noch bis kurz vor seinem Tod an der Wand hängen – warum sollte die jemand verschwinden lassen? Doch nur, weil sie eine verräterische Spur sein könnten.«

»Was hältst du von diesem Sonnleitner, Chef?«, fragte Haffmeyer. »Könnte der etwas mit Garzingers Tod zu tun haben? Hatte nicht auch dieser Rautner angedeutet, dass wir uns den genauer ansehen sollten?«

»Ja. Aber warum wohl? Und warum hat ihn die Frage nach dem Paintball so aufgewühlt? Ich werde da noch nicht recht schlau draus. Nehmen wir mal an, Garzinger hat damals eine dieser Farbkugeln auf die Kuh von Roland Mäckl abgefeuert – das ist ein blöder Streich, mehr nicht. Er könnte Rautners Haus oder gar sein Auto mit seinem Markierer beschossen haben – da hätte der sich ganz sicher geärgert, aber deshalb bringt man doch niemanden um. Und Rautner hätte auf jeden Fall Anzeige erstattet, da habe ich gar keinen Zweifel. Aber uns liegt keine Anzeige zu Manfred Garzinger vor.«

So ging es hin und her, bis der üppige Bärenteller verdrückt und mit Radler ordentlich nachgespült war. Hansen und Haffmeyer machten sich wieder auf den Weg, und als sie in Kempten eintrafen, fühlte sich Hansen vom Mittagstisch so gesättigt, dass er alle Mühe hatte, nicht über den Akten einzuschlafen, die er sich zum Durcharbeiten mit ins Büro genommen hatte.

Das Klopfen schreckte ihn aus seinen Gedanken, und so entspannt, wie Hansen in seinem Bürosessel fläzte, musste er wohl doch für einen Moment eingeschlafen sein. Er rappelte sich hoch, räusperte sich und rief »Herein!« – unnötigerweise, wie sich herausstellte, weil Hanna eh schon ins Zimmer gestürmt war. Sie hatte eine attraktive Frau von Mitte dreißig im Schlepptau.

»Chef«, stellte sie ihre Begleiterin vor, »das ist Linda Rehmchen, die Schwester von Herrn Sonnleitners Assistentin.«

Die Mittdreißigerin gab Hansen die Hand, und sie setzten sich zu dritt um den Besprechungstisch.

»Ich bin heute während meiner Mittagspause auf den Zeitungsbericht über den toten Landwirt gestoßen«, erzählte Linda Rehmchen. »Daraufhin habe ich meine Schwester Diana angerufen, um zu fragen, ob sie mehr weiß und ob es sich bei Manfred G. wohl um *den* Manfred handelt. Sie hat mir von Ihrem Besuch bei Martin erzählt und davon, dass Sie gerne auch mit mir sprechen möchten. Ich bin im Außendienst tätig und konnte zwei Kundentermine auf kommende Woche verschieben. Hier bin ich.«

Hanna hatte die Thermoskanne aufgeschraubt, die noch vom Morgen auf dem Tisch stand, und war wohl mit dem, was sie darin vorfand, nicht zufrieden. Sie ging hinaus, und Hansen bot seinem Gast fürs Erste Mineralwasser und Kekse an.

»Danke, nein, keine Kekse. Aber Wasser nehme ich gern – und falls Ihre Kollegin rausgegangen ist, um frischen Kaffee zu holen: Dafür bin ich immer zu haben.«

Hansen nickte, er schenkte ihr ein, und sie trank das Glas auch gleich halb leer.

»Was wollen Sie denn von mir wissen, Herr Hansen?«

Hanna kam zurück, füllte drei Tassen mit frischem Kaffee, setzte sich zu ihnen und schnappte sich ein paar Kekse.

»Sie waren früher mit Manfred Garzinger liiert. Können Sie uns bitte erzählen, wie das damals auseinanderging?«

Sie versteifte sich ein wenig, obwohl sie mit dieser Frage gerechnet haben musste. Offenbar machte ihr diese alte Beziehung noch immer so sehr zu schaffen, wie es ihre Schwester geschildert hatte. Sie erzählte von dem gemeinsamen Urlaub auf Ibiza, von der tollen Finca der Sonnleitners und den ausgelassenen Partys, die sie bis zum Rückflug in jeder Nacht gefeiert hatten.

»Dabei wusste Manfred zu diesem Zeitpunkt schon, dass seine Mutter gestorben war!«

Dieser Umstand empörte sie nach all den Jahren immer noch, als hätte sie erst gestern davon erfahren.

»Wann hat Ihnen Herr Garzinger davon erzählt?«

»Erst viel später! Martin wusste da schon längst Bescheid, und er hatte es mir auch immer wieder sagen wollen, aber Manfred hat ihm versichert, dass er es mir persönlich erzählen würde.« Ihr Gesicht zeigte Abscheu und Wut. »Und dafür hat Manfred sage und schreibe sieben Monate gebraucht! Können Sie sich vorstellen, wie ich mich gefühlt habe, als ich das erfuhr? Und obendrein noch angesichts der … der Situation, in der ich damals war?«

»Wie meinen Sie das?«

Sie räusperte sich, nahm einen Schluck Kaffee, stellte die Tasse langsam wieder zurück und sah Hansen einen Moment lang mit flackerndem Blick an, bevor sie den Kopf wieder senkte und antwortete.

»Ich war damals schwanger von Manfred.«

»Oh«, entfuhr es Hanna.

»Ich hatte Manfred über Martin kennengelernt«, fuhr Linda Rehmchen fort. »Wir waren damals befreundet, Martin stellte mir seinen ehemaligen Bundeswehrkameraden vor, und er gefiel mir gleich am ersten Abend so gut, dass ich mich schon auf unser nächstes Zusammentreffen freute. Unsere Clique unternahm damals ziemlich viel miteinander, und so musste ich nur zwei, drei Tage warten, bis wir uns wiedersahen. Es dauerte keine zwei Wochen, bis mehr daraus wurde, und weil er nicht wollte, dass ich zu ihm in sein Elternhaus kam, trafen wir uns bei mir zu Hause.«

Hanna hing an ihren Lippen, und es war ihr anzusehen, dass sie sich die Umstände dieser Liebesgeschichte sehr romantisch ausmalte.

»Meine Eltern hatten damals ein schönes Häuschen in Trunkelsberg, einem Nachbardorf von Memmingen. Die Doppelgarage hatten sie einige Jahre zuvor aufgestockt, und dort bin ich eingezogen, als ich volljährig war. Ich hatte einen eigenen Zugang und konnte Besuch haben, ohne dass es meine Eltern mitbekommen mussten. Sie waren sehr konservativ, aber sie haben uns ein schönes Zuhause geschaffen und Diana und mir eine wunderschöne Kindheit beschert. Das werde ich ihnen nie vergessen. Mein Vater war Angestellter in einer florierenden Handelsfirma in der Stadt, und meine Mutter arbeitete ebenfalls im Büro: im Vertrieb von SoMa, der Firma von Martin Sonnleitners Vater.«

Sie unterbrach sich kurz und hob den Blick.

»Martin und ich waren auf dieselbe Schule gegangen. Er war zwar drei Klassen über mir, aber meine Freundinnen und ich interessierten uns damals ohnehin nur für ältere Schüler wie ihn – mit den albernen Buben in unserer Klasse konnten wir nichts anfangen.«

»Sie hatten vorhin erzählt, dass Sie und Herr Sonnleitner befreundet waren«, warf Hansen ein. »Heißt das, dass Sie ein Paar waren?«

Linda Rehmchen lächelte, es sah sehr hübsch aus.

»Das hätte Martin wahrscheinlich gern gehabt, aber es ist

nie was geworden aus uns beiden. Wenn ich mir heute so ansehe, wie sich Martin gemacht hat und dass er auch finanziell nie Sorgen hatte, frage ich mich schon, ob ich da nicht einen Fehler begangen habe. Ich war damals eine richtige Schönheit.«

Linda Rehmchen war schlank, hatte volle Lippen, große Augen und eine attraktive Kurzhaarfrisur. Selbst wenn die Erinnerungen ihr schönes Gesicht immer wieder verschatteten, sah sie doch noch immer umwerfend aus, fand Hansen. Jetzt lachte sie etwas gekünstelt und winkte mit einer Hand ab.

»Ich hab natürlich nur Spaß gemacht«, behauptete sie, wirkte dabei aber nicht ganz überzeugend. »Ich habe es mit meinem Mann wunderbar getroffen und würde nie im Leben tauschen wollen.«

»Sie waren also nicht mit ihm zusammen«, führte Hansen das Gespräch auf das eigentliche Thema zurück. »Also können Sie auch kein Anlass gewesen sein, dass sich die beiden Männer um Sie gestritten hätten. Darum ging es mir, Frau Rehmchen.«

Linda Rehmchen blinzelte ihn irritiert an.

»Reine Routine, glauben Sie mir«, versicherte er ihr. »Wir haben im Moment noch nicht viele Ansatzpunkte dafür, warum Manfred Garzinger sterben musste – also wollen wir möglichst viel in Erfahrung bringen, auch wenn es ganz alte Geschichten sind. Bitte erzählen Sie weiter.«

»Also … Martin und ich waren Freunde, wir waren in derselben Clique, und Martin und Manfred waren ebenfalls Freunde – übrigens auch noch, als ich mit Manfred schon

Schluss gemacht hatte. Mit Martin bin ich bis heute befreundet, auch wenn wir uns nicht mehr so oft sehen. Er und meine Schwester Diana dagegen …«

Sie sah Hansen an, aber der verbot sich jeden Kommentar.

»Sie wissen, dass sie nicht nur seine Assistentin ist?«, hakte Linda Rehmchen nach.

Hansen nickte, und sie lächelte.

»Die beiden gehen recht locker mit solchen Geschichten um. Mir ist es eigentlich egal, auch wenn das für mich nichts wäre. Ich brauche meine feste Beziehung, Treue, Verlässlichkeit – das, was manchmal in Büchern oder Filmen ein sicherer Hafen genannt wird, Sie verstehen?«

Hansen nickte.

»Ich habe Diana nur gebeten, unseren Eltern nichts davon zu erzählen, wie sie … nun ja … ihr Privatleben gestaltet. Meine Mutter hätte das nicht verstanden, und meinen Vater würde das sicher sehr aufregen. Ich glaube, in seinen Augen wäre Diana eine Schlampe.«

Sie hob schnell abwehrend die Hände.

»Was natürlich überhaupt nicht stimmt, bitte verstehen Sie mich nicht falsch. Ich liebe meine Schwester, und sie kann ihr Leben führen, wie sie es für richtig hält. Nur, wie gesagt, für mich wäre das nichts.«

»Wie geht es Ihrem Vater?«, fragte er, als nun wieder eine Pause entstand.

»Mal so, mal so. Er ist ja erst vierundsechzig, aber als meine Mutter vor zwei Jahren an Krebs starb, hat ihn das völlig aus der Bahn geworfen. Und in recht kurzer Zeit hintereinander hatte er erst einen Herzinfarkt und dann einen Schlaganfall –

seitdem ist er pflegebedürftig. Das Haus der Eltern in Trunkelsberg ist seit einem Jahr vermietet. Meine Schwester würde es gern verkaufen, ich habe es bisher aber noch nicht übers Herz gebracht. Mein Vater konnte dort jedenfalls nicht wohnen bleiben. Ich hatte zunächst daran gedacht, Vater zu uns zu nehmen. Wir haben in Niederrieden ein schönes Haus, in dem auch die Firma meines Mannes untergebracht ist. Da hätten wir sicher irgendwo ein Zimmer für meinen Vater einrichten können, und Günter, mein Mann, war ebenfalls einverstanden. Aber die Ärzte haben uns dringend abgeraten, und als mir klar geworden ist, wie viel Pflege mein Vater braucht, habe ich es dann auch eingesehen. Wir haben ein schönes Heim gefunden, ganz bei uns in der Nähe, und wenn nichts dazwischenkommt, fahre ich täglich hin und schau nach ihm. Leider hat sich sein Zustand in den vergangenen zwei Jahren weiter verschlechtert. Manchmal erkennt er mich gar nicht mehr, und an manchen Tagen liegt er nur da und starrt vor sich ins Leere.«

Linda Rehmchen zog ein Taschentuch hervor und schnäuzte sich.

»Die Ärzte machen mir auch keine Hoffnung, dass es wieder besser wird. Also besuche ich ihn halt, so oft ich kann.«

Hanna räusperte sich und trank Kaffee. Hansen wartete schweigend. Dann sah Linda Rehmchen ihn wieder an, mit feuchten Augen und einem unsagbar traurigen Blick.

»Verstehen Sie jetzt, Herr Hansen, warum mich das Verhalten von Manfred nach dem Tod seiner Mutter so erschüttert hat? Meine Großeltern stammten beide aus Schlesien, haben sich aber erst nach ihrer Flucht Ende 1945 in Augsburg kennengelernt. Keiner von ihnen hatte Verwandte, die am Leben geblieben waren. Sie waren beide in der Fremde und haben sich ineinander verliebt. Als mein Opa in Memmingen eine Anstellung bekam, sind sie nach Trunkelsberg gezogen, haben erst zur Miete gewohnt und dann im eigenen Häuschen. Und dieses Haus haben meine Eltern später übernommen, renoviert und ausgebaut.«

Linda Rehmchen trank einen Schluck Kaffee.

»Familie – das ist für uns Rehmchens immer etwas ganz Besonderes gewesen. Meine Großeltern und meine Eltern haben mir das vorgelebt, und ich hatte immer nur den Wunsch, meine eigene Familie zu gründen und mich um sie zu kümmern.«

Ein Schatten huschte über ihr Gesicht.

»Es sieht allerdings so aus, dass meine eigene Familie recht klein bleiben wird.«

Sie verstummte, biss sich auf die Unterlippe und stierte auf die Tischplatte.

»Was ist aus dem Kind geworden, das Sie damals von Manfred Garzinger erwarteten?«

»Ich hab's verloren, und mit meinem Mann will es bisher nicht klappen, dass ich wieder schwanger werde.«

Ihr trauriges Lächeln zerriss ihn fast.

»Herr Garzinger hat Ihnen erst nach Monaten davon erzählt, dass seine Mutter während des Urlaubs in Ibiza gestorben war. Hat er Ihnen denn komplett verheimlicht, dass die Eltern tot waren?«

»Das nicht. Manfred hat wenig über seine Familie gesprochen, eigentlich fast gar nicht. Anfangs habe ich ihn ab und zu nach den Eltern gefragt, aber irgendwann habe ich es halt gelassen. Und was ihren Tod betrifft … Etwa drei oder vier Wochen nach dem Rückflug von Ibiza kam er ganz zerknirscht und traurig bei mir an, und da erzählte er mir vom Tod der Eltern. Später, viel später, habe ich erfahren, dass ihm Martin zuvor ordentlich ins Gewissen geredet hatte. Letztlich hat er sich aber nur getraut, mir die halbe Wahrheit zu gestehen.«

Sie seufzte und fuhr nach einer kurzen Pause fort.

»Ibiza – das war im August vor elf Jahren. Wir hatten danach eine wunderschöne Zeit miteinander, und im März drauf hat der Frauenarzt festgestellt, dass ich schwanger bin. Ich habe Manfred die Neuigkeit freudestrahlend mitgeteilt, ich habe mir mit ihm ausgemalt, wie schön wir es haben würden als Familie, wo wir wohnen könnten, ob wir seinen Bauernhof herrichten oder uns was Neues suchen sollten, wann wir heiraten würden – all das.«

»Und dann?«

»Und dann hat er mir die Wahrheit zum Tod seiner Eltern gebeichtet. Ich bin aus allen Wolken gefallen. Verstehen Sie? Der Vater meines ungeborenen Kindes macht mit mir weiter ungerührt Party auf Ibiza – im Wissen, dass daheim seine tote Mutter liegt. Und das, wo ich die Familie für so etwas Heiliges halte!«

Sie schüttelte den Kopf. »Mir war es, als hätte mir jemand den Boden unter den Füßen weggezogen. Manfred war der Mann, mit dem ich mir ein eigenes Leben aufbauen wollte – und plötzlich musste ich erfahren, dass er mich monatelang getäuscht hatte. Konnte ich ihm denn vertrauen? Konnte ich auf ihn bauen? Oder würde er sich ebenso wenig drum kümmern, wenn es mir oder unserem Kind mal schlecht ginge?«

»Und dann haben Sie sich von ihm getrennt?«

»Noch nicht gleich. Es krachte nun häufiger zwischen uns, aber wir rauften uns immer wieder irgendwie zusammen. Und dann war da ja noch das Kind, das ich erwartete …«

Wieder entstand eine Pause, doch schließlich erzählte sie von sich aus weiter.

»Ich habe Manfred Druck gemacht. Bis dahin waren wir immer zu zweit gewesen, außer wir waren mit Martins Clique unterwegs. Seine eigenen Freunde hatte ich bis dahin nie kennengelernt. Ich war nicht mal bei ihm zu Hause auf dem Bauernhof gewesen. Jetzt wollte ich von ihm, dass er mich seinen Freunden vorstellt. Ich weiß gar nicht mehr, ob ich dachte, dass er sich dadurch zu mir bekennen würde, oder was ich mir sonst davon versprochen hatte. Jedenfalls hätte ich das besser gelassen. Wir verabredeten uns mit einem seiner Kumpels, einem gewissen Robbie, und dessen Frau. Sie fand ich ganz nett, aber er war ein ziemlich ekliger Typ, fett und aufdringlich. Ständig beugte er sich zu mir herüber und raunte mir irgendwelche Schweinereien ins Ohr. Und als er gegen Ende des Abends – wir waren zusammen ins Gasthaus gegangen – schon ein, zwei Bier zu viel hatte, hat er sich mit einem dicken Kuss auf den Mund von mir verabschiedet.«

Linda Rehmchen schüttelte sich, als widere sie die Erinnerung noch heute an.

»Mal ganz davon abgesehen, dass ich niemanden außer Manfred so küssen wollte: Dieser Robbie war ziemlich erkältet und hatte das zu diesem Zeitpunkt auch nicht mehr wirklich im Griff – konkreter muss ich hoffentlich nicht werden … Robbie wurde von seiner Frau ordentlich runtergeputzt, gleich im Lokal vor uns und vor allen anderen Gästen – ganz klein mit Hut ist er geworden, keine Ahnung, ob diese Ehe noch lange gehalten hat.«

Linda Rehmchen unterbrach sich wieder, sie schien mit den Tränen zu kämpfen und brauchte einen Moment, bevor sie die Episode zu Ende erzählen konnte.

»Manfred meinte an dem Abend noch, ich solle mich nicht so haben und dass der Robbie einer seiner engsten Kumpel sei und der das nie und nimmer böse gemeint habe und so weiter … Darüber haben wir uns gestritten, und der Streit fiel heftiger aus als die vorigen Male. Irgendwann schrie ich ihn an, dass er mich mit seinen Freunden in Ruhe lassen solle. Und dass er sich mal lieber überlegen solle, was ich mir bei all den Schweinereien denken würde, die mir dieser Robbie ins Ohr geflüstert hat. Da ist er richtiggehend erschrocken, fast bleich ist er geworden – im Nachhinein verstehe ich das gar nicht mehr, aber damals ging das so heftig hin und her, dass wir uns am Ende fürchterlich verkracht haben. Ich habe mir ein Taxi gerufen und habe ihm zugerufen, er solle sich bloß nicht trauen, mich noch einmal anzurufen. Und dass er doch lieber mit seinen Kumpels um die Häuser ziehen solle, wenn ihm die so wichtig wären, dass er dafür sogar seine Freundin vor den Kopf stößt.«

Sie war etwas lauter geworden, nun warf sie Hansen einen entschuldigenden Blick zu und sammelte sich wieder.

»Manchmal ist mir das noch so präsent, als wenn es gestern gewesen wäre. Ich … Ich glaube nämlich noch heute, dass mich dieser aufdringliche Robbie angesteckt hat mit seiner blöden Erkältung. Ich lag bald darauf flach mit einem Infekt, und kurz darauf verlor ich das Kind.« Sie zuckte deprimiert mit den Schultern.

Hanna schluckte und schnappte sich zwei weitere Kekse, die sie geräuschvoll vertilgte.

»Das Kind vom Manfred ist mir also nicht geblieben, aber dafür einige Erinnerungen, auf die ich gut verzichten könnte. Und manchmal, wenn ich an meinen Vater denke und wie es ihm geht, oder an meinen Traum von den eigenen Kindern, dann reißt es mich halt – und dann fällt mir der Manfred wieder ein.«

Sie seufzte.

»Ist das nicht Mist, wenn so ein Saukerl einen enttäuscht – und man wird die Gedanken an ihn trotzdem nicht los, auch nach all den Jahren nicht?«

Hansen nickte, aber sie achtete gar nicht darauf, sondern trank ihre Tasse leer.

»Mein Mann weiß natürlich davon, und er weiß auch, dass ich nicht deshalb an diese Zeit zurückdenke, weil ich immer noch gern mit Manfred zusammen wäre – aber trotzdem lässt ihn das auch nicht kalt. Zumal ich mit Manfred fast ein Kind gehabt hätte, während es mit uns beiden irgendwie nicht klappen will.«

»Sie haben ja noch ein paar Jahre Zeit«, versuchte Hansen sie zu trösten.

»Vielleicht«, versetzte Linda Rehmchen. »Vielleicht auch nicht. Mein Frauenarzt hat mir nicht viel Hoffnung gemacht, dass es klappen könnte. Mein Günter ist nicht zeugungsunfähig, aber sein Sperma … na egal, das gehört ja wirklich nicht hierher.«

Sie griff sich in die Gesäßtasche ihrer Hose, holte eine Visitenkarte hervor und legte sie vor Hansen auf den Tisch.

»Jedenfalls wäre ich Ihnen dankbar, wenn Sie mich immer nur auf meinem Handy anrufen könnten, wenn es um Manfred geht. Lässt sich das machen?«

»Ich glaube schon.«

Hansen musterte sie. Linda Rehmchen wirkte noch aufgewühlt von ihrer Erzählung, aber sie war dabei, sich wieder zu beruhigen.

Starke Frau, dachte Hansen, während seine Kollegin sie zum Haupteingang brachte.

»Ja, hier Kugler?« Die Stimme am anderen Ende der Leitung klang etwas außer Atem, und Hansen glaubte, im Hintergrund Schritte zu hören. Er stellte sich dem Immobilienmakler vor, den er nun endlich erreicht hatte, und erklärte, dass er im Fall Manfred Garzinger ermittelte.

»Ich habe vorhin noch versucht, Sie anzurufen«, sagte Kugler. »Haben Ihnen das die Kollegen am Empfang ausgerichtet?«

»Danke, ja. Ich würde mich gern mal mit Ihnen unterhalten. Hätten Sie denn heute Zeit?«

»Ungern. Ich habe diese Woche Urlaub, mein Büro ist geschlossen, wie Sie ja in der AB-Ansage gehört haben. Und die paar Tage zum Durchschnaufen brauche ich dringend – es war ziemlich turbulent in den vergangenen Monaten.«

»Sind Sie denn weggefahren?«

»Nein, ich bin gerade auf dem Weg zu meinem Wagen. Ich war in meinem Büro, heimlich, sozusagen.« Er lachte gekünstelt. Die Schritte verstummten, offenbar war Kugler nun stehen geblieben. »Ich hab's vorhin schon meinem Nachbarn hier in Schellenried gesagt, dass er mich bitte nicht verraten soll – wenn die Leute mitbekommen, dass ich trotz meines Urlaubs da bin, steht garantiert irgendeiner wegen seiner Immobilie bei mir auf der Matte. Und wie gesagt: Ich brauche dringend ein paar Tage Pause.«

»Ich müsste trotzdem mit Ihnen sprechen. Es dauert auch nicht lange. Was halten Sie denn davon, dass ich jetzt gleich zu Ihnen nach Schellenried komme?«

»Nein, ich …«

»Oder sind Sie gerade auf dem Heimweg? Wenn Sie mit dem Wagen zur Arbeit fahren: Wohnen Sie denn nicht in dem Gebäude direkt neben dem Büro?«

»Nein, nicht mehr. Irgendwann hat es mich gestört, dass die Leute jedes Mal bei mir privat geklingelt haben, wenn im Büro niemand war. Da kommt man überhaupt nicht mehr zur Ruhe. Deshalb habe ich das Haus irgendwann vermietet, und ich habe mir ein Häuschen in Untergassen gekauft.«

»Gut, dann kommen wir zu Ihnen nach Untergassen, kein Problem.«

»Nein, weil …« Kugler seufzte. »Na gut, dann kommen Sie halt ins Büro. Aber es dauert bitte nicht lange, und gehen Sie bitte hintenrum, vorne lasse ich abgeschlossen.«

Die Verbindung wurde beendet, noch bevor sich Hansen bedanken konnte. Wenig später waren er und Hanna auf dem Weg nach Schellenried. Hansen ließ den Wagen vor Kuglers

Immobilienbüro ausrollen, und sie waren kaum ausgestiegen, als auch schon Roland Mäckl von seinem Hof herübergeschlendert kam.

»Hallo, Herr Hansen und Frau Fischer.« Er nickte ihnen freundlich zu. »Falls Sie zu Hans Kugler wollen: Der hat diese Woche Urlaub und ist nicht da.«

»Na, Sie sind ja ein netter Nachbar, Herr Mäckl, wenn Sie so freundlich für ihn schwindeln«, lobte ihn Hansen und grinste. »Wir haben vorhin mit Herrn Kugler telefoniert und sind hier mit ihm verabredet. Ich weiß schon, dass es die Leute nicht mitbekommen sollen, dass er auch im Urlaub im Büro ist – deshalb sollen wir auch hintenrum ins Gebäude.«

Mäckl zeigte auf ihren Wagen.

»Dann sollte der allerdings auch lieber nicht hier stehen.«

Er deutete über die niedrige Hecke, die seinen Hof von Kuglers Grundstück abgrenzte.

»Dort drüben können Sie ihn gern hinstellen.«

Hansen lachte und stieg noch einmal ein, um den Wagen umzuparken.

Kugler erwartete sie schon an der Hintertür und begleitete sie hinein. »Kaffee? Oder lieber was Kaltes?«

»Nein, danke«, lehnte Hansen ab, »wir wollen Sie nicht unnötig lange aufhalten.«

Kugler ging ihnen durch einen schmalen Flur voraus. Das Büro war halbwegs elegant, aber nicht protzig eingerichtet. Die cremefarbenen Lamellenvorhänge waren so eingestellt, dass keiner hereinschauen konnte und auch das grelle Sonnenlicht nur gedämpft in den Raum drang. Der Makler ließ sich auf einem teuer aussehenden Ledersessel nieder und wies Hanna und Hansen die beiden einfacheren Besucherstühle vor seinem Schreibtisch zu.

»Und was wollen Sie jetzt so Dringendes von mir wissen?«, fragte Kugler und griff nach einer halb vollen Sprudelflasche, die neben seinem Telefon stand. Er trank in großen Schlucken. Die Hitze schien ihm zu schaffen zu machen. Hansen sah sich um: An den Wänden hingen Fotos und Planzeichnungen, und in einer Ecke summte ein Klimagerät vor sich hin.

»Aus den bisherigen Gesprächen in Obergassen und Umgebung habe ich den Eindruck gewonnen, dass Sie sehr gut über alles informiert sind, was in den Dörfern rund um Sulzberg so vor sich geht.«

Kugler musterte Hansen einen Moment, bevor er antwortete.

»Das ist mein Job«, sagte er. »Je früher ich Wind davon bekomme, dass irgendwo ein Haus verkauft oder womöglich Bauland ausgewiesen werden soll, desto größer sind meine Chancen, in dieser Angelegenheit mit den jeweiligen Leuten ins Geschäft zu kommen. Und wenn Sie sich in meinem Büro umsehen, werden Sie bemerken, dass ich mich für Immobilienprojekte jeder Größenordnung interessiere.«

Er machte eine umfassende Geste und lehnte sich in seinem Sessel zurück. Hansen ließ seinen Blick noch einmal über die Fotos und Zeichnungen schweifen, die an den Wänden hingen. Und wirklich reichte die Palette der dort abgebildeten Motive vom Foto eines schmalen Einfamilienhäuschens aus den Fünfziger- oder Sechzigerjahren bis zum farbig gestalteten Plan für eine ganze Siedlung: ein großzügig wirkendes Geviert, durchzogen von drei Stichstraßen und einer baumbewachsenen Ringstraße, die alle Wege miteinander verband und die Siedlung über zwei Kreisverkehre an die alte Bebauung anschloss. Kugler stand ebenfalls auf und stellte sich neben Hansen.

»Das ist ein neues Baugebiet im Nordwesten von Nesselwang. Da hatte ich zum Beispiel früher als alle anderen Kontakt zu den Grundstückseigentümern und zur Gemeinde, und jetzt vermarkte ich die meisten Parzellen in diesem Gebiet. Das ist mein bisher größtes Projekt, und ich habe schon eine Stange Geld investiert.«

Jetzt platzte Kugler fast vor Stolz, und Hansen tat ihm den Gefallen und lobte ihn für diesen Erfolg. Aber dann fügte er doch noch eine Frage hinzu: »Und fehlt Ihnen dieses investierte Geld jetzt für andere Projekte?«

Hans Kugler zog kurz die Stirn kraus, hatte sich aber schnell wieder im Griff.

»Nein, natürlich nicht. Im Moment sind Darlehen so günstig zu haben wie seit Jahren nicht. Und ich lebe ja vom Investieren, um hinterher alles mit einem schönen Aufschlag wieder herauszuholen.«

Hansen nickte und besah auch die anderen Pläne aus der Nähe. Dabei fiel ihm auf, dass die Wand auch an Stellen mit Löchern übersät war, an denen aktuell keine Reißzwecken steckten.

»Und was haben Sie da abgehängt?«, fragte er deshalb.

Kugler zögerte nur kurz, und Hansen war nicht einmal sicher, ob er es sich womöglich sogar ganz eingebildet hatte.

»Wenn ein Projekt durch ist, kommt es ins Archiv«, sagte Kugler. »Ich muss ja nicht ständig abgeschlossene Sachen vor Augen haben. Mein Blick geht nach vorn, immer nur nach vorn.«

»Sehr gut«, sagte Hansen und nahm wieder Platz.

Kugler setzte sich ebenfalls und sah seinen Gesprächspartner dabei forschend an, als wolle er ergründen, welche Hintergedanken Hansen umtrieben.

»Wenn Sie jetzt sogar Projekte bis nach Nesselwang verfolgen, Herr Kugler, werden Sie bald vergrößern müssen, nehme ich an?«

»Nein, mir reicht mein Büro. Stundenweise habe ich Hilfe im Büro, davon abgesehen bin ich Einzelkämpfer. So hat jeder immer gleich den Chef dran, und ich muss mich mit niemandem absprechen, wenn eine schnelle Entscheidung getroffen werden muss.«

»Aber wenn Sie sich nicht auf Sulzberg und die unmittelbare Umgebung beschränken, stelle ich mir das recht schwer vor, das alles allein zu bewältigen.«

»Ach, in Sulzberg selbst ist nicht mehr viel zu holen im Moment. Wer verkaufen wollte, hat verkauft, und von einem neuen Baugebiet habe ich bisher noch nichts mitbekommen. Und wenn ab und zu mal ein Objekt reinkommt: Das schaff ich dann schon.«

»Vermutlich wird der Hof von Manfred Garzinger verkauft werden, jetzt, da der Besitzer tot ist.«

Kugler zuckte mit den Schultern, aber sein Blick war hellwach auf den Kommissar gerichtet.

»Oder waren Sie mit Garzinger ohnehin schon im Gespräch?«, fügte Hansen hinzu. »Dass er sich nicht mehr um seine Gebäude gekümmert hat, könnte ja auch bedeuten, dass er schon einen Kaufvertrag in der Tasche hatte.«

Kugler kaute auf seiner Unterlippe herum, hörte aber damit auf, als er bemerkte, dass Hansen ihn ebenso genau beobachtete wie er ihn.

»Der Manfred war selbst dazu zu faul. Der hätte sicher gewartet, bis ihm endgültig das Wasser bis zum Hals steht, bevor er mich angerufen hätte. Wenn überhaupt! Er konnte mich nämlich nicht leiden, und mir ging es mit ihm nicht anders.«

»Schade eigentlich für Sie, Herr Kugler. Der Garzinger-Hof sieht zwar ziemlich schäbig aus und heruntergekommen, aber aus dem recht großen Grundstück mitten in Obergassen müsste sich etwas machen lassen.«

»Allerdings. Deshalb wurmt es mich – trotz aller Abneigung gegen den Manfred – natürlich, dass ich da nicht zum Zug komme. Das gebe ich offen zu, Herr Kommissar. Ich hoffe, Sie rechnen mir das an.«

»Worauf?«

Kugler blinzelte irritiert, dann lachte er laut und lange.

»Gut gekontert, Herr Hansen«, brachte er schließlich hervor. »Bei Ihnen muss man auf der Hut sein, was? Aber Sie können beruhigt sein: Ich habe mit dem Tod von Manfred nichts zu tun. Ich bin auch gut ausgelastet, ohne Leute zu töten.«

Er unterbrach sich.

»Der Manfred ist doch umgebracht worden, oder? Schließlich sind Sie von der Kripo, und da …«

»Ja, Herr Garzinger ist keines natürlichen Todes gestorben. Mehr darf ich Ihnen dazu vorläufig aber nicht sagen – das werden Sie sicher verstehen.«

»Muss ich wohl, und es kann mir ja auch egal sein.«

»Vielleicht ja auch nicht. Ich vermute, das Grundstück fällt jetzt an die nächste Verwandte, seine Tante Marga Mecheler, die hier in Schellenried wohnt. Kennen Sie sie?«

»Nicht wirklich. Sie ist recht wohlhabend, soweit ich weiß. Aber wir laufen uns nicht allzu oft über den Weg. Eigentlich so gut wie nie.«

»Ich dachte nur, Frau Mecheler und ihr Mann hätten damals vielleicht ihr Häuschen über Sie gekauft.«

»Nein, das war vor meiner Zeit. Mein Vater war damals in der Immobilienabteilung der hiesigen Sparkasse beschäftigt, über ihn haben sie das Häuschen gekauft. So gesehen gibt es natürlich doch eine Verbindung, da haben Sie recht.«

Er lachte wieder, wurde aber schnell wieder ernst.

»Mein Vater hat sich immer sehr engagiert für seine Kunden, er war zufrieden mit seinem Gehalt, und als er in Rente ging, hatte er sein Auskommen. Dass er mit Immobilien zu tun hatte, fand ich schon als Jugendlicher spannend – aber Bank, das wäre nichts für mich. Und so habe ich mich nach meiner Lehre als Immobilienkaufmann selbstständig gemacht.«

Kugler breitete die Arme aus.

»Ich habe es nie bereut, nur der Urlaub kommt manchmal etwas zu kurz. Wenn Sie jetzt also keine weiteren Fragen haben, würde ich gerne heimfahren und die Füße hochlegen.«

»Wann könnten wir diesen Robbie Fleischlen denn zu Hause antreffen?«, fragte Hansen.

Hanna blätterte in einigen Unterlagen, bevor sie antwortete. »Schwer zu sagen. Er arbeitet als Disponent in einer Memminger Spedition – ich könnte mir gut vorstellen, dass die Schichtdienst haben. Ich ruf dort mal an, okay?«

Fleischlen meldete sich nach dem ersten Klingeln, und er klang gestresst. Hanna stellte ihm ein paar Fragen, und keine zwei Minuten später war das Gespräch beendet.

»Ja, Chef, der ist gerade im Büro, er hat ordentlich zu tun, und vor zehn Uhr heute Abend kommt er da auch nicht weg. Und dann ist es ihm auch nicht recht – er hat wohl für den Feierabend noch was vor. Wenn du willst, fahren wir gleich zu ihm.«

»Hat er denn Zeit, wenn er so viel Arbeit hat?«

Hanna zuckte mit den Schultern.

»Nicht unser Problem, würde ich sagen. Muss er halt zusehen, dass er uns nebenbei antwortet – und vielleicht verplappert er sich ja dabei.«

Sie grinste spitzbübisch und hielt schon den Autoschlüssel in der Hand. Hansen zögerte noch einen Moment, dann gab er sich einen Ruck und folgte ihr nach draußen.

Auf dem Hof der Spedition war nicht übertrieben viel los. Die Sonne knallte kräftig von einem strahlend blauen Himmel, und den beiden Polizisten brach der Schweiß aus, kaum dass sie den klimatisierten Dienstwagen verlassen hatten.

Zwei Sattelschlepper standen mit der Rückseite an einer großen Halle, die anderen Ladebuchten waren frei, und durch die wenigen Rolltore, die nicht heruntergelassen waren, konnte man auch dahinter keine allzu große Geschäftigkeit feststellen. Ein paar Gabelstapler fuhren in der Halle herum, und neben der Treppe zum Büro hockte ein Mann von Mitte fünfzig auf der Laderampe, ließ die Beine baumeln und biss von seinem Wurstbrot ab. Er sah ihnen interessiert entgegen, schien aber vor allem Augen für Hanna zu haben. Und als sie an ihm vorbei die Treppe hinaufkletterte, pfiff er halblaut und grinste ihr zu. Hanna reagierte auf die plumpe Anmache nur mit einem amüsierten Schmunzeln, und Hansen verkniff sich die Abfuhr, die ihm schon auf der Zunge lag.

In der Halle war es nicht viel kühler als im Hof, aber ein steter Windzug machte die Temperatur etwas erträglicher. Ein Schild mit der vergilbten Aufschrift »Büro« wies ihnen den Weg. Sie befanden sich am rechten Ende der Halle, nach links erstreckte sich der glatte Boden, auf dem die Gabelstapler ihre Bahnen zogen. Hier und da waren Paletten mit Kartons aller Art beladen, manche rundum festgezurrt mit transparenten Plastikfolien, andere vogelwild gestapelt. Neben einer Palette lagen zerrissene Nudelkartons, und die Teigwaren selbst lagen drumherum verstreut.

Ein weiterer Pfiff drang aus dem Büro zu ihnen, einem dämmrigen Kabuff, das offenbar nur mit dünnen Leichtbauwänden vom Rest der Halle abgetrennt worden war. Hinter der verschmierten Glasscheibe sahen sie Robbie Fleischlen stehen. Er hielt sich ein Handy ans Ohr und fuchtelte ihnen mit der freien Hand mehr oder weniger einladend zu. Als sie die Glastür zu dem Kabuff öffneten, schallte ihnen Fleischlens kräftig dröhnender Bass entgegen. Während er offenbar einen Fahrer zur Schnecke machte, weil der sich nicht an die gesetzlich vorgeschriebenen Ruhezeiten gehalten hatte, deutete er mit seinen dicken Fingern auf zwei abgewetzte Polstersessel, die hinter einem kleinen Beistelltisch standen. Hansen setzte sich, Hanna beäugte den Platz, der ihr für Bauch und Beine bleiben würde, dann zerrte sie den Sessel kurzerhand aus seiner Nische und ließ sich erst danach auf die Sitzfläche plumpsen.

Eine halbe Minute später schwenkte Fleischlen im selben dröhnenden Tonfall wie zuvor auf eine versöhnliche Abschiedsformel um und drückte das Gespräch weg.

»Dass Sie nicht so wahnsinnig günstig kommen, ist Ihnen schon klar?«, sagte er und setzte sich zu ihnen.

Hinter ihm läutete schon wieder das Telefon, aber er beachtete es nicht weiter.

»Müssen Sie nicht drangehen?«, fragte Hansen.

»Damit Sie mich nebenbei befragen und ich mich in der Hektik verplappere und Ihnen Sachen erzähle, die Sie nichts angehen?« Er lachte. »Ich nehme an, so haben Sie sich das gedacht, als Sie sich gleich auf den Weg hierher gemacht haben, obwohl Sie, Frau Fischer, ja gehört haben müssen, dass hier der Teufel los ist. Stimmt's?«

Hanna grinste, und er reagierte nicht unhöflich auf das Eingeständnis.

»Würde ich an Ihrer Stelle vermutlich genauso machen, klappt aber nicht bei mir. Sollen die Anrufer halt glauben, dass ich mal kurz auf dem Klo bin. Muss ja auch mal sein. Und eines gleich vorweg: Es gibt natürlich nichts, womit ich mich verplappern könnte. Ich habe ein reines Gewissen, und ich antworte Ihnen gern auf all Ihre Fragen, wenn ich kann.«

»Wir werden sehen«, versetzte Hansen knapp.

Fleischlen behielt noch einen Moment lang Hanna im Auge, die seinen Blick inzwischen aber ganz kühl und ernst erwiderte.

»Wir haben heute mit Linda Rehmchen gesprochen«, begann Hansen und musterte Fleischlen, aber der zeigte keine Regung.

»Linda Rehmchen war vor einigen Jahren mit Manfred Garzinger zusammen, und Sie haben sie damals auch mal kennengelernt.«

Der Dicke dachte nach, dann hellte sich seine Miene etwas auf, und kurz darauf legte er die Stirn in Falten.

»Ach, jetzt fällt mir die Frau wieder ein. Linda hieß die, genau. Und wie weiter? Rehmchen? Na, egal – ich habe sie ein einziges Mal gesehen. Manni und sie, meine damalige Frau und ich – zu viert sind wir essen gegangen.«

»Das dürfte ungefähr zehn Jahre her sein – und Sie erinnern sich noch an den Vornamen der Frau? Haben Sie sie denn später noch einmal getroffen?«

»Bloß nicht! Nein, ich erinnere mich an diese frigide Trulla, weil ich es letztendlich ihr oder zumindest auch ihr zu verdanken habe, dass mich meine Frau vor die Tür gesetzt hat! Das vergisst man nicht so schnell, glauben Sie mir.«

Hanna nahm die Beschimpfung von Linda Rehmchen nicht gut auf: Ihre Augen funkelten böse, und Hansen warf ihr einen warnenden Blick zu, bevor er fortfuhr.

»Sie können sich vielleicht vorstellen«, sagte er dann, »dass sich Frau Rehmchen an den damaligen Abend ein wenig anders erinnert als Sie.«

Er zuckte die Schultern. Wieder klingelte das Telefon, wieder beachtete er es nicht weiter. Inzwischen hatte allerdings Hansen seine volle Aufmerksamkeit.

»Sie hat es uns so geschildert, dass Sie sie belästigt hätten: mit anzüglichen Bemerkungen, die Sie ihr zuraunten, und mit einem Abschiedskuss auf den Mund.«

»Soll sie doch froh sein, dass ich ihr mal gezeigt habe, wie man so was macht! Meinetwegen hätte sie an diesem Abend auch noch mehr von mir bekommen, aber …«

Er stutzte, dann sah er fragend zwischen Hansen und Hanna hin und her. Hanna schien innerlich zu kochen, Hansen wirkte so ruhig wie zuvor.

»Hat mich diese Kuh womöglich angezeigt? Muss ich mich jetzt wegen … wie sagten Sie? Wegen Belästigung? Muss ich mich jetzt auf Schwierigkeiten gefasst machen, weil die diese alte Geschichte rauskramt?«

»Nein, Frau Rehmchen hat Sie nicht angezeigt. Sie hat uns nur von diesem Abend erzählt und davon, dass sie Sie ziemlich widerwärtig fand.«

»Pah! Hat sie Ihnen auch erzählt, dass mir meine damalige Frau nach diesem Abschiedsküsschen den Rost heruntergelassen und mich vor versammelter Mannschaft zur Minna gemacht hat?«

»Ja. Und sie hat sich, um ehrlich zu sein, im Gespräch mit uns gefragt, wie lange eine solche Ehe wohl noch halten konnte.«

»Knapp sieben Jahre, wenn man bis zum Scheidungstermin rechnet. Und nur etwa vier, wenn man den Tag zugrunde legt, an dem mich meine damalige Frau aus dem gemeinsamen Schlafzimmer geworfen hat.«

»Und seither wohnen Sie in Untergassen?«

»Nein, zunächst habe ich im Kinderzimmer geschlafen, das wir mangels Kinder ja nicht brauchten«, knurrte er mit bitterem Unterton. »Bis unsere Ehe wegen Zerrüttung geschieden wurde, durfte ich großzügigerweise in meinem eigenen Haus wohnen bleiben. Nach dem Abend mit Mannis Freundin haben wir uns noch tagelang gezofft, und von diesem Zeitpunkt hat meine Frau begonnen, mir nachzuspionieren. Kaum hatte ich mal Spätschicht und bin danach nicht sofort wieder heim ins Körbchen, hat sie mir schon unterstellt, ich würde mit anderen Frauen rummachen. Total nervig war das!«

»Und, haben Sie?«

»Was?«

»Na, mit anderen Frauen rumgemacht?«

»Was hat das jetzt mit dem toten Manni zu tun?«

Hansen zuckte mit den Schultern. Das Telefon klingelte wieder. Nun stand Fleischlen doch auf, tappte zum Schreibtisch hinüber und nahm das Gespräch an. Auch diesmal bellte der Disponent wütend ins Telefon, bevor er wieder auflegte.

»War noch was?«, fragte er vom Schreibtisch her.

»Sie haben uns gestern von einem Bordellbesuch in Kempten erzählt. Sie erinnern sich? Der Abend vor zwei Jahren, an dem Manfred Garzinger eigentlich versprochen hatte, Sie alle nach Hause zu fahren, was er dann nicht konnte, betrunken, wie er war.«

»Und?«

»Das wird nicht Ihr erster Ausflug dieser Art gewesen sein, nehme ich an. Waren Sie dort auch in der Zeit, als Ihre Frau so eifersüchtig auf Sie war? In den vier Jahren zwischen dem Abend mit Garzinger und seiner Freundin und dem Abend, an dem Ihre Frau Sie aus dem gemeinsamen Schlafzimmer warf?«

Fleischlens wulstige Lippen wurden ganz schmal, und sein Gesicht gewann an Farbe.

»Ich kann mir zwar nicht vorstellen, dass das etwas mit Mannis Tod zu tun hat«, zischte er, »und es geht Sie im Grunde genommen auch einen feuchten Dreck an. Aber gut: Ja, meine Kumpels und ich sind auch in dieser Zeit ab und zu in eine Bar nach Kempten oder anderswo gegangen. Was ist schon dabei? Meine Frau hatte mich damals schon ziemlich lange auf Abstand gehalten. Und Sie müssen zugeben, dass das doch vorne und hinten nicht zusammenpasst – sich den Ehemann auf der einen Seite vom Leib zu halten und ständig Kopfweh oder sonst eine Ausrede zu haben –, und es ihm andererseits nicht zu gönnen, dass er dann halt außer Haus Druck ablässt!«

Hannas Sessel knarzte, als sie wütend die Arme vor der Brust verschränkte.

»Wenn Sie beide in glücklicheren Beziehungen leben, gratuliere ich Ihnen«, fuhr Fleischlen fort. »Mir war das leider nicht vergönnt. Und diese Barbesuche waren nicht nur meine Idee. Gerade der Manni wollte immer wieder in die Stadt. Vielleicht war ihm diese Linda zu brav, vielleicht wollte er Abwechslung – jedenfalls hatte er kurz vor dem Abend, an dem wir zu viert essen waren, unbedingt nach Kempten gewollt. Es ging da ziemlich wild her, soweit ich mich erinnern kann.«

Er legte ein anzügliches Lächeln auf, das aber schnell wieder erstarb, als er Hannas Blick auffing.

»Am nächsten Tag beim Schafkopfen hat er mich beiseitegenommen. Er hatte die Hosen gestrichen voll, dass ich womöglich seiner Freundin etwas über die Kemptener Nacht stecken würde. Aber ich habe keinen Pieps gesagt, ganz ehrlich. Vielleicht hätte ich es machen sollen, dann wäre womöglich mit dieser Linda doch noch was gelaufen. Und als sie kurz darauf mit Manni Schluss gemacht hat, da hat er mir die Mitschuld daran gegeben. Er wollte einfach nicht glauben, dass ich Linda nichts verraten habe, aber hey, ich verpfeif doch keinen Kumpel!«

»Keine Sorge, Frau Rehmchen hatte einen anderen Grund, Ihrem Kumpel den Laufpass zu geben. Auslöser für das Ende der Beziehung waren allerdings wohl doch Sie – wenn auch nur indirekt.«

»Ach?« Fleischlen hob eine Augenbraue und sah Hansen gespannt an.

»Sie hält es für möglich, dass Sie sie mit einem grippalen Infekt angesteckt haben, den Sie damals mit sich herumschleppten.«

»Und wegen einer Erkältung hat sie sich von Manni getrennt?« Er lachte aufgesetzt.

»Infolge des Infekts hat sie das Kind verloren, das sie zu diesem Zeitpunkt von Manfred Garzinger erwartete.«

Fleischlens Mund klappte auf und wieder zu. »Nee, oder?« Er sah wie hilfesuchend zwischen Hanna und Hansen hin und her. Die beiden standen auf und wandten sich zum Gehen.

»Nee, oder?«, rief Fleischlen ihnen noch hinterher.

Hanna und Hansen steuerten weiter auf den Ausgang und die Treppe hinunter zum Hof zu. Hinter sich hörten sie, wie das Telefon klingelte, wie Fleischlen sich patzig meldete, ein paarmal hineinblaffte und dann das Telefon auf den Schreibtisch knallte. Hansen wandte sich noch kurz um, bevor sie die Treppe erreicht hatten. Robbie Fleischlen hatte sich auf seinem Bürostuhl zur Seite gedreht und starrte mit leerem Blick an die Seitenwand des Kabuffs.

»Mir tut er inzwischen eher leid«, sagte Hansen auf der Rückfahrt zu Hanna. »Ich hätte ihm das mit dem Infekt vielleicht lieber nicht erzählen sollen. Er wirkte richtig erschüttert, und mehr, als dass ihm das wehtat, habe ich mit der Bemerkung nicht erreicht. Wahrscheinlich steckt in diesem Koloss doch ein guter Kern.«

»Dann ist er aber gut versteckt«, knurrte Hanna.

Die Zigarette war hinter dem verlassenen Fabrikgebäude im Gewerbegebiet erst halb aufgeraucht, als der andere auch schon heranfuhr und den Wagen hinter der nächsten Ecke abstellte. Hier würde sie niemand beobachten. Hier konnten sie sich in Ruhe besprechen, ohne dass irgendjemand hinterher dumme Fragen stellte. Und natürlich ging es um das, was sie sagen und verschweigen sollten, wenn sie weiterhin zu Details rund um Manfred Garzingers Tod gefragt wurden. Nach einer halben Stunde waren sie zu viert, und nach weiteren zwanzig Minuten hatten sie sich einen Plan zurechtgelegt. Sie kehrten einer nach dem anderen zu ihren Autos zurück, die sie unauffällig irgendwo im Gewerbegebiet geparkt hatten.

Als wieder Ruhe eingekehrt war, stand hinter dem Fabrikgebäude nur noch der Mann, der als Erster hier eingetroffen war. Er zündete sich eine weitere Zigarette an, sog den Rauch tief ein und sah immer wieder nachdenklich den Qualmwolken nach, die er in den blauen Sommerhimmel paffte.

In Obergassen herrschte am frühen Abend emsige Betriebsamkeit. Vor, in und hinter allen Häusern, an denen Hansen und Hanna vorbeikamen, wurde eifrig gewerkelt. In den Vorgärten wurde Unkraut gejätet, Autos wurden mit Hingabe poliert, das Holz der Fensterläden wurde nachlackiert, und neu aussehende Zeitungsröhren wurden durch noch neuere ersetzt. Die Blumenkästen an den Balkonen wurden von welken Blüten befreit, und die Pflanzen wurden mit Sorgfalt gegossen, Haustüren wurden abgewischt, und sogar ein kleiner Hund, der dabei nicht sehr glücklich wirkte, wurde gestriegelt und mit einer bunten Stoffschleife versehen. Und natürlich schritt Gänserich Alf wieder die Grenzen von Ferdinand Hepplers Anwesen ab und ließ ab und zu ein kurzes Schnattern hören.

Das Haus der Rautners lag dagegen still und wie verlassen da. Erst als Hansen zum zweiten Mal auf die Türglocke drückte, schwang die Haustür auf, und Traudl Rautner stand vor ihnen und trocknete wie letztes Mal die Hände an der Schürze ab.

»Ah, der Herr Kommissar und seine Mitarbeiter«, sagte sie erstaunt. »Tut mir leid, mein Mann ist leider gerade nicht da.«

»Das macht nichts«, antwortete Hanna eine Spur zu schnell. »Wir wollten nämlich mit Ihnen reden.«

»Mit mir? Ach, das wird Ihnen nicht helfen, fürchte ich. Ich kümmere mich um die Küche, den Haushalt und unseren Garten – das macht zusammen so viel Arbeit, dass ich gar nichts anderes mehr mitbekomme. Hat Ihnen das mein Mann denn nicht gesagt?«

»Doch, hat er, aber …«

Hanna war so verblüfft, dass Frau Rautner die Aussage ihres Mannes als pure Selbstverständlichkeit bestätigte, dass sie mitten im Satz abbrach und für den Moment nicht weiterwusste.

»Wann kommt Ihr Mann denn wieder zurück, Frau Rautner?«, übernahm deshalb Hansen.

»In ein paar Minuten müsste er wieder hier sein. Er ist nur kurz zum Supermarkt. Es war kein Weißbier mehr da, das hatte ich übersehen.«

Sie machte ein zerknirschtes Gesicht.

»Bis dahin könnten wir Ihnen doch ein paar Fragen stellen«, schlug Hansen vor.

Sie wand sich. »Das wird Ihnen nicht helfen, wie ich schon sagte. Mein Mann …«

»Ihr Mann ist ja auch gleich wieder da, wie Sie eben sagten.«

Er zog eine Visitenkarte hervor und hielt sie ihr hin. Sie zögerte, steckte sie dann aber doch ein.

»Frau Rautner«, begann Hansen, »wir hatten den Eindruck, dass Ihr Mann geradezu erschrocken war, als wir ihn darauf angesprochen haben, dass Ihr Nachbar Manfred Garzinger das Hobby Paintball betrieben hat.«

In ihren Augen blitzte ganz kurz Interesse auf. Doch bevor

Hansen es richtig erfassen konnte, war die kleine Regung auch schon wieder verschwunden, und sie sah so gleichmütig aus wie zuvor.

»Da beschießen sich zwei Teams mit Farbkugeln«, erklärte Hansen, »und …«

»Ich weiß, was Paintball ist«, schnitt sie ihm das Wort ab. »Sie müssen nicht glauben, dass ich dumm bin, nur weil ich mich um den Haushalt kümmere und meinem Mann eine gute Ehefrau sein will.«

»Entschuldigen Sie bitte, Frau Rautner. So war das nicht gemeint.«

»Ich habe über dieses Paintball mal eine Fernsehsendung gesehen. Das scheint etwas für Leute zu sein, die gern Krieg spielen. Wie ein Sport wirkte es jedenfalls nicht auf mich. Und ohne dem Manfred allzu nahezutreten: Dass er dieses Geballer betrieben hat, wundert mich nicht. Ihm muss es bei der Bundeswehr recht gut gefallen haben, vor allem das Schießen machte ihm wohl Freude – jedenfalls hat mir das seine Mutter, Gott hab sie selig, mal erzählt. Er sei fast vor Stolz geplatzt, als er mal Bester in so einem Wettbewerb in seiner Kaserne geworden war.«

»Kannten Sie Manfred Garzingers Eltern näher?«

»Nicht wirklich. Herrn Garzinger senior sah ich ab und zu auf dem Traktor vorbeifahren, gesprochen habe ich eher mit seiner Frau, wenn man sich auf dem Weg zum Einkaufen oder beim Gehwegwischen gesehen hat.«

»Beim – Gehwegwischen?«

Hansen war die Frage nur rausgerutscht, aber Traudl Rautner bedachte ihn sofort mit einem tadelnden Blick.

»Das kann ich Ihnen nur empfehlen, Herr Hansen. Vom Kehren allein geht vor allem der feinere Staub nicht weg. Und wenn Sie dann kurz mit dem Wischmopp drübergehen …«

Hanna hatte sich sehr bemüht, doch ganz hatte sie das Prusten nicht unterdrücken können. Traudl Rautner sah sie mit hochgezogenen Augenbrauen an.

»Ich sehe schon, dass ich solche Ratschläge an Sie nicht zu verschwenden brauche. Aber so viel kann ich Ihnen sagen: Mit Ihrer laxen Einstellung hätten Sie hier in Obergassen keinen leichten Stand. Unser Dorf sieht ja nicht ohne Grund überall aus wie aus dem Ei gepellt.«

Sie streifte den Garzinger-Hof mit einem schmerzlichen Lächeln.

»*Fast* überall, jedenfalls.«

»Dann hatten Sie mit Manfred Garzinger vermutlich nicht viel Kontakt«, nahm Hansen einen neuen Anlauf.

Traudl Rautner musterte ihn, ob er den Satz wohl ironisch gemeint hatte, aber als sie sein aufrichtig interessiertes Gesicht sah, schüttelte sie langsam den Kopf.

»Nein. Er hat sich nicht um den Hof gekümmert, also hat man ihn nur selten außerhalb des Hauses gesehen. Und wenn doch, dann ist er schnurstracks zu seinem Auto gegangen, eingestiegen und weggefahren. Mit ihm habe ich seit dem Tod seiner Eltern kaum mehr als einen knappen Gruß gewechselt. Wenn er überhaupt zurückgegrüßt hat. Er war halt doch ein rechter Stoffel, der Manfred.«

»Aber Sie haben ihn gegrüßt?«

»Ja freilich.«

»Also hatten Sie keinen Streit mit ihm?«, hakte Hansen nach.

»Streit? Wieso sollte ich Streit mit ihm haben? Sein Hof sieht schlimm aus, er ist … er war ein fauler Kerl, aber *mich* hat er in Ruhe gelassen.«

»Aber andere nicht?«

Sie presste die Lippen fest aufeinander und schwieg.

»Jetzt lassen Sie sich doch bitte nicht alles aus der Nase ziehen, Frau Rautner! Was wissen Sie von Streitigkeiten, die Manfred Garzinger mit seinen Nachbarn hatte?«

Sie hob den Kopf etwas mehr, um an Hansen vorbeischauen zu können. Kein Wort sagte sie, und dann bemerkte sie in Hansens Rücken etwas, was ihr einen Ausdruck der Erleichterung aufs Gesicht zauberte.

»Da kommt mein Mann«, erklärte sie. »Und ich muss jetzt auch wieder. Sie entschuldigen mich.«

Damit war sie im Hausflur verschwunden, und von hinten kam ihr Mann mit großen Schritten herangestürmt.

»Was wollen Sie von meiner Frau?«, fuhr er Hansen an, ohne sich lange mit einer höflichen Begrüßung aufzuhalten.

Hansen sah Hanna beschwichtigend an, dann antwortete er, so ruhig er konnte: »Wir haben auch an Sie noch eine Frage, Herr Rautner. Und solange wir die Todesumstände Ihres Nachbarn nicht vollständig aufgeklärt haben, werden Sie grundsätzlich immer damit rechnen müssen, dass wir Sie aufsuchen und Ihnen Fragen stellen.«

»Und? Was ist nun?«

»Mir geht diese Paintball-Geschichte nicht aus dem Kopf. Sie wussten davon, und diese Sportart scheint Sie aus irgendwelchen Gründen aufzuwühlen. Sind Sie sicher, dass Sie uns da nicht noch ein bisschen mehr erzählen möchten?«

»Nein, will ich nicht, und ja, ich bin sicher.«

Hansen sah ihn forschend an, aber auch wenn es in Rautner arbeitete: Er würde von sich aus wohl nichts weiter sagen.

»Sie haben erwähnt, dass Garzingers Bundeswehrkamerad ebenfalls Paintball gespielt hat, und Sie haben uns nahegelegt, dass wir uns mal mit ihm unterhalten sollten.«

»Ja, und?«

»Das haben wir getan. Ein freundlicher Mann, der uns bereitwillig alle Geschichten erzählt hat, die ihm zu seinem früheren Freund Manfred eingefallen sind.«

»Wieso erzählen Sie mir das?«

»Weil wir nicht erkennen konnten, warum Ihnen Herr Sonnleitner, so heißt der Mann, verdächtig genug vorkam, um uns auf ihn hinzuweisen.«

»Na, wollten Sie nicht etwas zu diesem Hobby unseres Nachbarn wissen?«

»Ja.«

»Na also – und ich spiele nun mal kein Paintball, dieser ehemalige Freund von Manfred Garzinger dagegen schon.«

Er hatte einen hochnäsigen Tonfall angeschlagen, doch Hansen tat ihm nicht den Gefallen, sich provozieren zu lassen.

»Das mag sein, aber vielleicht haben Sie uns mit der Nase auf Herrn Sonnleitner gestoßen, obwohl er Ihnen gar nicht verdächtig vorkam.«

»Ach? Und wieso sollte ich das tun?«

»Gute Frage, Herr Rautner. Und ehrlich gesagt, genau diese Frage ist es, die mich umtreibt.«

Rautners Stirn zuckte, sonst hielt er sich wacker, obwohl

ihm im Moment wohl die unterschiedlichsten Gedanken durch den Kopf gingen.

»Genau diese Frage«, wiederholte Hansen, nickte ihm zum Abschied kurz zu und ging zum Wagen.

Herbert Rautner stand noch vor seinem Haus, als der Wagen mit den Kripobeamten Obergassen schon längst verlassen hatte. Er fragte sich, wer ihn im Moment wohl alles beobachtete. Als er sich umsah, schauten zwei Nachbarn wie ertappt zur Seite und widmeten sich mit besonders großem Interesse einer Löwenzahnpflanze und einem Fleck am Kühlergrill. Er wandte sich um und ging ins Haus.

Das Geräusch der Haustür, die er hinter sich ins Schloss zog, war bis in die Waschküche im Keller zu hören, wo sich seine Frau gerade beeilte, einen Pullunder wieder in seinem Versteck unter der Handwäsche verschwinden zu lassen.

Einen Pullunder mit einem hässlichen roten Fleck auf dem Rücken.

Den Alarm seines Smartphones hatte er verpasst, aber als er von der Toilette zurückkam, sah er schon das hektische Blinken der Überwachungsapp. Zum Glück war er allein im Büro, und als er die Aufzeichnung mit einigen Wischbewegungen hin und her navigierte, konnte er in Zeitraffer Manfred Garzingers Tante Marga Mecheler sehen, wie sie zum Telefon ging. Er stoppte das Video in dem Moment, in dem sie nach dem Hörer griff. Die Frau wirkte aufgeregt, geradezu aufgewühlt. Dann drückte er auf »Play«.

Marga Mecheler meldete sich sehr korrekt und verlangte einen Kommissar Hansen zu sprechen – das war der Typ, dem sie gestern schon am Telefon von den Paintball-Urkunden erzählt hatte. Also wirklich ein Polizist, und auch wenn er nicht vertraut war mit den Hierarchien bei der Polizei: Allzu rangniedrig kam ihm ein Kommissar nicht vor. Sie wartete, wurde offenbar durchgestellt – aber nicht zu Hansen.

»Gut, dann versuche ich's morgen noch einmal. Ab wann ist er denn im Büro? Ah, ab acht, spätestens. Gut, bis dann also. Nein, er muss nicht zurückrufen, ich melde mich wieder.«

Damit legte sie auf und blieb noch eine Weile wie angewurzelt stehen. Dann wandte sie sich wieder zum Telefontischchen um und hantierte dort herum, ohne dass auf dem Display zu sehen war, was sie tat. Ihr Körper stand der Kamera im Weg, und auf die leisen Geräusche konnte er sich keinen Reim machen. Dann verließ sie den Flur, und nach einer gewissen Zeit, in der sich dort nichts rührte, endete die Aufzeichnung.

Er spulte zu der Stelle zurück, an der Marga Mecheler beiseiteging und den Blick auf das Tischchen freigab, an dem sie zuvor gestanden hatte. Er hielt das Video an und zog das Standbild mit gespreizten Fingern so groß, dass die Auflösung gerade noch erkennen ließ, was das Bild zeigte. Marga Mecheler hatte sich auf einem Zettel eine Notiz gemacht. Das große Wort, das sie ganz oben auf den Zettel gekritzelt hatte, konnte durchaus »Kamera« lauten. Schnaubend schloss er die App und steckte das Handy weg.

Tja, dachte er, leider wird der gute Herr Kommissar wohl nicht so schnell mit dir telefonieren können.

Kurz darauf war er auch schon auf dem Weg in den Keller,

wo er alles zusammenkramte, was er für einen Notfall wie diesen brauchen würde.

Als der Fahrer, auf den er noch hatte warten müssen, endlich seinen Truck rückwärts in die Ladebucht manövriert hatte und in seine Koje krabbelte, um noch etwas fernzusehen und danach zu schlafen, loggte sich Robbie Fleischlen im Büro der Spedition aus dem Programm aus und machte den Schreibtisch frei. Der Kollege von der nächsten Schicht kam gerade von seiner Runde durch die Lagerhalle zurück und ließ sich von Fleischlen das Wichtigste über die laufenden Touren berichten. Dann verabschiedeten sie sich, und während der Kollege schon das erste Telefonat entgegennehmen musste, spazierte Fleischlen aus dem Kabuff und durch die Halle.

Langsam ging er die Treppe hinunter und zu seinem Wagen, den er am entgegengesetzten Ende des Geländes abgestellt hatte. Bisher war es immer dieser kurze Fußweg einmal quer über den Hof gewesen, der ihm Abstand zu dem Job verschafft hatte, den er eigentlich mochte, der ihm an manchen Tagen aber kaum die Zeit für eine Zigarettenpause ließ. Doch diesmal hätte er dazu vermutlich bis nach Hause laufen müssen.

Gerne hätte er mit jemand Unbeteiligtem geredet, aber er hatte niemanden, den er für seine Geschichte ins Vertrauen ziehen konnte. Und selbst diejenigen, mit denen er bei ein paar Bier und mit belanglosem Small Talk wieder hätte zur Ruhe kommen können, lagen um diese Zeit schon im Bett oder waren zumindest auf dem Weg dorthin.

Gasthäuser kamen zu so später Stunde ebenfalls nicht

infrage, also fuhr er etwas früher von der Autobahn ab und nahm Kurs auf einen Club in Kempten, der ihn auch um diese Zeit noch willkommen heißen würde. Wer sich um ihn kümmerte, war ihm egal, und als er eine knappe Stunde später mit weichen Knien und weniger Geld in der Tasche wieder zu seinem Auto ging, war er noch immer nicht schläfrig genug, um für heute Nacht seinen Frieden zu finden.

Wenig später befand er sich auf der nächtlichen Runde, die er schon so oft abgefahren hatte. Sein SUV rollte gemächlich durch Schellenried, blieb hier und da kurz stehen und fuhr dann weiter. Langsam durchquerte er Obergassen, beobachtete sein früheres Zuhause, hielt auch noch vor anderen Häusern im Dorf, bis es endlich spät genug war.

Als er den Wagen in Untergassen abstellte, blieb er noch eine gute halbe Stunde sitzen, dachte nach und hörte zu, wie der in der lauen Sommernacht nur langsam erkaltende Motor knackte. Dann riss er sich aus seinen Gedanken, stieg aus und ging nach oben in seine kümmerliche Bleibe. Whiskey war keiner mehr da, also betäubte er sich mit Wodka und Bier, bis er vor dem plärrenden Fernseher auf dem Sofa einschlief.

Er fiel von einem Albtraum in den nächsten, und wenn er zwischendurch mal eine Viertelstunde in einen etwas tieferen Schlaf sank, dröhnte sein lautes Schnarchen durchs halbe Haus.

Sogar der Mann, der ihn verfolgt hatte und nun gut verborgen vor allen Blicken zwischen Wohnhaus und Scheune hockte, konnte ihn durch das gekippte Fenster im obersten Stock schnarchen hören.

Eine Zeit lang hatte er sich dafür geschämt, aber inzwischen war er in diesem Punkt mit sich im Reinen. Nur gesehen werden wollte er dabei nicht, deshalb machte sich Hans Hintermeyer erst nach Einbruch der Dunkelheit auf die Fahrt von Untergassen nach Schellenried. Er nahm mit seinem Wagen extra einen Umweg und näherte sich Schellenried von Osten her. Ein Stück vor dem Ortsrand zweigte ein Feldweg nach rechts ab, den rumpelte er langsam entlang und ließ das Auto schließlich hinter einigen Büschen stehen, die sich dort eng aneinanderdrängten.

Das letzte Wegstück hätte er auch mit geschlossenen Augen gehen können, so oft war er hier nachts schon gewesen. Und nachdem er wie ein Schatten über die Wiese und hinter den Scheunen entlanggehuscht war, stand er schließlich hinter Marga Mechelers Häuschen und schaute sehnsüchtig zu den Fenstern hinauf, hinter denen sich ihr Schlafzimmer befand.

Er schaute sich routiniert um, dann schlich er zu seinem üblichen Beobachtungsposten: einem Brennholzstapel, der schon so weit abgetragen war, dass die verbleibenden Holzscheite etwa in Kniehöhe eine Art hölzerner Liege bildeten, auf der sich Hans Hintermeyer seit dem Frühling gern niederließ. Der Stapel lag etwas verdeckt von einem alten Holzschrank, in dem Marga ihre Gartengeräte aufbewahrte. Hier war er weder von der Straße noch vom Haus aus zu sehen. Ein bisschen fühlte er sich wie damals, als er und die anderen Buben in Untergassen Räuber und Gendarm gespielt hatten. Mit Anfang siebzig passierte das leider nicht mehr allzu oft. Noch ein schöner Grund, hier nachts Posten zu beziehen.

Inzwischen hatte Marga oben die Fenster ihres Schlafzimmers geöffnet, um die frische Nachtluft hereinzulassen. Wie schön sie war mit ihren schulterlangen grauen Haaren, die sie daheim offen trug und die von der Zimmerlampe hinter ihr wie eine Krone aus warmem Licht ausgeleuchtet wurden. Hans Hintermeyer seufzte wohlig und lehnte sich zurück. Die Holzwand der Scheune hinter ihm war noch warm vom Tag, und nach einer Weile musste er sich doch sehr beherrschen, damit er nicht einschlief.

Irgendwann passierte es doch, und geweckt wurde er erst mitten in der Nacht von einem Knacken ganz in der Nähe. Es klang so, als wäre jemand auf einen dünnen Ast gestiegen und hätte ihn dabei zerbrochen. Hintermeyer rieb sich die Augen, rutschte lautlos von seiner Brennholzliege und kauerte sich hinter den Holzschrank mit den Gartengeräten. Erst konnte er nichts erkennen, dann bemerkte er die Gestalt, die langsam auf Margas Haus zuging und aufmerksam auf den Boden schaute, um nicht noch weitere Geräusche zu verursachen. Er kniff seine Augen zusammen, aber bei den herrschenden Lichtverhältnissen war nicht zu erkennen, wer sich da herumtrieb. Er hätte nicht einmal mit Bestimmtheit sagen können, ob er einen Mann oder eine Frau vor sich hatte.

Und dann war die Gestalt auch schon vorbei. Hans Hintermeyer sah den Schatten hinter dem Haus verschwinden, und dann kehrte wieder Stille ein. Das änderte sich erst zwanzig Minuten später.

Dienstag, 25. Juli

»Maximilian, auf geht's! Wir sind spät dran!«

Sandra Röhrich stöckelte mit wehendem Blazer durch den Flur, blieb vor dem Spiegel kurz stehen und zog sich die Lippen nach. Dann griff sie sich den Schlüssel und wandte sich zur Tür. Draußen schien die Sonne, es würde wieder ein warmer Tag werden, aber noch war es angenehm frisch, und eine leichte Brise strich über ihre Haut.

Im Haus schräg gegenüber schwang ebenfalls die Tür auf, und Doris Hack kam heraus. Sie hatte den Blick gesenkt, zog die Tür hinter sich zu, nestelte ihren Schlüssel heraus und drehte ihn zweimal im Schloss. Dann steuerte sie auf die Garage zu, dabei streifte ihr Blick kurz die Nachbarin. Sandra Röhrich hob die Hand zum Gruß und lächelte der anderen zu. Doris Hack erwiderte die Geste mit einem Kopfnicken, dann betrat sie die Garage.

Wenig später lenkte Doris Hack ihr kleines Cabrio rückwärts aus der Garage. In elegantem Schwung rollte es auf die Straße heraus. Während Doris Hack den Flitzer zum Stehen brachte und den ersten Gang einlegte, dachte Sandra Röhrich, dass die Nachbarin durchaus freundlicher zu ihr sein könnte. Schließlich hatte sie ihr als ihrer Scheidungsanwältin nicht nur das Haus und auskömmliche Unterhaltszahlungen, sondern letztendlich auch das Cabrio zu verdanken.

Als könne sie ihre Gedanken lesen, warf Doris Hack ihrer

Nachbarin noch einen genervten Blick zu. Dann weiteten sich ihre Augen, und die Dinge überschlugen sich.

Sandra Röhrich hatte inzwischen fast ihren Wagen erreicht, der unter dem Carport im Vorgarten geparkt war. Plötzlich spürte sie einen Stoß zwischen den Schulterblättern, dann hörte sie ein Geräusch, als würde eine sehr reife und sehr wässrige Frucht zerplatzen. In der getönten Seitenscheibe sah sie ihr Spiegelbild: Über ihren Schultern breiteten sich Farbkleckse aus.

Doris Hack ließ die Kupplung so ruppig kommen, dass sie den Motor abwürgte. Maximilian, der gerade mit zerzausten Haaren, heraushängendem Hemd, ungebundenen Turnschuhen und dem halb über die Schultern geworfenen Schulranzen aus der Tür trat, blieb wie vom Donner gerührt stehen. Ein, zwei Augenblicke lang stand er wie erstarrt da, dann ließ er den Ranzen fallen und rannte los.

Sandra Röhrich stand neben ihrem Auto, leicht vornübergebeugt, und wusste nicht recht, wohin mit ihren Händen und mit ihrer Wut und ihrer … ja, ihrer Angst.

Maximilians Fragen, ob es ihr gut gehe und was denn los sei, hörte sie kaum durch das Brausen in ihrem Kopf. Und auch die Tatsache, dass Doris Hack ausgestiegen und ebenfalls zu ihr geeilt war, konnte sie nicht trösten. Sie fühlte sich beschämt, bestürmt, unter Druck gesetzt. Sie wollte die Nachbarin und den Sohn mit fahrigen Armbewegungen zum Schweigen bringen, doch beide plapperten einfach weiter. Da drehte sie sich um, rempelte Maximilian im Vorübergehen an und hielt auf die Haustür zu, die inzwischen krachend ins Schloss gefallen war. Vor der Tür blieb sie stehen und machte keine Anstalten, ihren Schlüssel hervorzuholen. Zwei Minuten, vielleicht drei, blieb sie stehen, dann kam endlich Maximilian, nahm seinen eigenen Schlüssel zur Hand und ließ die Mutter ins Haus.

Doris Hack drückte sich an dem Buben vorbei in den Flur und ging Sandra hinterher, bis sie sie wie ein Häuflein Elend am Küchentisch hocken sah. Sie zog sich einen Stuhl heran und setzte sich ihr gegenüber. Maximilian lugte durch die Tür, aber Doris Hack bedeutete ihm, sie beide jetzt in Ruhe zu lassen.

»Aber ich muss doch zur Schule«, sagte er so leise, dass er nicht riskierte, von der Nachbarin auch wirklich verstanden zu werden, dann trollte er sich in sein Zimmer, schleuderte den Ranzen ins Eck und fuhr das Laptop hoch. Was immer seine Mutter so erschüttert hatte und was immer dieser Fleck auf ihrem Blazer bedeutete: Heute hatte er wohl schulfrei.

In der Küche herrschte derweil angespannte Stille, die erst nach einigen Minuten von Sandra Röhrichs leisem Schluchzen unterbrochen wurde. Doris Hack wartete geduldig, bis sich die Nachbarin wieder so weit gefangen hatte, dass man mit ihr reden konnte.

»Du solltest Anzeige erstatten«, sagte sie und erntete dafür heftiges Kopfschütteln.

»Und dann geht das alles wieder von vorn los, Doris? Nein, danke!«

Sandra Röhrich schniefte und schälte sich umständlich aus ihrem Blazer. Der Fleck war knallrot. So rot wie alle anderen. Und vermutlich würde die Farbe so wenig rausgehen wie bisher. Doris hatte noch keinen der Flecke aus so großer Nähe gesehen. Aufmerksam besah sie sich das unregelmäßige Muster, das sich rund um die Einschlagstelle auf dem Stoff des Blazers gebildet hatte. Sandra Röhrich versuchte währenddessen, mit ihren Fingerspitzen die Stelle zwischen den Schulterblättern zu erreichen, wo die Farbkugel sie getroffen hatte.

»Soll ich dich da ein bisschen massieren?«, bot Doris Hack an. Sandra Röhrich nickte nur und stierte betrübt auf die Tischplatte.

Ganz sachte rieben die Finger ihrer Nachbarin über die weiße Bluse, und trotzdem verzog sie das Gesicht. Die Stelle tat höllisch weh. Vermutlich würde sich dort ein ordentlicher blauer Fleck bilden.

»Ruf die Polizei an«, sagte Doris Hack schließlich. »Es kann doch nicht sein, dass das immer so weitergeht, oder? Zeugen für die anderen Treffer kannst du ja problemlos zusammenbringen.«

»Und du meinst, dass von denen auch nur einer das Maul aufmacht, Doris?« Sandra Röhrich schüttelte den Kopf und lachte bitter. »Kein Wort werden die sagen, glaub mir. Kein einziges Wort.«

»Aber du musst diesen Spinner anzeigen! Wir müssen doch endlich wissen, wer dahintersteckt!«

Sandra Röhrich schüttelte deprimiert den Kopf.

»Das hat keinen Sinn, glaub mir«, fügte sie hinzu und begann wieder zu schluchzen. Wie sicher sie sich gewesen war, wer hinter den Farbflecken steckte. Und jetzt war alle Gewissheit zerplatzt wie diese verdammte Farbkugel auf ihrem Blazer.

Hansen war schon um kurz nach sieben im Kommissariat eingetroffen. Ein Kollege hatte ihm ausgerichtet, dass Marga Mecheler gestern Abend versucht hatte, ihn zu erreichen. Sie habe aber nicht um Rückruf gebeten, sondern gemeint, sie wolle es heute früh noch einmal versuchen. Trotzdem wählte Hansen ihre Nummer, doch niemand hob ab.

Wenig später traf Haffmeyer mit frischen Brezeln ein, und so konnte er zum zweiten Frühstück die neueste Nachricht aus Obergassen überbringen.

»Ach – ein roter Fleck«, sagte Hansen, »ähnlich wie auf der Kuh von Roland Mäckl?«

»Vermutlich, ja. Der Schütze hat genau zwischen ihre Schulterblätter gezielt, den Blazer kann sie wohl wegwerfen.«

»Aber ist diese Paintball-Farbe denn nicht abwaschbar?«

»Normalerweise schon, aber es wurde allem Anschein nach Farbe verwendet, die nicht so leicht wieder rausgeht. Das war den Unterlagen zufolge auch bei Mäckls Kuh der Fall – wobei da aus den Akten nicht hervorgeht, ob es eine Paintball-Kugel gewesen sein kann oder ob jemand einfach so drauflos gemalt hat.«

»Hat Frau Röhrich denn den Namen des Schützen genannt, oder hat sie Anzeige gegen Unbekannt erstattet?«

»Sie hat keine Anzeige erstattet.«

»Ach, und woher wissen wir dann von dem Farbtreffer?«

»Nicht sie, sondern ihre Nachbarin hat die Kollegen in der Polizeiinspektion angerufen. Bei der Nachbarin handelt es sich übrigens um Doris Hack, die geschiedene Frau von Robbie Fleischlen. Und Sandra Röhrich war ihre Scheidungsanwältin.«

»Oh«, sagte Hansen und dachte an das gestrige Gespräch mit Fleischlen. Er hatte ihn aus der Reserve locken wollen, hatte ihn mit alten, sehr persönlichen Informationen gereizt, in der vagen Hoffnung, einen Fehler, eine Unbedachtsamkeit zu provozieren. Hatte Fleischlen geschossen, hatte er ihn zu einem Fehler verleitet? Und was, wenn Fleischlen jetzt womöglich durchdrehte? Wenn der Farbtreffer nur ein Anfang war?

»Und jetzt, Chef? Raus nach Obergassen?«

Haffmeyer war anzusehen, dass er denselben Gedanken nachhing wie sein Vorgesetzter. Der nickte nur und eilte zur Tür.

Als Hansen, Hanna und Haffmeyer wenig später vor dem Haus von Sandra Röhrich eintrafen, standen dort zwei uniformierte Beamte neben ihrem Streifenwagen. Einer davon war Franz Kallmann, und als sie ausstiegen, kam er gleich auf sie zu.

»Grüß dich, Willy, grüß Gott, Kollegen«, sagte er und tippte sich lässig an die Mütze. »Wir haben nur noch auf euch gewartet und werden jetzt wohl wieder nach Kempten zurückfahren.«

»Habt ihr denn schon alles aufgenommen?«, fragte Haffmeyer.

»Nein. Frau Röhrich will nicht mit uns reden, sie macht nicht auf, und wenn wir klingeln, kommt nur ihr Bub an die Tür und sagt, seine Mutter wolle ihre Ruhe und sitze heulend in der Küche und wolle nichts hören, nichts sehen und nichts sagen.« Er zuckte mit den Schultern. »Was sollen wir da machen?«

»Wir versuchen mal unser Glück«, sagte Hansen. »Aber Sie können gern schon fahren.«

Der Streifenwagen machte sich auf den Weg zurück nach Kempten, und Hansen wandte sich zur Eingangstür. Auf sein Klingeln regte sich eine Weile nichts, dann hörte er ganz leise Schritte im Flur, die immer näher kamen und schließlich an der Tür innehielten.

»Frau Röhrich?«, versuchte er es auf gut Glück. »Wollen Sie uns denn nicht aufmachen?«

Er wartete, nichts geschah.

»Ich bin Eike Hansen von der Kripo Kempten. Sie können die Tür ruhig öffnen. Meine Kollegen haben sich schon umgesehen: Es ist niemand mehr da, der Ihnen gefährlich werden könnte.«

Schweigen.

»Bitte, Frau Röhrich, machen Sie auf und lassen Sie uns reden.«

»Nein. Gehen Sie. Ich will meine Ruhe«, erklang schließlich eine Stimme von drinnen.

»Wir möchten gern über diesen Paintball-Angriff auf Sie reden.«

»Aber ich nicht. Ich habe Sie nicht gerufen, und ich habe auch keine Anzeige erstattet. Ich habe keine Ahnung, warum Doris die Sache gemeldet hat – das geht die eigentlich gar nichts an. Und wenn Sie mit jemandem reden möchten, dann wenden Sie sich an sie. Fragen Sie sie, was sie sich dabei gedacht hat, diese Geschichte über meinen Kopf hinweg der Polizei zu melden.«

»Das wäre schon meine erste Frage an Sie: Warum haben Sie diese Sauerei denn nicht angezeigt? Ich nehme an, Ihren schönen Blazer können Sie jetzt wegwerfen.«

»Scheiß auf den Blazer.«

»Mit einer ordentlich aufgenommenen Anzeige wird es sicher einfacher, den Schaden von der Versicherung ersetzt zu bekommen.«

»Das klappt auch so, da bin ich ganz sicher.«

Die Unterhaltung durch die geschlossene Haustür war etwas mühsam. Und als jetzt ein Traktor die Straße entlangtuckerte, kam sie vorübergehend vollends zum Erliegen. Der Fahrer lugte sehr interessiert zu Hansen herüber, der den Kopf an die Tür gelehnt hatte, aber Haffmeyer sah ihn nur streng an und bewegte ihn mit einigen unwilligen Gesten zum Weiterfahren. Hansen hatte die unfreiwillige Pause zum Nachdenken darüber genutzt, was die Anwältin noch aus der Reserve locken könnte.

»Das mit der Versicherung könnte schwierig werden.«

»Ach, und warum?«, kam es von drinnen.

»Mit Farbkugeln herumschießen – das klingt ja nun nicht sehr erwachsen. Wäre da nicht Ihr Sohn der Erste, den die Versicherung für einen solchen Blödsinn im Visier hätte?«

Die Tür schwang auf, und Hansen sah eine Frau vor sich, auf deren bleichem und erschüttertem Gesicht sich erste Anzeichen von aufkeimender Wut abzeichneten.

»Lassen Sie meinen Maximilian aus dem Spiel!«, zischte sie. Aus tränenverschmierten Augen funkelte sie Hansen wütend an. Haffmeyer und Hanna kamen langsam näher, um ihrem Chef beizustehen, falls die Frau wirklich so angriffslustig war, wie sie in diesem Moment wirkte. Hansen schob unbemerkt die Spitze eines Schuhs in die Tür und hob dazu beschwichtigend die Hände.

»Lass ich ja, Frau Röhrich, lass ich ja. Ich wollte Sie nur auf eine mögliche Schwierigkeit hinweisen. Und vor allem will ich mit Ihnen reden. Bitte.«

»Kein Bedarf, danke.«

Sie machte Anstalten, die Tür wieder zu schließen. Dabei spürte sie den Widerstand von Hansens Schuh und sah erst verblüfft nach unten und warf dann Hansen einen warnenden Blick zu.

»Was soll das? Ich will meine Ruhe, und ich habe keine Lust, mit Ihnen zu reden. Nicht über den Farbfleck auf meinem Blazer und auch sonst über nichts. Und falls Sie es noch nicht wissen: Ich bin Anwältin, und es wird Ihnen nicht gut bekommen, wenn Sie meine Rechte nicht beachten, das kann ich Ihnen sagen!«

»Sie wissen, dass Manfred Garzinger tot ist?«

Sie blinzelte. »Was soll das jetzt? Natürlich weiß ich das. Obergassen ist ein Nest, da bekommt man es natürlich mit, wenn einer stirbt.«

»Und Sie wissen vermutlich auch, dass Manfred Garzinger nicht auf natürlichem Weg gestorben ist.«

»Ja, aber auch wenn das nicht besonders höflich wirken mag – der Manfred wird mir nicht fehlen. Er war kein angenehmer Mensch, und Freunde hatte er hier im Ort auch keine, soweit ich das beurteilen kann. Ich hatte zum Glück nicht viel mit ihm zu schaffen.«

»Warum zum Glück?«

»Er war … Er war einfach ein unangenehmer Zeitgenosse. Rechthaberisch, hat in anderer Leute Angelegenheiten herumgeschnüffelt, und er hat … Er war außerdem zu faul zum

Arbeiten, aber das können Sie von jedem anderen in Obergassen genauso hören. Da müssen Sie nicht mit mir reden.«

»Das mit dem Herumschnüffeln habe ich jetzt zum ersten Mal gehört.«

Sandra Röhrich stutzte.

»So? Na, egal – das weiß trotzdem jeder im Dorf. Und jetzt würde ich gern wieder reingehen. Mir steckt der Schreck noch in den Gliedern nach diesem ... diesem Dumme-Jungen-Streich.«

Sie hatte das so dahingesagt, aber es war ihr anzusehen, dass sie den Zwischenfall längst nicht so auf die leichte Schulter nahm, wie sie es hinstellen wollte.

»Also war's doch Ihr Maximilian?«, sagte Hansen und grinste.

»Ich hab schon gesagt, lassen Sie bloß meinen Maximilian ...«

»War nur Spaß, Frau Röhrich«, unterbrach er sie. »Ich glaube auch nicht, dass es der Streich eines Jugendlichen war. Die sind ja um diese Zeit alle in der Schule.«

»Oh, Scheiße!«, entfuhr es der Anwältin, und sie drehte sich um. »Maximilian!«, rief sie ins Haus hinein, aber da kam keine Reaktion.

»Sehen Sie, wenn Sie den Farbschützen anzeigen, hat Ihr Sohn auch gleich eine Entschuldigung für die Schule. Er kann ja schlecht weg, wenn er als Zeuge gebraucht wird – und wenn er Ihnen nach diesem Schreck Beistand leisten muss.«

»Lassen Sie den Quatsch. Und jetzt gehen Sie bitte!«

»Ich kann Sie auch vorladen.«

»Ach? Und warum? Weil ich einen Farbfleck auf dem Blazer habe und mich weigere, das anzuzeigen?«

Ein arrogantes Lächeln breitete sich auf ihrem Gesicht aus.

»Weil der Zwischenfall mit dem Paintball-Treffer mehr mit dem Tod von Manfred Garzinger zu tun hat, als Ihnen lieb sein kann.«

Das Lächeln war wie weggewischt, und sie schaute schnell links und rechts an Hansen vorbei.

»Ich weiß«, sagte sie mit leicht gesenkter Stimme und behielt dabei die Umgebung im Blick, »dass der Manfred auch mit solchen Farbkugeln geschossen hat. Er muss sogar recht gut gewesen sein. Doris, meine Nachbarin, hat mir das erzählt, als wir uns wegen ihrer Scheidung von Robbie unterhalten haben. Sie wissen, dass ich sie dabei als Anwältin vertreten habe?«

Hansen nickte.

»Mit Manfred Garzinger hatte ich so gut wie nichts zu tun. Er war mit Robbie befreundet, dem geschiedenen Mann von Doris. Die beiden waren zusammen mit weiteren Kumpels wohl immer wieder mal auf eine Weise unterwegs, die …« Sie lächelte verschmitzt und zuckte mit den Schultern. »… die ich nutzen konnte, um für Doris ein gutes Ergebnis zu erzielen.«

»Das hat Herr Fleischlen auch angedeutet. Er ist dementsprechend schlecht auf Sie zu sprechen.«

»Das liegt in der Natur der Sache. Ich war ohnehin schon immer eher mit Doris befreundet als mit ihm. Auf dicke Männer stehe ich nicht, und Robbie ist obendrein auch noch eine ziemlich schmierige Type.«

Sie schüttelte sich.

»Können Sie sich vorstellen«, fragte Hansen nach einer kurzen Pause, »wer mit einem Paintball-Markierer auf Sie geschossen hat?«

Sandra Röhrich zögerte, dann schüttelte sie langsam den Kopf.

»Haben Sie nicht doch jemanden im Verdacht?«, hakte Hansen nach.

»Ich … nein, das …«

Sie verstummte und sah auch nicht so aus, als würde sie noch etwas sagen wollen. Hansen zog eine Visitenkarte hervor und hielt sie ihr hin. Sie sah sich noch einmal um, bevor sie die Karte an sich nahm. Dann verabschiedete sie Hansen mit einem knappen Kopfnicken, und schon war die Haustür ins Schloss gefallen.

Das Telefon im Büro klingelte ohne Unterlass. Und kaum hatte Doris Hack den Hörer aufgelegt, da ging es schon wieder los. Sie meldete sich routiniert wie immer, doch als sie hörte, wer am anderen Ende war, versteifte sie sich, deckte Mund und Hörer mit der rechten Hand ein wenig ab und drehte sich zum Fenster hin, damit die Kollegen im Zimmer nicht mehr so gut mithören konnten.

»Du weißt«, raunte sie dann, »dass ich im Büro keine privaten Telefonate führen soll. Willst du mich in Schwierigkeiten bringen?«

»Das sollte eher ich dich fragen«, war Sandra Röhrichs wütende Stimme zu hören. »Du hast die Polizei angerufen, obwohl ich das nicht wollte. Und eben hatte ich deswegen die Kripo hier.«

Doris Hack hielt einen Moment lang die Luft an, bevor sie ihre Gegenfrage stellte. »Die Kripo? Wegen eines Farbflecks?«

»Ein Kommissar war hier, der wegen Manfreds Tod ermittelt. Und sein Fall hätte mehr mit meinem befleckten Blazer zu tun, als mir das lieb wäre – so hat er sich ausgedrückt.«

»Hm. Aber dann ist es doch umso besser, dass ich die Polizei angerufen habe, oder? Ich meine, wenn die glauben, dass der Anschlag auf dich heute früh mit Manfreds Tod zu tun hat … dann bist du womöglich in Gefahr, und da ist es doch grad gut, dass die Kripo das im Auge behält.«

»So, wie du das sagst, beruhigt mich das natürlich enorm, Doris!«

»Tut mir leid, war nicht so gemeint.«

»Aber davon abgesehen: Wenn die Kripo das im Auge behält, mache ich mir natürlich Sorgen, dass sie nachbohren, warum gerade auf mich geschossen wurde. Und wie du weißt, kann es mir natürlich nicht recht sein, wenn die da zu tief nachbohren.«

»Ja, das stimmt natürlich«, sagte Doris Hack und heuchelte Bedauern. »Aber das finden die schon nicht raus. Das weiß ja eigentlich keiner.«

»Du halt«, versetzte Sandra Röhrich, »und mindestens noch der, der auf mich geschossen hat.«

»Stimmt. Aber wer …?«

»Ja, wer! Ich dachte, das wäre jetzt mal zu Ende. Ich war so sicher, dass es den Richtigen erwischt hatte und jetzt endlich Ruhe einkehrt. Aber so, wie es aussieht …«

Wenig später endete das Telefonat und ließ beide Frauen sehr nachdenklich zurück.

»Und wie war's gestern Abend im Hasen?«

Traudl Rautner hatte ihrem Mann das späte Frühstück auf die Terrasse gebracht. Das Wetter war herrlich: schon sonnig, aber noch nicht heiß oder drückend. Um die Blüten summten Bienen und Wespen, die Luft war erfüllt vom würzigen Duft der Pflanzen und vom Flattern der Schmetterlinge. Und vom schlürfenden Geräusch, das Herbert Rautner mit seiner Kaffeetasse veranstaltete. Er musterte seine Frau über den Rand der Tasse hinweg und trank zu Ende. Sie lächelte ihn arglos an und wartete offenbar auf einen Hinweis, womit sie ihm als Nächstes eine Freude machen durfte. Er setzte die Tasse ab, griff nach einer frischen Semmel und ließ sich die Butter reichen.

»Schön, wie immer«, antwortete er beiläufig. »Warum fragst du?«

»Ach, nur so. Und hast du jemanden getroffen?«

Er stutzte und warf ihr noch einmal einen prüfenden Blick zu. Ihr Lächeln wirkte wie immer, auch in ihren Augenwinkeln zuckte es nicht wie manchmal, wenn sie wütend war und es mit Mühe überspielte. Wahrscheinlich machte er sich unnötig Sorgen – und vermutlich lag das daran, dass er an diesem Morgen besonders müde war.

»Die üblichen Gäste halt.«

»Und das Essen war auch gut?«

»Natürlich, wie immer.«

Besteck klapperte, Rautner schlürfte, und der Stuhl seiner Frau knarzte. Rautner setzte die Tasse ab und sah, wie sie sich langsam nach hinten lehnte und ihn dabei keinen Augenblick lang aus den Augen ließ.

»Was ist denn los?«, fragte er schließlich, als ihm ihr stechender Blick unangenehm wurde.

»Gangerells waren gestern auch im Hasen.«

»Ah … äh … ja, jetzt, wo du es sagst«, stammelte er und widmete sich wieder seinem Brötchen. Er strich noch einmal Butter auf, obwohl die Brötchenhälfte schon gelblich-weiß in der Sonne glänzte.

»Sie waren den ganzen Abend im Hasen, aber Gangerells haben dich dort gestern gar nicht gesehen.«

»Nicht? Na so was! Aber ich …«

Er trug eine dritte Schicht Butter auf, und als er bemerkte, dass seine Frau sein hektisches Streichen mit einem bösen Grinsen beobachtete, ließ er das Messer langsam sinken und legte das Brötchen zurück auf den Teller.

»Was willst du von mir, Traudl?«

»Dass du mich nicht anlügst. Und dass du dich an dein Versprechen hältst.«

Sie hatte ihre Stimme nicht erhoben, aber er konnte ihrem Tonfall anhören, wie böse sie auf ihn war. Es würde eng für ihn werden, also legte er sein süßestes Lächeln auf.

»Ach Traudl, du weißt doch, dass ich vor dir nichts geheim halten kann. Ich …«

Er dachte fieberhaft nach, was ihm erst Schweißperlen auf der Stirn und dann, endlich, eine Idee einbrachte, die er für ausreichend hielt.

»Ich war gestern Abend nicht im Hasen, du hast natürlich recht.«

Er lächelte, aber seine Frau verzog weiterhin keine Miene.

»Und du hättest es ja in ein paar Tagen eh erfahren.«

Rautner hatte den Eindruck, dass sich etwas Weiches in den Blick seiner Frau schlich, und er fasste neuen Mut und beschloss, seine Geschichte etwas farbiger auszumalen.

»Wir haben doch am Dienstag unseren dreißigsten Hochzeitstag. Du siehst, ich habe unseren Ehrentag diesmal nicht vergessen. Und weißt du, was man am dreißigsten Hochzeitstag feiert? Die ›Perlenhochzeit‹!«

Er nickte seiner Frau zufrieden zu und stellte erfreut fest, dass ihre Augen nun ein wenig schimmerten. Er war also auf einem guten Weg.

»Dazu muss ich dir natürlich auch ein passendes Geschenk machen. Und deshalb habe ich schon vor einigen Wochen Kontakt mit einem Juwelier in Kempten aufgenommen, damit er mir speziell für dich eine besonders schöne Perlenkette anfertigt. Und weil ich mich doch so schlecht entscheiden kann, wenn es um Schmuck geht, hatte ich gestern Abend nach Geschäftsschluss mit ihm einen Termin in seinem Laden. Er hat mir das Stück gezeigt – wunderschön, sage ich dir! Ich hatte noch ein paar kleinere Änderungswünsche, aber die Kette wird auf jeden Fall rechtzeitig zu unserem Hochzeitstag fertig. Ich kann sie in ein paar Tagen abholen. Und jetzt ist es halt nur schade, dass du durch deine Neugier die ganze schöne Überraschung verdorben hast.«

Er hatte den letzten Satz nur mit einem ganz leicht vorwurfsvollen Ton grundiert und dazu einen Schmollmund gezogen, den er für besonders charmant hielt. Und wirklich setzte sich seine Frau nun auf und beugte sich nach vorn. Ihre Augen waren feucht geworden, und ganz langsam hob sie die Hände in Richtung des Tischs. Rautner schob schon seine linke Hand zwischen Teller und Brötchenkorb durch, damit sie es nicht so weit hatte, um ihm streichelnd die Finger aufzulegen.

Da knallte sie ihre Hände flach auf den Tisch, so fest, dass das Geschirr schepperte, als würde es gleich in die Luft geschleudert. Traudl Rautner standen tatsächlich Tränen in den Augen, aber ihr Gesicht war kalkweiß vor kaum gezügelter Wut. Bebend hatte sie sich über den Tisch gebeugt und stierte ihren Mann an, der wie erstarrt auf seinem Stuhl hockte.

»Dass du es wagst!«, brachte sie zwischen ihren Lippen hervor, die ebenfalls weiß waren, so fest hatte sie sie zusammengepresst. »Dass du es wagst, unseren Hochzeitstag für deine Lügen zu missbrauchen! Ist dir denn nichts mehr heilig?«

»Aber Traudl …«

Sie hob die Hand, und er verstummte sogleich.

»Du hast genug geredet«, knurrte sie. »Es reicht vollauf, wenn du zum Beantworten meiner Fragen nickst oder den Kopf schüttelst. Und …« Sie streckte mahnend den Zeigefinger der erhobenen Hand aus. »Und wehe, du bleibst nicht bei der Wahrheit.«

Herbert Rautner schluckte und nickte.

»Du warst gestern gar nicht im Hasen, richtig?«

Er nickte.

»Du warst auch nicht bei einem Juwelier.«

Rautner zögerte, dann zog seine Frau eine Augenbraue hoch, und er beeilte sich zu nicken.

»In Kempten allerdings warst du schon.«

Er nickte wieder.

»In derselben miesen Spelunke wie früher?«

Langsames Nicken.

»Und natürlich wieder im Hinterzimmer.«

Er legte ein verlegenes Lächeln auf, wurde aber schnell wieder ernst und nickte erneut.

»Hast du viel verloren?«

Schnell und heftig schüttelte er den Kopf. Er öffnete den Mund und setzte zu einer Erklärung an, aber sie winkte nur ab.

»Schenk's dir, Herbert. Ich mag's gar nicht hören. Selbst wenn du dich an einem Abend über eine Glückssträhne freuen kannst: Gewinnen werden letztendlich immer nur diese Gauner, die dieses illegale Spielcasino betreiben.«

Nun schüttelte sie den Kopf, und ihre Stimme triefte vor Enttäuschung.

»Schade, Herbert. Ich dachte wirklich, du hättest es begriffen.«

Rautner saß still und starr und wagte nicht einmal zu schlucken.

»Hast du denn schon vergessen, dass du vor ein paar Jahren um ein Haar unser Häuschen verspielt hättest? Wenn der Herr Kugler damals nicht ein gutes Wort bei der Bank für uns eingelegt hätte und wenn unser Berater nicht so verständnisvoll gewesen wäre, dann würden wir heute nicht mehr hier wohnen. Und alles nur wegen deiner Spielsucht.«

»Ich bin doch nicht …«

»Schweig still! Natürlich bist du spielsüchtig! Glaubst du denn, ich wüsste nicht, dass du auch nach der Geschichte damals immer wieder in diesem Hinterzimmer warst?«

»Aber woher …?«

»Du bist nicht allein auf der Welt, Herbert. ›War Ihr Mann beim Arzt in der Stadt?‹ war da noch die harmloseste Frage, auf die ich mir irgendwelche Lügen einfallen lassen musste. Schlimm genug, dass du gespielt hast – und dass diese Spelunke ganz in der Nähe eines Bordells liegt, macht es nicht besser.«

»Ich habe aber nie …«

»Halt den Mund!«

Sie war laut geworden und untermalte jede Silbe mit einem Schlag auf den Tisch. Herbert Rautner sank vollends in sich zusammen und hing wie ein Häuflein Elend auf seinem Stuhl.

»Fast jeden Monat bist du da hingefahren, stimmt's?«

Er nickte lahm. Seine Augen wurden feucht, und in der Hoffnung, damit seine Frau vielleicht doch noch zu erweichen, versuchte er einen besonders schicksalsergebenen Dackelblick. Etwas wie Abscheu zeichnete sich auf ihrem Gesicht ab, und er senkte den Blick.

»Du musst mich für ziemlich blöd halten, Herbert.«

Ihr Tonfall war leiser und klang resigniert – gerade so, als hätte sie es aufgegeben, einen dummen Buben zu erziehen.

»Vielleicht ist es das, was mich am meisten schmerzt.«

Er sah sie wieder an. Sie wirkte traurig, deprimiert vielleicht, aber ihr Zorn schien für den Moment verraucht. Herbert Rautner wagte noch nicht, merklich aufzuatmen. Wie schnell konnte eine solche Stimmung wieder kippen!

»Du lässt dich von mir bekochen und bemuttern, und ich mache das gerne, weil es mir Spaß macht. Weil ich will, dass es dir gut geht. Weil ich es genieße, wenn du mein Essen lobst oder meinen gut geführten Haushalt. Und dann stellt sich heraus, dass du mich für ein dummes Heimchen hältst, nur weil ich mich damit begnüge, mich um unser Zuhause zu kümmern.«

Sie schüttelte den Kopf, als könne sie noch nicht fassen, was sie soeben hatte einsehen müssen. Sie verfiel in brütendes Schweigen, und irgendwann nahm Herbert Rautner all seinen Mut zusammen. Viel war nicht mehr übrig.

»Und jetzt?«, fragte er und sah sie bang an.

»Du gehst jetzt ins Wohnzimmer und liest deine Zeitung. Und ich überleg mir was.«

Ohne ein weiteres Wort mühte er sich aus dem Stuhl und trottete nach drinnen. Traudl Rautner hatte sich längst etwas überlegt. Sie trank ihren Kaffee aus und räumte ab. Dann brachte sie die Küche auf Vordermann und schlenderte in den Flur, nahm das schnurlose Telefon aus der Ladeschale und ging damit in den Keller. Vor der Tür zur Waschküche blieb sie stehen und lauschte, aber von oben war nichts zu hören. Keine Schritte, kein Wort, kein Radio, nur einmal war es ihr, als hätte sie ein leises Rascheln vernommen. Ihr Mann schien tatsächlich im Wohnzimmer zu sein, wie sie es ihm aufgetragen hatte.

Sie betrat die Waschküche und zog leise die Tür hinter sich zu. Die Handwäsche hob sie hoch und schichtete sie in einem leeren Wäschekorb auf, bis darunter eine blickdichte Plastiktüte mit einem knalligen Werbeaufdruck zu sehen war. Sie holte den Pullunder aus der Tüte, schaute nachdenklich auf den roten Farbfleck, den sie schon so oft betrachtet hatte in den vergangenen Monaten. Dann verstaute sie das Kleidungsstück wieder in der Tüte und schaffte die Handwäsche wieder auf ihren alten Platz.

Wenig später verließ sie das Haus, unter dem linken Arm die eingerollte Plastiktüte. Sie setzte sich ins Auto und fuhr los. Als sie das Ortsschild von Obergassen passierte, legte sich ein böses Grinsen auf ihr Gesicht.

Robbie Fleischlens SUV stand auf der Wiese neben dem Haus, in dem er die Dachgeschosswohnung gemietet hatte. Die Fenster dort oben waren größtenteils gekippt, und von hier unten war ganz leise ein Radio zu hören, das vor sich hindudelte. Trotzdem öffnete lange niemand auf Hansens Klingeln.

Die Beamten traten ein paar Schritte zurück und sahen zu Fleischlens Fenstern hinauf. Gerade wollte sich Hansen schon zum Gehen wenden, als Haffmeyer ihn auf eine Bewegung hinter einem der Fenster aufmerksam machte.

»Herr Fleischlen!«, rief Hansen hinauf, und die Gestalt, die oben nur schemenhaft zu erkennen war, verharrte. Dann wurde ein Fenster geöffnet, und Robbie Fleischlen schaute heraus. Allem Anschein nach war er gestern ziemlich spät und nicht mehr nüchtern ins Bett gekommen: Seine Glatze glänzte verschwitzt, obwohl es noch nicht allzu heiß war an diesem Morgen, und er hatte tiefe Ringe unter den Augen. Aus seinem Feinrippunterhemd quoll üppiges Kraushaar. Hanna wandte sich ab und verzog das Gesicht.

»Was wollen Sie denn schon wieder?«, entgegnete Fleischlen.

Hansen erwog, ob sie nicht lieber später am Tag noch einmal herkommen sollten – die Aussage eines Mannes, der sich auf einen gewaltigen Kater berufen konnte, war vor Gericht möglicherweise nicht viel wert.

»Na, dann kommen Sie halt hoch«, rief Fleischlen in die entstehende Pause hinein und verschwand vom Fenster.

Der Türsummer brummte, aber Hansen war nicht schnell genug an der Tür. Fleischlen drückte den Öffner noch einmal, und nun gelangte Hansen endlich ins Haus. Willy Haffmeyer folgte ihm.

»Während ihr hochgeht, Chef, darf ich stattdessen die Nachbarn fragen, ob sie heute früh gesehen haben, wie Fleischlen das Haus verlassen hat?«, erkundigte sich Hanna. »Ich glaube, den Anblick unseres Flirtweltmeisters in Feinripp ertrage ich so früh am Tag noch nicht.«

Hansen nickte lachend. Hanna machte sich erleichtert an die Arbeit, und Haffmeyer stakste hinter Hansen die steile Stiege zu Fleischlens Wohnung hinauf. Es roch alt und muffig im Treppenhaus, und in den Ecken lagen Staubflocken. Im obersten Stock wurde es nicht besser. Links neben der Wohnungstür waren alte Zeitungen zu Paketen geschnürt und aufeinandergestapelt, rechts stand ein Karton, durch dessen nicht ganz geschlossenen Deckel man das grüne Glas von Weinflaschen erkennen konnte. Und dazwischen ein Schuhabstreifer mit der Aufschrift »Tritt ein, bring Sex herein«. Haffmeyer und Hansen wechselten einen schnellen Blick. Offensichtlich hatte sich Hanna richtig entschieden. Als sie die Wohnung betraten, wären auch sie am liebsten wieder gegangen, um lieber die Nachbarn zu befragen.

»Wollen Sie was trinken?«

Robbie Fleischlens Stimme, sonst dröhnend und tief, war an diesem Morgen eine brüchige Ruine, eher nur ein Krächzen, und der Mann verströmte eine Geruchsmischung, die laut nach einer gründlichen Dusche rief.

»Nein danke, Herr Fleischlen«, lehnte Hansen ab. »Wir werden auch nicht lange bleiben. Nur ein paar Fragen.«

»Die Sie gestern Abend vergessen haben?«

»Die wir gestern Abend noch nicht stellen konnten.«

Sie waren Fleischlen durch den schmutzigen und schmalen Flur der Wohnung gefolgt. Nach links ging eine Tür in die Küche. Im Spülbecken stapelten sich dreckiges Geschirr und benutzte Gläser, auf dem Boden standen leere Bierflaschen, auf einem kleinen Tischchen zwischen einem überquellenden Aschenbecher und einer Packung Kopfschmerztabletten war eine leere Whiskeyflasche zu sehen.

»Spät geworden gestern?«, fragte Hansen im Vorübergehen, und Fleischlen brummte nur zustimmend.

Er tappte ihnen voraus in einen Raum, der als Schlaf- und Wohnzimmer zugleich diente. Zwischen beiden Bereichen war eine Stellwand platziert, die sehr dünn aussah und japanisch oder sonstwie asiatisch anmutete. Über dem Raumteiler hing ein großer, aber schon etwas abgewetzter Morgenmantel im selben Stil. Als Bett diente ein Futon mit den Ausmaßen eines Doppelbettes, daneben stapelten sich Bücher und Zeitschriften. Von der Decke baumelte eine Lampe mit einem Schirm aus gefaltetem Papier. Diesmal hatte Fleischlen Hansens Blicke bemerkt. Er grinste, soweit es seine Kopfschmerzen zuließen, und nickte vorsichtig in die Richtung der Schlafstatt.

»Das kann ich Ihnen für zu Hause nur empfehlen, Herr Kommissar. Darauf gehen Frauen ab wie ein Zäpfchen.«

Hansen machte ein angewidertes Gesicht und nahm nun lieber den Wohnbereich in Augenschein.

»Wissen Sie, Ihre Bettgeschichten interessieren mich nur, sofern sie mit meinen Ermittlungen direkt zu tun haben.«

Fleischlen nickte und ließ sich im Wohnbereich auf einen Sessel fallen.

»Verstanden«, sagte er und griff nach einer Sprudelflasche. »Und um ehrlich zu sein: Dieser Futon hat bisher noch nichts Aufregendes erlebt. Hierher bringe ich lieber keine meiner Bekanntschaften. So schick ist die Bude ja nicht. Aber in dem Club in Kempten, den ich ab und zu aufsuche, da werde ich immer auf einem Futon bedient. Sagenhaft, glauben Sie mir.«

»Und in diesem Club waren Sie auch heute Nacht?«

Fleischlen stutzte.

»Ja, war ich. Ist das ein Problem?«

Hansen zuckte mit den Schultern.

»Und wann sind Sie wieder gegangen?«, fragte er.

»Das muss so gegen halb zwölf gewesen sein.«

»Und wann waren Sie dann hier?«

Robbie Fleischlen schwieg.

»Sie können dieses Spielchen noch eine Zeit lang treiben, Herr Fleischlen, aber ich habe keine Lust dazu. Ich will Ihnen deshalb kurz verraten, warum ich Sie das alles frage: In Obergassen wurde jemand hinterrücks mit einem Paintball-Markierer beschossen.«

Fleischlen riss die Augen auf und sah Hansen ungläubig an.

»Sie wissen, was Paintball ist?«, fragte Hansen nach, als sonst keine Reaktion kam.

»Natürlich weiß ich, was das ist: Da werden Farbkugeln verballert, und wer getroffen wird, ist raus. Aber …?«

Er verstummte wieder und schien mit irgendeinem Detail dieser Information nicht zurechtzukommen.

»Wer könnte das gewesen sein?«

»Getroffen wurde Sandra Röhrich, Ihre frühere Nachbarin …«

»… und die Anwältin meiner Exfrau«, fuhr Fleischlen ihm ins Wort. »Ich kenne diese Schlange. Mir tut nur der Junge leid.«

»Warum?«

»Seit der Mann ihr davongelaufen ist, erzieht sie Maxi allein. Wobei erziehen nicht ganz die richtige Bezeichnung ist. Der Junge ist ihr komplett entglitten, die wohnen halt noch unter einem Dach, aber so etwas wie einen Zugriff auf ihn hat Sandra schon lange nicht mehr. Aber mir zu unterstellen, ich …«

Er hatte sich in Rage geredet, doch dann brach er wieder mitten im Satz ab. Das schien eine feste Gewohnheit zu werden.

»Jetzt reden Sie halt endlich weiter«, knurrte Hansen. »Was hat Ihnen Frau Röhrich unterstellt?«

Fleischlen rang mit sich, aber noch schwieg er.

»Hat sie Ihre Bordellbesuche ins Spiel gebracht, um mehr für Ihre Exfrau rauszuhandeln?«

»Ja klar, das auch«, brummte Fleischlen. »Aber sie hat sogar ihren eigenen Sohn benutzt.«

Hansen hob die Augenbrauen, und Haffmeyer seufzte, weil er schon eine gewisse Vermutung hatte.

»Maxi ist ein guter Junge, und als ich noch in Obergassen wohnte, war ich für ihn so etwas wie ein väterlicher Freund. Ich …«

Er fing Haffmeyers angewiderten Blick auf und unterbrach sich erneut.

»Nicht, was Sie jetzt offenbar denken! Aber genau mit den Klischees, die Sie vermutlich vor Augen haben, hat sie gearbeitet – oder besser: wollte sie arbeiten.«

Haffmeyer verkniff sich jeden Kommentar, und Fleischlen nickte zufrieden, als sich die Miene des Kripobeamten wieder etwas glättete. Hansen wiederum machte mit der rechten Hand eine ungeduldige Bewegung, damit Fleischlen endlich weiterredete.

»Meine Frau und ich hätten gern Kinder gehabt, hat aber nicht geklappt, warum auch immer«, fuhr Fleischlen fort. »Doris und Sandra wiederum hatten sich schon bald, nachdem wir unser Haus bezogen hatten, angefreundet. Also haben wir und die Röhrichs zusammen gegrillt, haben uns gegenseitig besucht, sind miteinander weggefahren. Die Sandra kann sehr charmant sein, während ich ihren Mann von Anfang an nicht leiden konnte. Immer ein großes Maul, aber sobald es ernst wird, kneift man den Schwanz ein – kennen Sie solche Typen?«

Hansen schwieg und fragte sich, ob Fleischlen wirklich nicht merkte, wie sehr diese Beschreibung auf ihn selbst passte.

»So einer war der Ex von Sandra, und irgendwann ist er

abgehauen. Er hatte sich wohl eine Jüngere zugelegt, eine ziemlich heiße Schnecke – ich hab die beiden mal getroffen. Und die hatte anders als Sandra keine beruflichen Ziele, sondern war damit zufrieden, ihren Freund anzuhimmeln. Um ein Kind musste er sich auch nicht kümmern. Sandra war im Grunde genommen froh, dass sie den Typen irgendwann loshatte, und als sie geschieden waren, hatte sie sich natürlich ein ziemlich großes Stück vom finanziellen Kuchen abgeschnitten – mit dem Haken, dass der Ex zwar ordentlich zahlen musste, das aber zumindest am Anfang nicht getan hat. Ob er seinen Verpflichtungen inzwischen nachkommt, weiß ich nicht, denn Sie werden sich denken können, dass mein Kontakt zu Sandra seit meiner eigenen Scheidung nicht mehr der engste ist.«

»Haben Sie sie gar nicht mehr gesehen?«

»Wenn, dann nur zufällig. Ich … Ich fahre manchmal an meinem Haus vorbei … an meinem früheren Haus … Da ist es schon vorgekommen, dass sie mich gesehen hat. Leider.«

»Und was war denn nun mit Maximilian?«

»Der hat gelitten wie ein Hund unter den Streitereien seiner Eltern. Und als der Vater schließlich fort war, hat man dem Jungen richtig angesehen, wie gern er jemanden hätte, mit dem er einfach reden kann. Von Mann zu Mann. Und da bin ich ins Spiel gekommen. Sandra ist viel außer Haus und hat deshalb nicht so wahnsinnig viel Zeit für ihren Sohn. Da war sie immer ganz froh, dass Doris und ich ein Auge auf den Buben hatten. Der hat mittags mit uns gegessen, ich hab ihn mal ins Kino mitgenommen oder auch zur Spedition. Das fand er besonders klasse! Große LKW, schnelle Autos, aufgemotzte Motorräder – das ist seins. Ich hoffe nur, dass ihn Sandra den Führerschein machen lässt, wenn er sie darum bittet. Wir hatten schon einen Deal, der Maxi und ich: Wenn deine Mutter dir das Geld nicht geben will, spring ich ein. Na ja, das hat sich wohl erledigt. Geldmäßig sieht es bei mir derzeit nicht so üppig aus, und Sandra würde sicher auch nicht erlauben, dass ich Maxi das Geld gebe.«

»Herr Fleischlen«, unterbrach ihn Hansen, »können Sie jetzt bitte endlich einmal ganz klar sagen: Hat Frau Röhrich während der Verhandlungen zu Ihrer Scheidung den Vorwurf auf den Tisch gebracht, Sie hätten Maximilian bedrängt, belästigt oder Schlimmeres?«

»Offiziell nicht, aber wir hatten zwischendurch auch mal Gespräche unter vier Augen. Und da deutete sie an, dass man als Außenstehender schon zu dem Eindruck kommen könnte, dass ich Maxi …«

Er schluckte und setzte neu an.

»Dass ich in Bezug auf Maxi gewisse Fantasien gehabt hätte.«

»Und dann?«

»Dann hätte ich ihr am liebsten eine gelangt!«, brauste Fleischlen auf. »Ich und der Maxi – das ist absurd! Ich stehe ausschließlich auf Frauen, und auch da nur auf erwachsene! Ich wollte einfach für den Maxi da sein, der hatte doch keinen Vater mehr – da sollte er wenigstens einen älteren Freund haben. Und dann verdreht diese Schlange das so!«

Er schüttelte sich, und seine Abscheu wirkte nicht gespielt.

»Hat sie das Thema nun auf den Tisch gebracht oder nicht?«

»Letztlich nicht, weil ich mich mit allem einverstanden gezeigt habe, was sie für meine Frau rausschlagen wollte.«

»Und warum haben Sie das gemacht, wenn doch an den Unterstellungen nichts dran war?«

»Wen hätte das denn interessiert, hinterher? Da wäre ich doch für alle Zeiten ein Kinderschänder gewesen, und auch der Maxi hätte keinen Fuß mehr auf den Boden bekommen! Nein, nein, da habe ich lieber den Jungen rausgehalten und auch selbst nichts riskiert. Meiner Meinung nach bleibt von solchen Vorwürfen immer irgendetwas an einem hängen.«

Hansen wusste, dass er recht hatte.

»Glauben Sie, dass Frau Röhrich wirklich ihren Sohn ins Spiel gebracht hätte, nur um ihrer Mandantin einen Vorteil zu verschaffen?«

»Im Nachhinein bin ich mir sicher, dass sie nur geblufft hat, aber damals … Ich war eh schon durcheinander, weil meine Ehe in die Brüche ging und weil ich doch keine Scheidung wollte, sondern meine Frau zurück. Deshalb habe ich mir ja auch keinen Anwalt genommen.«

»Das war wohl keine so gute Idee.«

»Stimmt. Ich hätte nicht auf Manni hören sollen.«

»Auf Manni? Herr Garzinger hat Ihnen geraten, keinen Anwalt zu nehmen?«

Fleischlen nickte.

»Sie haben doch unsere Schafkopfrunde kennengelernt. Der Klausi ist eine ziemlich hohle Nuss, und der Jogi mit seinen Frauengeschichten ist auch nicht gerade der ideale Ratgeber für einen, der seine Ehe retten will. Da habe ich mich halt mit dem Manni unterhalten. Mit dem konnte man ganz vernünftig reden, und wenn wir zu zweit waren und ein paar Bier miteinander tranken, war der ganz ernsthaft. Jedenfalls hat er mir dringend davon abgeraten, mir einen Anwalt zu nehmen. ›Wenn du deine Frau nicht vollends verlieren willst‹, sagte er, ›dann darfst du niemals einen Rechtsverdreher auf sie loslassen!‹ So hat er sich ausgedrückt – auch als schon klar war, dass meine Doris die Sandra Röhrich engagiert hatte.«

Fleischlen schüttelte den Kopf. »Hätte ich mal nicht auf ihn gehört. Nach allem, was ich heute so weiß, hatte er einen ganz anderen Grund, mir von einem Anwalt abzuraten.«

Er lachte bitter.

»Der hatte eine Zeit lang was mit Doris, und wahrscheinlich war er nicht der Einzige. Deshalb hat sie mich ja zum Schluss auch nicht mehr rangelassen.«

»Woher wissen Sie von der Affäre zwischen Ihrer Frau und Ihrem Freund?«

»Ich hab mal zufällig mitbekommen, wie sie am Abend telefoniert hat und danach mit ihrem Wagen weggefahren ist. Das war in der Zeit, in der ich schon ins Kinderzimmer gezogen war. Am Telefon hatte sie ganz geheimnisvoll getan, und als ich ihr hinterhergefahren bin, habe ich Manni mit seinem Auto kommen sehen, und dann ist sie zu ihm in den Wagen. Ich hab mich rangeschlichen, aber sehen konnte ich nichts – die Scheiben waren rundum beschlagen. Zu hören war allerdings genug.«

»Haben Sie Herrn Garzinger zur Rede gestellt?«

»Den? Ich bin doch nicht bescheuert!«, entfuhr es Fleischlen.

»Warum denn nicht?«, hakte Hansen nach. »Ich habe den Eindruck, dass Sie durchaus zupacken können, und auch sonst sind Sie nicht um ein klares Wort verlegen – während Manfred Garzinger nicht so der muskulöse Typ war, um es mal höflich auszudrücken. Mehr als Paintball scheint er sportlich nicht gemacht zu haben, und körperlicher Arbeit ist er ja offenbar gern ausgewichen.«

»Na ja, ich wollte ja eigentlich keine Scheidung, ich wollte Doris zurückhaben, und ich war sogar bereit, über diese Schweinerei mit Manni hinwegzusehen. Ich war ihr ja auch nicht treu, also hatte ich für mich beschlossen, da kein Fass aufzumachen und mit allem zufrieden zu sein, wenn nur meine Ehe nicht geschieden würde.«

Er zuckte mit den Schultern.

»Tja, hat leider nicht geklappt.«

»Ich fasse mal zusammen«, sagte Hansen. »Ihr Freund Manni hatte eine Affäre mit Ihrer Frau und hat Ihnen vermutlich genau deshalb einen Rat gegeben, der Sie einen Haufen Geld gekostet hat. Sandra Röhrich, die Scheidungsanwältin Ihrer Frau, hat Sie finanziell über den Tisch gezogen und sogar unterstellt, dass Sie ihren Sohn belästigt haben könnten. So weit richtig?«

Fleischlen nickte.

»Manfred Garzinger ist tot. Und Sandra Röhrich wurde heute früh mit einem Paintball-Markierer beschossen.«

Nun wurde Fleischlen bleich, und sein Unterkiefer klappte nach unten. Es dauerte einen Moment, bis er sich wieder gefangen hatte. Unterdessen hatte sein Gesicht einen kräftigen roten Farbton angenommen.

»Sie wollen mir das anhängen? Ich glaub's ja nicht! Nur weil ich einen Hals auf diese Hexe habe? Und den Manni habe ich also Ihrer Meinung nach getötet, weil er mit meiner Frau was laufen hatte?«

Hansen sah ihn schweigend an und verfolgte mit, wie Fleischlens Gesichtsfarbe immer dunkler wurde. Seine Stimme war längst wieder zu einem kräftigen Bass angeschwollen.

»Das würde Ihnen so passen, was? Der dicke Fleischlen, den Sie und Ihre beiden Kollegen eh nicht leiden können, wäre Ihnen der allerliebste Täter! Ha! Und wo doch die Sandra einen roten Farbfleck auf ihrem schicken Blazer hat und wo doch der Manni auch mit einem Paintball-Markierer getötet wurde – da passt ja alles prima zusammen, was?«

Haffmeyer stand auf und stellte sich hinter den Sessel, in dem Robbie Fleischlen saß.

»Woher wissen Sie, dass Sandra Röhrich auf ihrem Blazer getroffen wurde?«, fragte er.

Fleischlen stutzte nur kurz.

»Sagten Sie nicht vorhin, dass das heute früh war? Ich nehme mal an, Sandra wurde im Freien getroffen?«

Hansen nickte.

»Na, dann wird sie auf dem Weg zum Auto gewesen sein, um in die Kanzlei zu fahren. Und da geht sie immer im selben Outfit hin: schicker Rock oder elegante Hose, weiße Bluse und Blazer. Sie hat den halben Schrank voll mit diesem Zeug – hat sie mir mal vor ein paar Jahren gezeigt, als wir bei Röhrichs gegrillt haben.«

»Gut. Und woher wissen Sie, wie Manfred Garzinger umgebracht wurde?«

Fleischlen stockte und schluckte. »Haben Sie das nicht …?«

Hansen schüttelte den Kopf.

»Oh«, machte Fleischlen und sackte in sich zusammen.

Haffmeyer und Hansen bauten sich rechts und links von ihm auf.

»Ich hoffe, Sie machen keine Schwierigkeiten und kommen mit.«

Fleischlen musste dreimal Schwung holen, bis er seinen massigen Leib endlich aus dem Sessel gewuchtet hatte, dann trottete er zum Flur hinaus.

»Müssen wir Ihnen Handschellen anlegen, Herr Fleischlen?«

»Meinetwegen nicht. Kann ich noch ein paar Sachen packen?«

Haffmeyer begleitete ihn ins Bad und stand neben ihm, als er etwas Wäsche in eine Sporttasche stopfte. Hansen erwartete die beiden an der Wohnungstür. Unten kam gerade Hanna herbei und wollte Hansen schon einen kurzen Überblick darüber geben, was sie von den Nachbarn erfahren hatte – da sah sie hinter ihrem Vorgesetzten den dicken Fleischlen wie ein Häuflein Elend aus dem Haus schlurfen.

»Du, Chef«, raunte sie ihm zu, »das mit Frau Röhrich kann er eigentlich nicht gewesen sein.«

Hansen gab seinem Kollegen ein Zeichen, woraufhin dieser Fleischlen allein zum Wagen brachte und neben ihn auf die Rückbank schlüpfte.

»Fleischlen muss im Schlaf ganze Wälder zusammensägen, so laut schnarcht der«, berichtete Hanna. »Und wenn er wie jetzt im Sommer seine Fenster gekippt hat, kann im Umkreis von zwei, drei Häusern jeder bezeugen, von wann bis wann er geschlafen hat. Eine Nachbarin hat beobachtet – ganz zufällig natürlich –, wie Fleischlen gegen halb eins heute Nacht den Wagen dort abgestellt hat, wo er jetzt noch steht. Er ist eine halbe Stunde lang im Auto sitzen geblieben und dann hoch in die Wohnung gegangen. Dann hat sich diese Nachbarin schlafen gelegt und weiß nichts weiter zu berichten. Aus den Aussagen der anderen habe ich mir zusammengepuzzelt, dass Fleischlen noch eine Zeit lang ferngesehen hat, dabei eingeschlafen ist und erst im Wohnzimmer und später im Schlafzimmer laut geschnarcht hat, und zwar bis kurz vor acht – dann war wieder das Radio zu hören, und das lief ja noch, als wir hier eintrafen. Wenn er also sein Schnarchen nicht aufgenommen und als falsches Alibi die ganze Nacht hindurch hat laufen lassen, muss er noch geschlafen haben, als Sandra Röhrich mit Farbe beschossen wurde.«

»Interessante Idee mit der Aufnahme«, sagte Hansen und gestattete sich ein flüchtiges Lächeln.

»Und warum nehmen wir ihn dann mit?«

»Er weiß, dass Manfred Garzinger mit einem Paintball-Markierer getötet wurde.«

Nachdenklich folgte Hanna dem Chef ins Auto, und auf der ganzen Fahrt zur Kriminalinspektion Kempten wurde kein Wort gesprochen.

Auch in Kempten war Fleischlen nicht gesprächiger. Hansen hätte ihn vor der Befragung gern eine Zeit lang schmoren lassen, zugleich wollte er am liebsten schon beim nächsten Treffen der Soko Obergassen ein Ergebnis präsentieren. Soko-

Chefin Vroni Schliers und Staatsanwältin Gudrun Labrenz hatte er schnell überredet, die Besprechung auf halb elf zu verschieben – doch so, wie sich das Gespräch hinzog, würde er auch dann noch nichts Greifbares vorweisen können.

»Jetzt reden Sie endlich!«, herrschte Hansen sein Gegenüber so laut an, dass Fleischlen kurz zusammenzuckte. Sogar Haffmeyer, der stoisch in der Ecke stand, hob die Augenbrauen.

Trotzdem sagte Fleischlen kein Wort. Anfangs schien er fieberhaft nachzudenken, was er zugeben und was er abstreiten sollte, aber mit der Zeit wirkte er so unbeteiligt und desinteressiert, als ginge ihn das alles gar nichts an.

»So wird das nichts, Herr Fleischlen«, sagte Hansen schließlich. »Sie wissen Einzelheiten über die Todesumstände von Manfred Garzinger, die in keiner Zeitung standen und nirgendwo im Radio zu hören waren. Unsere Pressestelle hat zu diesen Details nicht einmal Andeutungen rausgegeben – woher also wissen Sie das?«

Fleischlen schwieg.

»Sie müssen den toten Garzinger gesehen haben«, fuhr Hansen fort. »Oder gehen wir noch einen Schritt weiter: Wir nennen so etwas Täterwissen – da müsste Ihnen doch endlich klar werden, welchen Verdacht wir haben!«

Keine Antwort.

»Mensch, Herr Fleischlen, Sie schweigen sich hier um Kopf und Kragen! Sollen wir glauben, dass Sie Manfred Garzinger getötet haben? Grund genug hätten Sie gehabt. Oder rücken Sie endlich raus mit der Sprache und sagen uns, von wem Sie diese Infos haben?«

Fleischlen verschränkte die Arme vor der Brust.

»Es gibt eben nur drei Möglichkeiten«, erklärte Hansen. »Erstens: Sie haben Garzinger selbst umgebracht oder waren daran beteiligt. Zweitens: Sie waren am Fundort und haben Garzingers Leiche gesehen, bevor meine Kollegen dort eintrafen und alles absperrten. Drittens: Der Täter hat Ihnen die Szenerie geschildert.«

Trotziges Schweigen. Hansen seufzte und stand auf.

»Ich rate Ihnen dringend, Ihren Anwalt anzurufen.«

»Ich habe keinen Anwalt. Und ich brauche auch keinen. Ich sage gar nichts mehr, und wenn Sie mich wegsperren, dann soll das halt so sein. Geben Sie bitte meinem Chef Bescheid, damit er einen neuen Dienstplan für die Disponenten zusammenstellen kann. Ich werde ja erst mal ausfallen, fürchte ich.«

Hansen sah ihn ungläubig an. Fleischlen lächelte traurig.

»Vielleicht passiert draußen ja noch was, während ich hinter Gittern sitze. Das zumindest kann ich dann nicht gewesen sein. Und mir hängt der ganze Mist eh schon zum Hals raus. Ich arbeite Schicht in der Spedition, ich gehe, wenn's mich juckt, nach Kempten in den Club. Ich betrinke mich abends, damit ich überhaupt noch schlafen kann. Und immer wieder ertappe ich mich dabei, wie ich nachts extra einen Umweg fahre, um unbeobachtet mein früheres Zuhause anschauen zu können. Von außen, rein darf ich ja nicht mehr. Ganz ehrlich: Da kann ich genauso gut in den Bau.«

Er erhob sich nun ebenfalls.

»Können wir?«, sagte er und streckte Hansen die Hände hin, als wollte er Handschellen angelegt bekommen.

»Und, war er's?«

Vroni Schliers hatte die Besprechung der Soko Obergassen eröffnet und Hansen gebeten, die Befragung von Robbie Fleischlen zu schildern.

»Er hätte allen Grund, Manfred Garzinger die Pest an den Hals zu wünschen«, entgegnete Hansen. »Aber seine Scheidung, für die er Garzinger eine Mitschuld gibt, liegt schon drei Jahre zurück. Dass seine Frau eine Affäre mit Garzinger hatte, wusste er da längst. Warum sollte er ihn dann ausgerechnet jetzt töten? Und dann auch noch auf so brutale Weise? Für den Paintball-Schuss auf Sandra Röhrich heute früh hat er ein bombenfestes Alibi. Und als wir eine Stunde nach dem Zwischenfall bei Fleischlen eintrafen, sah er noch so übernächtigt aus, dass ich mir beim besten Willen nicht vorstellen kann, dass er morgens schon aus dem Haus gegangen sein sollte.«

Vroni Schliers nickte und wollte schon dem Nächsten in der Runde das Wort erteilen, da fügte Hansen noch hinzu: »Als ich vorhin mit Sandra Röhrich gesprochen habe, habe ich sie auch gefragt, ob sie sich vorstellen könne, wer auf sie geschossen hat. Sie hat zwar verneint, aber auf mich wirkte sie, als habe sie durchaus jemanden im Verdacht.«

»Das scheint in diesem Fall zur Gewohnheit zu werden.«

Die Besprechung verlief ohne weitere Besonderheiten. Inzwischen hatte der Innendienst eine Liste der Paintball-Plätze erstellt, auf denen sich Martin Sonnleitner angemeldet hatte. Er hatte jeweils die Kosten übernommen und war jedes Mal mit einem Team auf den Platz gekommen. Die Beamten vor Ort hatten bereits mit den Platzbetreibern gesprochen, und auf keinem der Plätze waren Sonnleitner oder Mitglieder seines Teams unangenehm aufgefallen. Was letztlich bedeutete, dass sich niemand an mehr erinnerte, als in den Anmeldeunterlagen verzeichnet war – aber nach den Namen der anderen Mitspieler konnten sie Sonnleitner auch direkt fragen. Er hatte sich bisher kooperativ gezeigt, und nachdem er freimütig auch von den Streitigkeiten erzählt hatte, die ihn und Garzinger schließlich auseinanderbrachten, kam er ihnen bisher nicht verdächtig vor.

Am Ende wurden einige Routineaufgaben verteilt, aber ein wirklich vielversprechender Ansatz für die Ermittlungen war nicht darunter. Entsprechend frustriert hockten Hanna, Haffmeyer und Hansen anschließend beisammen. Rosemarie Schwegelin, die Sekretärin des Kripochefs, hatte ihnen frischen Kaffee aufgebrüht, und danach überreichte sie Hansen ein neues Päckchen »aus der alten Heimat«, wie sie freudestrahlend flötete. Er bedankte sich artig und packte es auch sofort aus. Diesmal hatte sie ein paar Tütchen teuren Tee aus dem ältesten Teegeschäft Deutschlands zwischen die üblichen Kekse gesteckt. Immerhin darüber freute sich Hansen, und er ließ es sich überdeutlich anmerken. Wie auf Wolken schwebte die Sekretärin danach in den Flur hinaus.

Er sah ihr nach und musste einen Moment lang daran denken, wie kratzbürstig sie ihn vor vier Jahren empfangen hatte, als er die Leitung des K1 in Kempten übernahm. Wie eisig sie und einige der Beamten seines Kommissariats ihn anfangs behandelt hatten – und wie sich daraus der glückliche Umstand fügte, dass er am engsten mit Hanna Fischer und Willy Haffmeyer zusammenarbeitete, die bis dahin nie für Ermittlungen außer Haus zum Zuge gekommen waren und sich doch schnell als eifrig und begabt erwiesen hatten. Mittlerweile waren alle Kollegen nett zu ihm – und mit Hanna und Willy war er befreundet, und sie duzten sich, wenn kein anderer dabei war.

»… was es damit auf sich hat. Und du, Chef?«

Haffmeyer sah Hansen an, etwas irritiert, weil er eine Antwort erwartete und kein seliges Lächeln.

»Entschuldige, Willy. Ich war gerade in Gedanken versunken.«

»Ist dir was zum Fall durch den Kopf gegangen?«

»Nur indirekt. Ich hab kurz dran denken müssen, wie das losging mit uns dreien.«

»Schön«, sagte Haffmeyer und grinste kurz. »Aber jetzt sollten wir uns wieder um unseren Fall kümmern, gell? Ich hatte mich gefragt, was es mit den Verbindungen zu diesem Paintball auf sich hat.«

»Martin Sonnleitner, der die engsten Bezüge zu dieser Sportart hat, kam mir nicht besonders verdächtig vor. Herbert Rautner dagegen machte das Thema sehr zu schaffen – aber warum sollte er Garzinger so sehr hassen, dass er ihn umbringen wollte? Und wo wäre in seinem Fall die Paintball-Verbindung? Und so geht's grad weiter: Die Nachbarn in Obergassen, Garzingers alte Flamme Linda Rehmchen, die alt gewordenen Jungbauern vom Stammtisch, die Schafkopfrunde – wer von ihnen hat ein ausreichend starkes Motiv? Das stärkste Motiv hätte Robbie Fleischlen – aber das hatte er auch schon vor drei, vier Jahren.«

»Und die anderen Paintball-Freaks aus dem Team von

Sonnleitner und Garzinger?«, meldete sich Hanna zu Wort. »Vielleicht ist zwischen denen und unserem Opfer in jüngster Zeit etwas vorgefallen?«

»Das sollten wir sicherheitshalber abklären«, sagte Hansen, »aber ich glaube eher nicht daran, dass uns das weiterbringt. Unser Parkplatzwächter Rautner hat für die vergangenen Wochen keine Besucher bei Garzinger erwähnt, und das wäre ihm ganz sicher nicht entgangen. Und so erpicht, wie er darauf war, dass wir mit Sonnleitner reden, hätte er es sicher nicht vergessen zu erwähnen, wenn andere Paintball-Fans in Obergassen aufgekreuzt wären.«

Sein Blick fiel auf den Zettel, auf dem Marga Mechelers Anruf vom Vorabend und ihre Telefonnummer notiert waren. Er ging zum Schreibtisch und wählte die Nummer von Manfred Garzingers Tante. Wieder ging niemand dran.

»Ich wüsste zu gern, was Frau Mecheler uns sagen wollte.«

Und Marga Mecheler hätte es ihm zu gern erzählt, aber sie war gewissermaßen verhindert. Mitten in der vergangenen Nacht hatte sie sich noch gefragt, ob sie wirklich Schritte im Flur gehört hatte, als auch schon jemand in ihr Schlafzimmer trat. Als der Unbekannte feststellte, dass die alte Dame hellwach im Bett lag, war er mit ein paar schnellen Sätzen bei ihr. Wer es war, hätte sie nicht sagen können, aber wegen der Körpergröße und der Statur, wegen des festen Griffs und des rauen, zischenden Flüsterns, mit dem ihr Angreifer sie warnte, schloss sie auf jeden Fall auf einen Mann. Um sich erfolgreich zu wehren, war sie aber ohnehin zu schwach und obendrein zu schläfrig – und bald auch zu betäubt, denn das mit einer stinkenden Flüssigkeit getränkte Tuch, das ihr die Gestalt auf Mund und Nase drückte, knipste ihr binnen Sekunden das Licht aus.

Als sie wieder erwachte, hatte sie keine Ahnung, wo sie war und wie viel Zeit seither vergangen sein mochte. Sie lag in einer fast völlig dunklen Umgebung, in der sie erst nach einiger Zeit vage Konturen ausmachen konnte. Der Raum, in dem sie sich befand, hatte die Größe eines durchschnittlichen Zimmers, es schien sich allerdings eher um einen Kellerraum zu handeln: An einer der Wände standen mehrere Metallspinde nebeneinander, an einer anderen machte sie eine Art Werkbank aus. Rechts der Metallspinde lehnten Schaufeln, Besen und ähnliche Gerätschaften an der Wand. Sie selbst lag auf einem Bett von altmodischer Bauart: Am Kopf- und am Fußende waren Gitter mit weiß lackierten Metallstäben montiert.

Sie versuchte, sich aufzurichten, und ihr fiel auf, dass sie festgebunden war. Um ihr rechtes Bein war ein Metallring geschlossen, eine Art Handschelle, an der eine Kette befestigt war, die wiederum in einer zweiten Schlaufe endete, die am unteren Ende des Bettgestells festgemacht war. Auch ihr rechtes Handgelenk steckte in einem solchen Ring, dort diente das obere Ende des Bettes als Befestigung. Beide Ringe saßen nicht allzu fest, aber eng genug, damit sie sie nicht abstreifen konnte. Und die Ketten ließen ihr genügend Freiraum, dass sie sich auf dem Bett bewegen und sich von der einen auf die andere Seite wälzen konnte, aber zum Aufstehen oder Hinsetzen reichte es nicht – und den rechten Arm musste sie an ihrem Kopf vorbei ausstrecken, um bequem liegen zu können.

Als sie das Bein hob, rasselte die Kette ein wenig, und das metallische Geräusch hallte an den kahlen Wänden ihres Gefängnisses wider. Einen Moment lang dachte sie darüber nach, ob es ihr wohl helfen würde, wenn sie ein möglichst lautes Spektakel veranstaltete – aber sie verwarf die Idee gleich wieder und beschloss, erst einmal in Ruhe ihre Umgebung zu mustern und so vielleicht eine Fluchtmöglichkeit zu entdecken. Das Werkzeug, das sich auf der Werkbank immer deutlicher aus der Dunkelheit schälte, je besser sich ihre Augen an die Lichtverhältnisse gewöhnten, machte ihr Sorgen. Es konnte zwar Zufall sein, dass sie ausgerechnet neben diesem Werkzeug lag – aber falls nicht: Mit Sägen und Zangen, mit Hammer und Nagel ließ sich manches anstellen, das ihr nicht gefallen würde.

Da hörte sie Schritte.

Hansen legte den Hörer weg und sah erstaunt zu Hanna und Haffmeyer.

»Ihr werdet nicht glauben, wer mir gerade von der Pforte gemeldet wurde.«

Hanna fegte sich einige Kekskrümel von der Hose, Haffmeyer sah von seiner Tasse auf.

»Ein Kollege bringt uns Frau Rautner hoch. Sie will mit uns über Manfred Garzingers Tod reden.«

»Endlich«, seufzte Hanna. »Endlich überlässt die Frau nicht alles ihrem Göttergatten!«

Dann flitzte sie hinaus, um noch eine Kaffeetasse zu holen. Auf dem Rückweg traf sie Traudl Rautner und den uniformierten Beamten, der sie zu Hansen begleiten sollte. Sie löste ihn ab und führte ihren Gast zu Hansens Büro. Als die Tür aufschwang, erhoben sich Hansen und Haffmeyer galant und begrüßten Traudl Rautner freundlich. Sie setzte sich an den Besprechungstisch und hielt eine Plastiktüte so fest umklammert, dass ihre Knöchel ganz weiß waren. Hansen versuchte zu erkennen, was sie mitgebracht hatte, aber die Tüte war nicht transparent, und so konnte er nur feststellen, dass es sich um etwas Weiches handeln musste, denn die Finger ihrer Besucherin krallten sich tief in den Inhalt der Tüte.

»Einen Kaffee, Frau Rautner?«, fragte Hanna, aber die Besucherin lehnte ab.

»Nein, danke. Ich war schon auf ein Tässchen im Café, und zu viel Koffein vertrage ich nicht. In Ihrem Alter war das natürlich noch anders, aber …«

Sie lächelte, wurde jedoch schnell wieder ernst.

»Schön, dass Sie zu uns kommen, Frau Rautner«, begann Hansen, und er schlug einen ganz besonders sanften Tonfall an. »Und Sie haben uns etwas mitgebracht?«

Dabei nickte er in Richtung der Tüte, die Traudl Rautner daraufhin noch etwas fester knetete.

»Ja, ich …«

Mit ihrer ganzen Körperhaltung, mit der Art, wie sie ihr Mitbringsel mit den Fingern umkrallte, und mit ihrer leisen Stimme wirkte sie, als müsse man mit ihr umgehen wie mit besonders dünnem Porzellan – so, als könne sie es sich jeden Moment doch noch anders überlegen und wieder aus dem Kommissariat huschen, ohne ihnen den Hinweis zu geben, auf den sie hofften. Nur ihr Blick wollte dazu überhaupt nicht passen: Fest und ruhig war der, auch wenn sie ab und zu die Augen niederschlug oder einen Moment lang zur Seite schaute.

»Mir fällt das nicht leicht. Ich hoffe, Sie verstehen das, aber ich …«

Sie sah Hansen jetzt fast flehend an.

»Ich müsste ein wenig ausholen, wenn es Ihnen recht ist.«

»Wir haben so viel Zeit, wie Sie brauchen, Frau Rautner. Kein Problem.«

»Gut, danke.«

Sie nickte, senkte den Kopf, schaute auf die Tüte hinunter, strich dann das zerknitterte Plastik glatt, ließ beide Hände flach auf dem Kunststoff ruhen und hob den Blick wieder.

»Mein Mann und ich sind seit fast dreißig Jahren verheiratet«, begann sie.

Traudl Rautner holte wohl wirklich sehr weit aus.

»Da gewöhnt man sich aneinander, und man lernt auch, die schlechten Angewohnheiten des anderen zu akzeptieren oder sonst irgendwie damit zurechtzukommen. Im Fall unserer Ehe war es von Anfang an so, dass ich mir vor allem einen sicheren Hafen erträumt habe, einen geschützten Bereich, in dem ich für meine Lieben sorgen und ihnen einen schönen, angenehmen Rückzugsort schaffen konnte. Kinder waren uns leider nicht vergönnt, aber auch damit haben mein Mann und ich längst unseren Frieden gemacht. Man ist mit Kindern doch auch in vielerlei Hinsicht eingeschränkt. Sie machen Schmutz, Lärm und Unordnung, man kann nur noch in den Schulferien wegfahren und vieles mehr.«

Sie unterbrach sich und lächelte dünn.

»Nicht, dass wir oft in den Urlaub gefahren wären, aber …«

Traudl Rautner zuckte mit den Schultern und räusperte sich, bevor sie fortfuhr.

»Also haben wir es uns eben zu zweit schön eingerichtet. Mein Mann hatte nie viel für Hausarbeit übrig – ihm gefällt es mehr, wenn er uns nach außen repräsentiert, wenn er sich um die großen Anschaffungen und um den ganzen Papierkram kümmert, der so anfällt. Und ich habe meine Ruhe, muss mich nicht um Steuern, Versicherungen, Stromverträge und was weiß ich noch alles kümmern. Dafür hat er immer frische Wäsche im Schrank, bekommt sein Essen frisch gekocht und sonntags einen schönen Kuchen.«

Sie warf Hanna einen kurzen Blick zu. Deren Miene drückte deutlich aus, was sie von dieser Rollenverteilung hielt.

»Verstehen Sie mich nicht falsch: Ich finde es toll, wenn ihr jungen Frauen euch eine eigene Karriere aufbaut, wenn in eurer Generation auch die Männer in der Küche mit anpacken, einkaufen, kochen und putzen – aber für mich ist das nicht das Richtige. Es muss unbedingt Gleichberechtigung geben, meinetwegen auch Kindertagesstätten und all das, aber alles bitte als Angebot und nicht als Verpflichtung.«

Hanna nahm einen Schluck Kaffee, um sich abzulenken.

»Außerdem«, fügte Traudl Rautner mit einem knitzen Lächeln hinzu, »heißt es ja nicht, dass mein Mann wirklich in allem das Sagen hat, nur weil er außerhalb des Hauses für uns spricht.«

Sie beugte sich ein wenig zu Hanna, und ihr Ton wurde fast verschwörerisch.

»Eine Freundin hat mir vor ein paar Jahren mal von einer Begegnung im Türkei-Urlaub erzählt. Die Reiseleiterin vor

Ort erklärte, wie es dort geregelt ist: Der Mann sagt außerhalb des Hauses, was gemacht wird – und die Frau hat ihm vorher im Haus gesagt, was er zu sagen hat.«

Traudl Rautner kicherte, wurde dann aber wieder ernst.

»Entschuldigen Sie bitte, ich bin etwas abgeschweift. In den Jahrzehnten unserer Ehe hat sich das zwischen meinem Mann und mir alles recht gut eingespielt. Manchmal hatte ich das Gefühl, als wüsste er nicht zu schätzen, was er an mir hat. Wenn er meinte, er könne mich herumkommandieren oder mir zu manchen Themen den Mund verbieten, habe ich das halt hingenommen – insgesamt war ich sehr glücklich damit, unser Haus zu einem wohlbestellten und gemütlichen Heim zu machen.«

Sie unterbrach sich und blinzelte.

»Ich bin natürlich damit noch immer glücklich. Meine Güte, was red ich nur?«

Sie schüttelte den Kopf, als sei sie über sich selbst empört. Es wirkte etwas aufgesetzt.

»Es gab in all den vergangenen Jahren nur einen Punkt, mit dem ich nicht zurechtkam. Und mit dem ich auch nicht zurechtkommen wollte.«

Sie machte eine Pause und sah Hansen, Hanna und Haffmeyer nacheinander in die Augen, bevor sie fortfuhr.

»Mein Mann hat ein Problem mit Glücksspielen. Ich weiß nicht genau, wann das begonnen hat, aber irgendwann machte ich mir Sorgen, weil er abendelang, manchmal auch ganze Nächte unterwegs war. Und nachdem sich einige Male herausgestellt hatte, dass er nicht dort gewesen war, wo er es behauptet hatte, hatte ich zunächst den Verdacht, er betrüge mich mit einer anderen Frau. Mir hat das keine Ruhe gelassen, und irgendwann bin ich heimlich hinterher. Zweimal habe ich ihn verloren, weil wir damals zwei Autos hatten und er immer mit dem deutlich schnelleren unterwegs war. Aber in der dritten Nacht konnte ich ihm bis in die Kemptener Innenstadt folgen. In einer nicht so vertrauenerweckenden Ecke hat er den Wagen abgestellt und ist in einer Bar verschwunden. Ich habe mich in der Straße umgesehen, da war ziemlich zwielichtiges Gesindel unterwegs. Auf dem Gehweg hockten Betrunkene, ein, zwei sehr knapp bekleidete Frauen standen vor schmuddeligen Kneipen, die wohl als Bordell fungierten – und dann bin ich in die Bar gegangen, die mein Mann besuchte.«

Traudl Rautner setzte eine entschuldigende Miene auf.

»Ich hatte mich mit Sonnenbrille und hochgeschlagenem Jackenkragen geschützt, im Nachhinein komme ich mir geradezu albern vor. Aber … was tut man nicht alles, wenn man verzweifelt ist?«

Sie warf Hansen einen vielsagenden Blick zu, als wolle sie vor allem diese letzte Frage noch einmal besonders betonen.

»Eine üble Spelunke war das, das kann ich Ihnen sagen! Die meisten Gäste waren sturzbetrunken oder bekifft, ich kenn mich da nicht so aus. Die Luft war völlig verbraucht und Rauch überall. Der Boden ganz schmutzig, die Vorhänge dick und speckig … bäh!«

Sie schüttelte sich.

»Ich wollte dort eigentlich lieber nichts bestellen, aber der vierschrötige Typ hinter dem Tresen hat mich so misstrauisch angeschaut, dass ich dann lieber doch was genommen habe.

Eine Weißweinschorle – ich hätte es lieber bleiben lassen! Allein wie verschmiert schon das Glas war, und die Plörre hat natürlich auch nicht geschmeckt! Daheim brauchte ich deswegen erst einmal einen Schnaps.«

Traudl Rautner seufzte.

»Meinen Mann habe ich im Gastraum nicht gesehen, aber während ich an meiner Schorle nippte, ging ab und zu eine Tür neben der Theke auf. Dahinter lagen die Toiletten. Mir ist aber aufgefallen, dass manche Gäste die Kneipe betraten, dem Barkeeper kurz zunickten und sofort nach hinten gingen. Und die kamen nicht mehr heraus, solange ich an der Theke saß.«

Sie sah Hansen an, als wäre damit alles Nötige gesagt.

»Als ich mal kurz zum Händewaschen gegangen bin, folgte mir ein Gast, der dann durch eine weitere Tür am Ende des Ganges verschwand. Ich sah, dass in dem Hinterzimmer einige Männer an einem großen runden Tisch saßen, von dem ich nur einen kleinen Teil überblicken konnte. Sie hielten Karten in der Hand, und vor ihnen lagen Geldscheine. Ich ließ mir gegenüber dem Barkeeper nichts anmerken, zahlte und ging bald. Nun wusste ich ja, was mein Mann dort trieb.«

Ihre Miene wurde noch etwas betrübter. Hansen begann sich zu fragen, worauf sie eigentlich hinauswollte und wann der Bezug zum Mordfall Manfred Garzinger kam.

»Zunächst war ich beinahe froh, dass es zumindest keine andere Frau war, aber die Sache ließ mir natürlich trotzdem keine Ruhe. Ich versuchte manchmal, das Gespräch auf seine Besuche in der Spelunke zu bringen, aber er blockte meistens ab. Und dann ist die Sache eskaliert. Er hatte wohl am Kartentisch eine größere Summe verloren, und die Typen, denen er das Geld schuldete, machten Druck. Irgendwann musste er mir gestehen, was da los war. Ich war ganz schockiert wegen der hohen Summe. Schließlich hätten wir wegen der blöden Spielerei auch unser Häuschen verlieren können. Wir holten sogar schon ein erstes unverbindliches Angebot ein bei einem größeren Immobilienunternehmen in Memmingen – in den Orten in der direkten Umgebung wollten wir lieber mit niemandem reden. Dass jemand klamm ist, spricht sich ja schnell rum.«

Sie trank einen Schluck Kaffee. Hansen sah ihre ruhige Hand und ihre gemessenen Bewegungen, die einen Kontrast zu ihrer aufgewühlten Stimme bildeten.

»Dennoch hat es ein hiesiger Makler mitbekommen: Hans Kugler hat sein Büro in Schellenried, und er scheint in der gesamten Gegend das Gras wachsen zu hören. Jedenfalls stand er eines Abends vor unserer Tür und wollte sich mit uns unterhalten. Wir hatten mit seinem Memminger Kollegen schon einen Vorvertrag wegen des Hausverkaufs unterschrieben, und wir sagten ihm ganz klar, dass es nicht unsere Art sei, trotz einer solchen Abmachung doch noch den Makler zu wechseln. Da tat er ganz gekränkt und behauptete, daran nie und nimmer gedacht zu haben – und dass er uns nur helfen wolle und vielleicht seinen Beitrag leisten könne, dass wir unser Haus gar nicht verkaufen müssen. Wir nannten ihm die Summe, um die es ging, natürlich ohne zu verraten, wofür wir das Geld brauchten, und er versprach, sich bei unserer Hausbank für uns einzusetzen. Er kenne da fast jeden in der Kreditabteilung und so weiter – ganz ehrlich: Wir hatten Kugler anfangs kein Wort geglaubt, aber dann kam tatsächlich der

Anruf der Bank. Und als wir mit dem Berater sprachen, ließ der durchblicken, dass Kugler wirklich bei ihm gewesen sei und dass er für Kunden, für die sich sogar dieser umtriebige Makler verbürge, sicher eine Lösung finden werde.«

Sie zuckte mit den Schultern.

»Wir waren ziemlich verblüfft, wie Sie sich vorstellen können, denn wir hatten zu Herrn Kugler davor kaum Kontakt gehabt. Und jetzt half er uns, einfach so. Als wir ihn später darauf ansprachen, wehrte er allen Dank ab und gab lachend zu, dass er doch den einen oder anderen Hintergedanken habe. Zum einen würde er sich freuen, wenn wir ihn weiterempfehlen würden. Und für den Fall, dass wir in einigen Jahren vielleicht doch noch anderswo hinziehen wollten, würde er unser Haus gern für uns vermarkten. Und schließlich bat er uns darum, ab und zu vorbeikommen und uns danach fragen zu dürfen, wie es um Manfred Garzinger und seinen Schandfleck von Bauernhof stand. Kugler hätte ihm das ganze Areal wohl gern abgekauft, aber der stellte sich quer und wollte weder verkaufen noch etwas richten lassen. Schade eigentlich, denn die Häuser, die der Kugler bisher in der Gegend gebaut hat, sehen schon schmuck aus.«

Hansen wusste zwar noch immer nicht, wo diese Erzählung enden würde, aber Hans Kuglers Bezug zu Garzinger interessierte ihn natürlich.

»Wie auch immer«, redete Traudl Rautner unterdessen weiter. »Wir bekamen einen zusätzlichen Kredit und konnten unser Haus behalten. Und mein Mann versprach mir hoch und heilig, dass er nie wieder Spielkarten anrühren oder zumindest nie wieder um Geld spielen würde. Aber was soll ich sagen? Er hat es nicht lange durchgehalten, und seit einigen Jahren geht er wieder in diese Spelunke nach Kempten. Nicht mehr ganz so oft wie früher, und er spielt hoffentlich nicht mehr um so hohe Summen, aber er kann es einfach nicht lassen. Ich fürchte, er ist spielsüchtig, aber ich bin da natürlich keine Expertin.«

Als Hansen gerade nachfragen wollte, was der Tod von Manfred Garzinger mit der ganzen Sache zu tun hatte, schob Traudl Rautner ihre Kaffeetasse etwas von sich weg, nahm die Tüte vom Schoß und zog behutsam einen Pullunder mit einem scheußlichen Streifenmuster hervor. Sie klappte das zusammengelegte Kleidungsstück einmal auf – und Hanna, Hansen und Haffmeyer konnten den roten Farbfleck auf dem Rückenteil sehen. Es war ein Fleck, exakt wie der auf Sandra Röhrichs Blazer. Und die Stelle sah so aus, als wäre der Träger des Pullunders von einer Paintballkugel ziemlich genau zwischen den Schulterblättern getroffen worden.

Die Tür schwang auf, und ein massiger Schatten trat herein. Er ging an den Metallspinden vorbei auf sie zu. Marga Mecheler hob den Kopf und versuchte zu erkennen, wer sich unter Skimaske und Kapuzenpulli verbarg.

»Schau lieber nicht so genau hin«, zischte sie der Unbekannte an.

Das Flüstern erkannte sie wieder. Er hatte sie heute Nacht in ihrem Schlafzimmer überfallen, aber sie brachte es mit keiner Stimme zusammen, die sie aus ihrem Alltag kannte. Kein Wunder: Sonst zischte sie ja auch niemand an. Sie senkte folgsam den Kopf ein wenig, behielt die Gestalt aber im Blick.

Ihre schulterlangen grauen Haare fielen nach vorn und gaben ihr zusätzlich Deckung. Jetzt hatte sie der Unbekannte erreicht. Sie schnupperte ganz vorsichtig: Der Atem eines Rauchers, dazu schweres Rasierwasser, irgendeine Note zwischen süßlich und herb. Auch das konnte sie keinem Gesicht und keinem Namen zuordnen. Aber auch das war kein Wunder: So nah kam ihr schon lange kein Mann mehr.

»Denn wenn du mich erkennst, kann ich dich ja schlecht wieder laufen lassen, was?«

Das Flüstern war jetzt so nah an ihrem Kopf, dass der Atem des Unbekannten in ihrem Ohr kitzelte.

»Und was wolltest du diesem Polizisten erzählen, diesem Hansen?«

Sie erschrak. Wusste dieser Mann, dass sie die Kripo angerufen hatte? Und falls ja, woher? Am liebsten hätte sie sich jetzt einfach ganz flach aufs Bett gestreckt und hätte gewartet, bis alles vorbei war. Sollte er doch sein Werkzeug holen oder tun, was er sonst vorhatte. Hauptsache, es war schnell zu Ende. Aber dann riss sie sich wieder zusammen und überlegte, wie sie vielleicht doch noch heil aus diesem blöden Keller herauskommen konnte.

»Sie kennen den Kommissar?«, fragte sie und war selbst überrascht, wie ruhig ihre Stimme klang. Einen Moment lang war sie ganz stolz auf sich, da trat der Maskierte wieder in ihr Gesichtsfeld und blinzelte sie verblüfft an.

»Du bist ja eine ganz Abgebrühte! So eine ruhige Stimme, obwohl du hier im Keller auf ein Bett gefesselt bist? Hast wohl gar keine Angst? Traust mir wohl nicht zu, dass ich dir wehtue, was?«

Er kniff sie mit Daumen und Zeigefinger ins ungefesselte linke Handgelenk, nur ganz leicht, aber nun wusste Marga Mecheler, was zu tun war.

»Aua!«, schrie sie lauter als nötig und zog die Hand ein wenig zurück.

»Tja, da hat's gleich ein Ende mit dem Coolsein, was? Oder wie sagt ihr Alten dazu?«

Sie wimmerte leise weiter.

»Also, raus mit der Sprache: Was wolltest du dem Kommissar erzählen?«

»Woher wissen Sie überhaupt, dass ich mit ihm reden wollte?«, fragte sie und legte so viel Angst in ihre Stimme, wie sie konnte.

»Technik, ganz simple Technik«, flüsterte er. »Dein Haus hab ich verwanzt, und die Sachen, die ich dafür brauche, gibt es in jedem Baumarkt.«

Seine Stimme wurde immer rauer. Allzu lange würde er das anstrengende Flüstern wohl nicht mehr durchhalten können. Vielleicht sprach er dann lauter, und sie würde ihn an der unverstellten Stimme erkennen.

»Also, was wolltest du dem Kommissar erzählen?«

»Ich ... ich ...«

Ihre Stimme brach, sie war sehr zufrieden mit ihrer Darbietung, aber der Unbekannte rüttelte ungeduldig an ihrem gefesselten Arm.

»Jetzt zick hier nicht so rum! Ich mag nicht ewig warten!«

Sie überlegte, welche Lüge sie ihm gefahrlos auftischen konnte.

»Ich ... ich wollte ihm sagen, dass ...«

Sie unterbrach sich und simulierte ein wenig Schnappatmung, bevor sie weitersprach. Sie entschied sich gegen eine Lüge, wollte aber die wirkliche Information dennoch nicht preisgeben.

»Ich wollte ihm sagen, dass … dass mein Manfred diesen komischen Sport betrieben hatte. Dieses P…«

Marga Mecheler schnaufte ein paarmal schwer und hustete.

»Dieses Paintball. K… Kennen Sie das?«

Sie verschluckte sich, hustete weiter und bemühte sich, dabei möglichst erbärmlich zu klingen. Endlich einmal kam ihr das lästige Alter zugute. In den Sehschlitzen der Skimaske konnte sie ablesen, dass der Unbekannte seine Augen zusammenkniff. Machte er sich schon Sorgen um sie? Zur Sicherheit keuchte sie, bevor sie erneut hustete und tief und rasselnd einatmete.

»Spielen Sie das … das auch?«

Die Sprechpausen, die sie anfangs noch künstlich eingelegt hatte, brauchte sie inzwischen wirklich. Sie fühlte, wie sie kurzatmiger wurde, und vermutlich stand ihr der kalte Schweiß schon auf dem Gesicht, so kühl, wie sich ihre Haut anfühlte. Der Unbekannte blinzelte in seiner Maske und beugte sich über sie.

»Spielen Sie das auch?«, wiederholte sie.

»Nicht schlecht! Krepierst mir fast, aber willst mich trotzdem noch ausfragen.«

Er lachte, und die volle Stimme, die dadurch für kurze Zeit zu hören war, ließ ganz hinten in ihrer Erinnerung ein Lämpchen aufleuchten. Doch noch konnte sie die Stimme mit keinem Namen oder Gesicht in Verbindung bringen.

»Aber ich sag's dir: Nein, ich spiel das nicht, jedenfalls nicht so, wie es sich gehört.« Er kicherte, räusperte sich und fuhr flüsternd fort: »Und dein Manfred hat das bis zuletzt nicht gewusst.«

»Oh … Sie kenn… Sie kennen meinen Neffen?«

»Netter Versuch.«

Er schüttelte den Kopf. Die Skimaske verrutschte dadurch ein bisschen und gab die Spitzen zweier Haarsträhnen frei, die er schnell wieder zurücksteckte. Aber bei der Finsterkeit des Kellers konnte sie eh nicht erkennen, welche Farbe die Haare hatten.

»Und mehr wolltest du diesem Hansen nicht erzählen?«

»Ich … ich weiß ja … weiß ja auch sonst nichts.«

»Da solltest du froh sein, weißt du?«

Er beugte sich ein wenig über sie und hob die rechte Hand vor ihr Gesicht, als wollte er ihr die Luft abdrücken. Jetzt galt es. Sie spannte ihre Muskeln an, und ihr Oberkörper begann ein wenig zu zittern, dann die Hände und Arme.

»Ah«, ächzte sie und hustete, stöhnte noch einmal und ließ sich dann mit weit aufgesperrtem Mund und aufgerissenen Augen auf den Rücken sinken. Den Unbekannten konnte sie für einen Moment nicht mehr beobachten, weil sie ihren Blick starr auf die Decke heftete und mit aller Gewalt versuchte, weder zu atmen noch zu blinzeln. Da schob er seinen Kopf auch schon über ihren Oberkörper und stierte auf sie hinunter.

»Nicht blinzeln!«, schrie sie sich lautlos an und blieb so reglos liegen, wie es ging.

Er beugte sich ein wenig nach unten, kniff die Augen zusammen und versuchte zu erkennen, ob sie noch atmete. Dann wanderte sein Blick zum Hals hinunter. Natürlich würde er sofort bemerken, dass durch die Halsschlagader nach wie vor das Blut pulsierte. Aber so weit kam er nicht mehr.

Marga Mecheler schwang ihre rechte Hand im hohen Bogen und schneller, als sie selbst es sich zugetraut hätte, über ihren Kopf und dann einmal schwungvoll um den Hals des Maskierten. Durch den unerwarteten Ruck kippte der Mann vornüber und lag nun mit dem Gesicht auf ihrem Busen. Zwar bekam sie ihren linken Arm nicht frei, weil sein Körpergewicht ihn blockierte, aber auch so sollte es reichen, den Maskierten lange genug am Atmen zu hindern, bis er bewusstlos oder zumindest halbwegs kampfunfähig war.

Der Mann zappelte und versuchte zu schreien, aber ihr weicher Oberkörper erstickte jeden Laut und drückte ihm vollständig die Luft ab. Dazu zerrte sie mit dem rechten Arm so fest an der Handschelle, wie sie konnte. Und wirklich zog sich die Kette fest genug um den Hals des Unbekannten zusammen, dass sie hoffen konnte, lange genug durchzuhalten.

Sie spürte, wie sich das Gewicht des Maskierten etwas verlagerte, und sie freute sich schon, dass er demnächst von ihr herunterrutschen und auf dem Kellerboden liegen bleiben würde. Doch er hatte nur alle seine Kräfte mobilisiert und riss sich nun von ihr los. Er befreite seinen Hals aus der Kettenschlinge, schleuderte ihren rechten Arm zurück aufs Bett und gab ihr eine saftige Ohrfeige.

»Das hättest du nicht tun sollen!«

Sein Flüstern klang zornig, und einen Moment lang stand er vor ihr, beide Hände zu Fäusten geballt, als wollte er ihr gleich die Gurgel umdrehen. Dann zupfte er sich die Skimaske und den Kapuzenpulli zurecht und rieb sich über den Hals.

»Das hättest du nicht tun sollen!«, wiederholte er und wandte sich der Werkbank zu.

»Das ist der Lieblingspullunder meines Mannes«, erklärte Traudl Rautner in Hansens Büro und zeigte auf das Kleidungsstück mit dem knallroten Farbfleck. »Oder genauer: Das *war* er. Eines Tages hat er ihn am frühen Morgen in die Restmülltonne gesteckt, und die Müllabfuhr hätte ihn wenige Stunden später mitgenommen, wenn ich nicht noch etwas Kehricht in die Tonne gekippt und den Pullunder dabei bemerkt hätte.«

»Und warum, glauben Sie, hat Ihr Mann seinen Lieblingspullunder weggeworfen?«

»Er hat die rote Farbe wohl nicht rausbekommen. Mein Mann hat sich ja eh noch nie ums Waschen gekümmert, aber dieser Fleck sieht so aus, dass auch ich ihn nur mit einiger Mühe aus dem Stoff bekommen hätte.«

»Wissen Sie, wem der Pullunder den Fleck verdankt?«

»Ich glaube schon.«

Sie hatte die Aufmerksamkeit aller im Raum, und sie genoss die kleine Pause sichtlich, die sie jetzt einlegte.

»Das war der Manfred Garzinger.«

»Ach? Und wieso hätte er das tun sollen? Hatte er etwas gegen Ihren Mann?«

»Nicht nur gegen ihn, oder auch nicht speziell gegen ihn, ganz wie man will.«

Sie räusperte sich.

»Im Dorf gingen eine Zeit lang Gerüchte um, dass Manfred Garzinger sich als eine Art moralischer Richter über die anderen Bewohner erhoben hatte. Ausgerechnet der!«

Traudl Rautner schnaubte.

»Faul und selbstgerecht – eine tolle Mischung! Er hatte ja keine Arbeit, aber dafür jede Menge Zeit. Meistens saß er von früh bis spät in seinem Arbeitszimmer, wie er es nannte. Von dort hat er seine Nachbarn beobachtet und alle anderen, die ihm vor Fernglas, Kamera und Video kamen.«

»Sie haben mitbekommen, dass er die Dorfbewohner gefilmt hat?«

Traudl Rautner nickte. Hansen und Haffmeyer wechselten einen schnellen Blick, weil die beiden Kameras, zu denen auf dem Garzinger-Hof nur noch die Ladekabel gefunden worden waren, gut zu ihrer Aussage passten. Wer mochte noch davon wissen, und für wen waren die Aufnahmen so kompromittierend gewesen, dass er Garzinger getötet hatte, um sein Geheimnis zu schützen?

»Und wenn er einem oder einer auf die Schliche gekommen war, wenn er jemanden bei etwas Unrechtem erwischt hatte, dann kam sein Paintball-Gewehr ins Spiel.«

»So wie bei Ihrem Mann?«

»Genau so. Ich weiß zwar nicht, wie er herausgefunden hat, dass Herbert eine illegale Spielhölle besuchte, aber eines Abends, als er aus Kempten zurückkam, erwischte ihn Garzinger, kurz bevor er ins Haus ging.«

»Und wie kommen Sie drauf, dass es Garzinger war von den Gerüchten mal abgesehen?«

»Außer ihm betrieb meines Wissens niemand sonst diesen albernen Sport. Und wenn ich mir die Stelle auf dem Pullunder so ansehe, passt das schon recht gut zu einem Schützen, der am Fenster von Manfred Garzingers Zimmer steht.«

»War das Ihrem Mann ebenfalls bewusst?«

»Ich nehme es zwar an, kann es aber nicht mit Bestimmtheit sagen. Er weiß natürlich nicht, dass ich diesen Pullunder aus dem Müll gefischt habe. Bis vor Kurzem hat er ja auch gedacht, dass ich nicht mitkriege, wie er auch nach seinem Versprechen weiter in dieser Spelunke Karten spielt.« Sie lachte freudlos.

»Sie wissen aber schon, dass Sie damit Ihren Mann dem Verdacht aussetzen, etwas mit Garzingers Tod zu tun zu haben? Garzinger war ein Problem für ihn, denn er konnte ja nicht wissen, ob der sein Wissen über sein Glücksspiel für sich behalten würde.«

Traudl Rautner saß reglos vor ihm, ihre Kiefern mahlten.

»Trauen Sie Ihrem Mann denn zu, dass er Manfred Garzinger umgebracht hat?«

Sie zögerte nur einen Moment, bevor sie den Kopf schüttelte.

»Hatten Sie und Ihr Mann Streit, Frau Rautner? Heute vielleicht? Wegen dieser Spielhöllengeschichte?«

»Wie kommen Sie darauf?«

»Na, erst wollen Sie nichts sagen, obwohl Sie schon seit längerer Zeit diesen Pullunder versteckt haben. Und jetzt kommen Sie zu uns, erzählen uns aus freien Stücken eine lange Geschichte – die am Ende darauf hinausläuft, dass Sie Ihrem Mann ein Mordmotiv unterstellen. So etwas macht man doch nicht einfach so, dafür hat man normalerweise einen konkreten Anlass. Eben einen Streit. Einen heftigen Streit.«

Traudl Rautner zuckte mit den Schultern.

»Wenn ich gewusst hätte, dass Sie mir vorwerfen, Ihnen das alles wahrheitsgemäß zu erzählen, dann hätte ich es bleiben lassen.«

»Nein, das werfe ich Ihnen natürlich nicht vor. Ich bin Ihnen dankbar für Ihre Offenheit, aber ein wenig wundern werde ich mich dürfen, nicht wahr?«

Sie zuckte erneut mit den Schultern und erhob sich.

»Ich muss dann wieder. Mehr weiß ich auch nicht zu berichten.«

»Wissen Sie, wo Ihr Mann am Samstag zwischen eins und drei war?«

»Da fährt er normalerweise das Auto zur Waschanlage, er tankt und kauft manchmal noch ein paar Kleinigkeiten im Baumarkt ein. Da geht's jetzt um das Alibi meines Mannes, richtig?«

»Richtig.«

»Es wird ihn schon jemand gesehen haben auf seiner Tour, aber da fragen Sie ihn am besten selbst. Ich habe ihn gegen halb eins wegfahren sehen, und zurückgekommen ist er kurz nach drei.«

Sie wollte sich schon von den drei Beamten verabschieden, da hielt Hansen sie noch auf und deutete auf Hanna.

»Die Kollegin macht noch schnell ein Protokoll Ihrer Aussage. Das lesen Sie sich bitte durch, ob alles stimmt, und dann müssen Sie nur noch unterschreiben, bevor Sie wieder nach Hause fahren können.«

»Da müssen Sie sich nicht so sehr beeilen. Ich wäre jetzt ohnehin nicht direkt heimgefahren. Ich nehme an, Sie lassen meinen Mann jetzt holen? Mir wäre es lieber, ich müsste nicht anwesend sein, wenn er abgeholt wird.«

»Müssen Sie nicht, keine Sorge. Und wir können es sicher einrichten, dass Sie Ihrem Mann auch hier im Gebäude nicht begegnen.«

»Danke«, sagte sie, dann folgte sie Hanna in ein anderes Büro.

Hansen ließ sich wieder auf seinen Stuhl sinken. Haffmeyer sah seinem Chef dabei zu, wie der nachdenklich auf den Tisch blickte.

»Glaub mir, Chef«, sagte er nach einer Weile, »nicht jede Ehe muss so werden. Du und Resi, ihr bekommt das sicher besser hin.«

Hansen nickte, aber er schien in Gedanken weit, weit weg zu sein.

Dann schreckte ihn das Telefonklingeln hoch.

Es war schlimmer als beim Zahnarzt. Marga Mecheler hörte, wie der Maskierte auf der Werkbank im herumliegenden Werkzeug wühlte, aber sie traute sich nicht, zu ihm hinzusehen. Metall schlug auf Metall, irgendetwas wurde auf der Werkbank hin- und hergeschoben und scheuerte dabei über die Holzplatte. Es fühlte sich an wie eine Ewigkeit, bis sie hörte, wie er an ihr Bett trat. Sie presste Mund und Augen zu und wartete. Doch alles blieb still, und niemand berührte sie. Schließlich drehte sie den Kopf und sah ihn vor sich stehen. Er hielt eine weitere Handschelle mit Kette in der Hand und überlegte offenbar noch, ob er zuerst ihr zweites Bein oder ihre zweite Hand ans Bettgestell ketten sollte.

»Du machst mir mehr Mühe, als gut für dich ist«, flüsterte er und sah auf sie hinab, erst auf das linke Fußgelenk, dann auf den linken Arm.

»Heb mal den linken Arm an«, kommandierte er, und als sie nicht schnell genug gehorchte, zischte er: »Auf geht's, Alte! Mach mich nicht noch wütender.«

Marga Mecheler hatte aus den Augenwinkeln eine Bewegung gesehen, und obwohl sie sich viel Mühe gab, nicht hinzusehen, bekam sie doch mit, wie ganz langsam die Tür aufschwang.

»Ich mach ja schon, ich mach ja schon«, zeterte sie sofort los, um etwaige Geräusche von der Tür her zu übertönen und dafür zu sorgen, dass sich der Maskierte voll und ganz auf sie konzentrierte.

Sie streckte den Arm hoch und hielt ihn schon ein wenig in Richtung des Bettgestells. So hätte es ihr Wärter einfacher, sie festzuketten, aber er müsste sich auch ein wenig vorbeugen und würde der nun fast völlig geöffneten Tür weiterhin den Rücken zuwenden. Der Maskierte griff nach ihrem Unterarm und zog ihn ein wenig zu sich her, um ihr Handgelenk in die Metallschließe zu stecken. Fast war er so weit, die Handschelle zuschnappen zu lassen, da erstarrte er mitten in der Bewegung. Ein Geräusch wie von einem kaputten Gong erfüllte den Kellerraum, und direkt danach kippte der Maskierte nach vorn aufs Bett, prallte auf Marga Mechelers Oberkörper und rollte auf den Boden.

Vor ihr stand Hans Hintermeyer, schwer atmend und bleich,

mit wirrem Resthaar am Hinterkopf und Angstschweiß auf der Stirn. Er hielt eine Schaufel in der Hand und hatte ein kampflustiges Funkeln in den Augen.

Marga Mecheler lächelte ihn dankbar an. Hans, ihr Retter, war zwar nicht als edler Ritter in schimmernder Rüstung gekommen, aber auch das rot-blau karierte Kurzarmhemd stand ihm gut. Er versank einen Moment lang in ihrem Blick, dann riss er sich los, stellte die Schaufel beiseite und rüttelte an dem Maskierten, der bewusstlos vor dem Bett lag und keinen Mucks von sich gab. Aus der Gesäßtasche des Mannes zog er einen schmalen Schlüsselbund, und nach einigem Herumprobieren bekam er tatsächlich die Schellen an Marga Mechelers Fuß- und Handgelenk auf.

»Komm schnell, Marga«, sagte er und streckte ihr eine Hand hin, um ihr aufzuhelfen.

Sie hätte keine Hilfe beim Aufstehen gebraucht, aber Hans Hintermeyer wirkte so beseelt von seiner Rettungsaktion, dass sie sich bereitwillig vom Bett ziehen ließ.

»Sollen wir nicht nachschauen, wer das überhaupt ist?«, fragte sie, als ihr Retter sie drängte, den Kellerraum zu verlassen.

»Mach ich gleich, Marga, aber jetzt – bitte! – komm mit mir nach draußen und bring dich in Sicherheit.«

Sie eilten durch die Tür, Hans Hintermeyer vorneweg, dann einen schmalen, weiß getünchten Flur entlang und eine Treppe hinauf. Er hielt ihr die Haustür auf, und als sie draußen stand, trat er zu ihr und hielt sie an beiden Schultern.

»Geht's dir auch wirklich gut?«

»Ja, danke, Hans. Woher wusstest du denn, dass ich in diesem Keller gefangen gehalten werde?«

»Ach, das ist eine lange Geschichte, Marga. Die erzähle ich dir in Ruhe, aber jetzt will ich erst einmal …«

Mitten im Satz hörten sie das Zuschnappen der Haustür. Hans Hintermeyer lief zurück und zog am Türgriff, aber ohne Schlüssel würden sie da nicht mehr hineinkommen.

»Mist«, schimpfte er. »Dass die Tür von selbst wieder zugeht, hab ich ganz vergessen. Ich bin halt doch kein James Bond … Die ganze Zeit über habe ich dort hinterm Haus auf der Lauer gelegen, und reingekommen bin ich vorhin nur, weil ich den Schuh dazwischenschieben konnte, als der Typ ins Haus ist und die Tür nicht gleich hinter sich ins Schloss gezogen hat.«

»Hast du gesehen, wer's war?«

»Nein, der hatte seine Maske schon auf, als er in mein Blickfeld kam. Und ein Auto habe ich auch nirgendwo stehen sehen. Das hat er vermutlich weiter entfernt geparkt. Er ist von hinterm Haus gekommen, da kann er sich über die Wiesen heranschleichen.«

»Wo sind wir überhaupt?«

Sie blinzelte in die Sonne, weil sie nach dem Zwielicht drunten im Keller noch nicht richtig mit dem hellen Tageslicht zurechtkam.

»In Obergassen, am Ortsrand in Richtung Wachsenegg. Hier hat früher der alte Mögner gewohnt, der vor einem Jahr gestorben ist. Ob das Haus schon einen neuen Besitzer hat, kann ich dir nicht sagen.«

»Und was machen wir jetzt?«, fragte sie.

Hans Hintermeyer zückte sein Handy.

»Jetzt rufen wir deinen Kommissar an.«

»Du hast die Nummer von Kommissar Hansen?«

»Nein, aber während ich auf den Maskierten wartete, habe ich mir die Nummer der Kripo in Kempten rausgesucht. Die werden mich dann schon durchstellen.«

Gleich nach den ersten Sätzen, die Hans Hintermeyer am Telefon berichtete, unterbrach Hansen ihn und rief Haffmeyer eine kurze Zusammenfassung der Neuigkeit zu. Der spurtete sofort aus dem Büro und zückte noch im Hinausflitzen sein Handy.

»Geht es Ihnen und Frau Mecheler denn gut?«

»Ja, wir sind so weit in Ordnung.«

»Gut. Wir sind schon auf dem Weg. Sie unternehmen jetzt bitte nichts weiter. Und Sie bleiben bitte, wo Sie sind, Herr Hintermeyer. Wobei ... Stehen Sie noch vor diesem Haus, in dem Sie den Mann überwältigt haben?«

»Ja, direkt davor.«

»Dann machen Sie lieber, dass Sie da wegkommen. Das Haus befindet sich am westlichen Ortsrand von Obergassen, sagten Sie? Das sind doch keine hundert Meter vom Garzinger-Hof entfernt, richtig?«

»Höchstens sechzig, warum?«

»Dann gehen Sie doch bitte mit Frau Mecheler dorthin. Da steht einer unserer Streifenwagen. Ich gebe gleich Bescheid, dass sich die Kollegen um Sie beide kümmern. Und Verstärkung ist auch schon unterwegs. Bis gleich also.«

Hansen war selten so schnell aus Kempten herausgefahren. Haffmeyer auf dem Beifahrersitz blieb gleichmütig, als sein Chef mit quietschenden Reifen um die Ecken flitzte, aber

Hanna saß mit geweiteten Augen auf der Rückbank und krallte angstvoll die Finger ihrer rechten Hand um die Vorderkante ihres Sitzes. Mit der Linken presste sie das Handy ans Ohr, um die neuesten Infos zu hören, die der Soko-Innendienst über das Haus sammelte, zu dem sie unterwegs waren. Natürlich wollte Hanna lieber draußen sein, als im K1 einen trockenen Bericht zu schreiben. Also hatte sie die Schreibarbeit ohne Zögern einem Kollegen übergeben und gerade noch den Hof erreicht, bevor Hansen vom Gelände fuhr.

Die Streife, die in Obergassen den Garzinger-Hof im Blick behielt, war informiert, und von überallher aus den umliegenden Dörfern waren Zivil- und Streifenwagen im Eiltempo nach Obergassen unterwegs. Wo immer ein Polizeifahrzeug vor oder hinter ihnen einscherte, stellte Hansen zufrieden fest, dass niemand mit eingeschaltetem Martinshorn unterwegs war. Hansen parkte das Auto außerhalb des Dorfes am Straßenrand, die letzten zwanzig Meter eilten sie zu Fuß zu dem Haus, das Hintermeyer ihnen beschrieben hatte. Und während sie das letzte Wegstück rannten, fasste Hanna keuchend zusammen, was sie übers Handy erfahren hatte: Das Haus Mögner stand seit dem Tod des letzten Bewohners zum Verkauf, und die Erben hatten den Schellenrieder Immobilienmakler Hans Kugler damit beauftragt.

»Also hat er die Schlüssel zum Gebäude«, japste Hanna, »und er weiß, wann jemand drin ist und wann nicht.«

Vor der weiß gestrichenen Haustür blieben sie stehen. Sie war mit einem senkrecht angebrachten Metallholm als Griff versehen und wirkte überraschend modern für das alte Gebäude. Auch die Fenster im Erdgeschoss und im ersten Stock sahen neu aus – es war wohl schon ins Haus investiert worden, um die Verkaufschancen zu erhöhen.

Hansen orientierte sich mit schnellen Blicken über die Lage in der direkten Umgebung. Überall fuhren ganz kurz Hände hoch, oder ein Kollege nickte ihm zu, bevor er wieder in Deckung ging. Offenbar war das Haus vollständig umstellt oder würde es in wenigen Sekunden sein.

»Ich geh hintenrum«, sagte Hanna und war weg, noch bevor Hansen sie hätte stoppen können. Also kümmerte er sich nicht weiter um sie, sondern postierte sich vorsichtig an der Mauer direkt neben der Haustür. Haffmeyer hatte auf der anderen Seite des Eingangs Position bezogen, und entlang der Hauswand schlichen weitere Kollegen heran. Alles lief schnell ab und so reibungslos wie in einer Übung. Ein paar Meter vom Haus entfernt hielt jetzt ein Kombi an, und ein Kriminaltechniker näherte sich dem Haus. Er hatte Werkzeug dabei, um die Haustür zu öffnen. Hintermeyer hatte am Telefon ja erwähnt, dass das Schloss zugeschnappt sei – wenn sie Glück hatten, war der Maskierte im Haus noch immer bewusstlos und hatte die Tür inzwischen nicht auch noch abgeschlossen. Dann wäre das Öffnen eine Sache von Sekunden, aber natürlich war der Kollege auch für den anderen Fall gewappnet. Er nickte Hansen kurz zu, dann stellte er seine Werkzeugtasche vor Hansens Füßen auf den Boden und ging in die Hocke, um das Schloss zu begutachten.

»Gehen Sie da weg!«, zischte es aus dem Haus. »Ich bin bewaffnet.«

Der Maskierte war offenbar nicht mehr bewusstlos, und er stand direkt hinter der Tür. Der Kriminaltechniker sah Hansen kurz an, und der bedeutete ihm mit einer Kopfbewegung, dass er sich lieber fürs Erste wieder zurückziehen solle.

»Machen Sie keinen Blödsinn«, rief Hansen halblaut gegen die Tür. »Stecken Sie die Waffe weg und kommen Sie mit erhobenen Händen raus.«

»Das können Sie sich abschminken«, kam es zurück.

Hansen versuchte, die Stimme zuzuordnen, aber es war ein lautes, heiseres Flüstern. Der Mann würde seine Stimmbänder ruinieren, wenn er noch lange so redete – aber sie hatten ja ohnehin schon eine Vermutung, wer sich dort hinter der Tür verschanzt hatte.

»Jetzt hören Sie mit dem Quatsch auf«, riet ihm Hansen. »Die Kollegen sind rund ums Haus postiert, Sie kommen eh nicht raus – also machen Sie die Tür auf, und wir reden in Ruhe über alles.«

»Reden? Ich hab keine Lust zu reden! Und Sie ziehen Ihre Leute lieber wieder ab, sonst passiert hier ein Unglück!«

»Was für ein Unglück? Wollen Sie sich etwas antun?«

»Mir? Das könnte Ihnen so passen!«

Hansen warf Haffmeyer einen fragenden Blick zu. Der wandte sich schnell ab und fragte über Funk bei der Streife vor dem Garzinger-Hof nach, ob Marga Mecheler und Hans Hintermeyer dort auch wirklich wohlbehalten angekommen waren.

»Wem wollen Sie dann was antun?«

Hansen hatte seine Gegenfrage etwas hinausgezögert, und tatsächlich signalisierte ihm Haffmeyer kurz darauf, dass die beiden bei den Kollegen in der Ortsmitte standen und wohlauf waren.

»Ich bin nicht allein hier im Haus«, krächzte die Stimme

hinter der Tür. »Und wenn Sie nicht wollen, dass es Tote gibt, ziehen Sie jetzt Ihre Leute ab.«

»Sie haben Frau Mecheler nicht mehr in Ihrer Gewalt, das wissen wir.«

»Schön für Sie. Aber von ihr habe ich auch gar nicht gesprochen.«

Hansen konnte kein Risiko eingehen.

»Gut, ich zieh meine Leute ab, und dann reden wir.«

»Ich will nicht reden.«

»Dann bleiben meine Leute hier, und wir stürmen.«

»Sie bluffen!«

»Wenn Sie meinen.«

Er wartete einen Moment, dann zog er sein Handy hervor, drückte auf die Kurzwahltaste für Haffmeyers Nummer. Der hatte schon verstanden, hatte sich sofort abgewandt und war ein paar Schritte von der Tür weggegangen.

»Haffmeyer«, kommandierte Hansen laut ins Handy, »bereiten Sie den Zugriff vor. Zielperson hat kein Interesse an Kommunikation. Volles Programm! Es besteht die Gefahr, dass Geiseln im Haus sind.«

»Geht klar, Chef«, kam es so schneidig zurück, dass Hansen sich ein Grinsen verkneifen musste – und laut genug, dass der Mann im Haus alles mitbekam, falls er genau genug hinhörte. »Zwei Minuten bis Zugriff!«

Der Plan schien aufzugehen.

»Worüber wollen Sie reden?«, zischte der Unbekannte.

»Soll ich jetzt doch meine Leute abziehen?«

»Ja, ziehen Sie sie ab. Und dann können wir meinetwegen reden.«

Hansen gab den Kollegen ein Zeichen. Einige Beamte senkten daraufhin ihre schussbereiten Waffen und schlenderten so vom Haus zur Straße, dass man sie durch die Fenster und durch die Glaseinsätze in der Haustür gut sehen konnte. Die anderen drückten sich noch etwas tiefer in ihre Deckung und blieben, wo sie waren. Und wirklich tauchte für einen Augenblick ein Schatten hinter der Tür auf, dann war nichts mehr zu sehen.

»Also, worüber wollen Sie reden?«

»Über Ihre Forderungen zum Beispiel.«

»Welche Forderungen?«

»Na, Sie haben im Haus eine Geisel, richtig?«

»Äh … ja, richtig.«

»Was müssen wir tun, damit Sie sie freilassen?«

Schweigen hinter der Tür, dann ein heiseres Räuspern. Wer immer dort war: Es gab ziemlich sicher keine Geisel im Haus, und der Unbekannte war als Erpresser ein Stümper.

»Einen Fluchtwagen. Und … und hunderttausend in kleinen Scheinen.«

Na, immerhin hatte er schon einmal eine Geiselnahme im Fernsehkrimi gesehen.

»Hunderttausend?«, fragte Hansen und beobachtete aus den Augenwinkeln, wie mehrere SEK-Beamte eintrafen und sich bereit machten, über den Hintereingang ins Haus einzudringen. Nun ging es nur noch darum, den Unbekannten weiterhin ins Gespräch zu verwickeln und dafür zu sorgen, dass er sich nicht von der Haustür entfernte. »Warum gerade hunderttausend?«

»Na gut, dann halt zweihunderttausend. Fragen Sie nicht

so blöd, sonst wird's nur noch teurer, verstanden? Und der Fluchtwagen muss ordentlich PS unter der Haube haben.«

»Gut, das wird aber etwas dauern.«

»Ich warte, aber wenn's mir zu lang wird, nehme ich mir die Geisel vor.«

»Wie lange darf's denn höchstens dauern?«

Hansen war etwas genervt. Sogar ein Ultimatum musste er diesem Amateur noch in den Mund legen.

»Eine Stunde.«

»Das wird nicht reichen, tut mir leid.«

Wieder wertvolle Sekunden gewonnen. Schon waren die SEK-Leute geduckt auf dem Weg hinters Haus.

»Geben Sie uns zwei Stunden, bitte«, fügte Hansen hinzu.

»Anderthalb, höchstens. Ich bin doch nicht so blöd, dass ich Ihnen …«

Die Stimme verstummte, ein massiger Körper schien gegen die Haustür zu rempeln, und dann konnte man durch die Glaseinsätze sehen, wie ein dunkler Schatten an der Tür zu Boden rutschte und dort bewegungslos liegen blieb. Hansen beugte sich vor, um besser durch die Glasflächen schauen zu können. Über dem Unbekannten kauerte eine füllige Gestalt, die an ihm zog und zerrte. Schließlich ließ sie von dem Bewusstlosen ab und drückte die Klinke der Haustür.

»Chef und Willy«, rief Hanna von drinnen, »könnt ihr bitte mal ordentlich gegen die Tür drücken? Ich bekomme diesen Kerl nicht allein vom Fleck.«

Sie schoben mit vereinten Kräften, und Hanna zog gleichzeitig an einem Arm des Bewusstlosen, und so schafften sie es tatsächlich, die Tür halb zu öffnen und den Mann ein Stück weit in den Hausflur hineinzubugsieren.

Aus dem Keller waren nun die schnellen Tritte schwerer Stiefel zu hören, und Sekunden später tauchten auch die ersten Mitglieder des Sondereinsatzkommandos auf. Einer der Männer blieb bei Hanna, Haffmeyer und Hansen, die anderen schwärmten aus, um das Haus zu durchsuchen – und um sicherzugehen, dass wirklich keine Geisel mehr im Gebäude war.

Der Bewusstlose lag mit dem Gesicht nach unten auf dem Boden, und der SEK-Beamte wollte schon mit anpacken, als es den drei Kripobeamten doch noch gelang, ihn herumzuwuchten.

»Sieh einer an«, sagte Hansen.

Zurück in der Kripoinspektion in Kempten musste Hanna Fischer von einem Sanitäter versorgt werden – und anschließend von ihren Kollegen ein wenig getröstet werden. Beim vergeblichen Versuch, die verschlossene Hintertür mit ihrer Haarspange zu knacken, hatte sie das gute Stück verbogen und zerkratzt – und nun wusste sie nicht recht, wie sie das ihrem Thomas beibringen sollte, der ihr die Spange erst am vergangenen Wochenende geschenkt hatte.

Hans Kugler, den sie überwältigt hatte, hatte ganz andere Probleme. Sein Schädel brummte, und das lag nicht nur an Hannas Volltreffer gegen seine Schläfe, sondern ebenso an den Nachwirkungen von Hans Hintermeyers Schaufelschlag und sicher obendrein auch noch an Marga Mechelers Würgegriff.

Bleich und ramponiert saß er im Vernehmungszimmer, und Hansen fragte mehrmals nach, ob er sich auch wirklich in der Lage sehe, seine Fragen zu beantworten. Kuglers Anwalt, mit dem er sich bereits besprochen hatte, saß neben ihm und warf seinem Mandanten ab und zu besorgte Blicke zu.

»Legen Sie schon los«, schimpfte Kugler schließlich. Seine Stimme war heiser vom lauten Flüstern, und immer wieder musste er husten und einen Schluck aus dem Wasserglas nehmen, das Hansen vor ihm bereitgestellt hatte. »Sie wollten doch schon vorher reden.«

»Da ging es vor allem darum, Zeit zu gewinnen. Und Sie können von Glück sagen, dass nicht das SEK Sie überwältigt hat, sondern dass meine Kollegin Fischer schneller war.«

Er lachte böse auf, rieb sich den Kopf und warf Hanna, die neben der Tür stand und sich auch sonst im Hintergrund hielt, einen finsteren Blick zu.

»Na, vielen Dank dafür!«

»Wollen Sie von sich aus erzählen?«, schlug Hansen vor. »Das würde vielleicht zu Ihren Gunsten gewertet.«

»Wie nett!«

»Ich kann natürlich auch fragen. Also, warum haben Sie Frau Mecheler im Keller dieses Hauses gefangen gehalten?«

»Das war ich nicht.«

»Nicht? Und wer war's dann?«

»Keine Ahnung. Der Typ war maskiert, und als ich ins Haus bin, weil mir aufgefallen war, dass sich in diesem Haus, das eigentlich leer sein sollte, etwas bewegt hatte, bin ich mit meinem Schlüssel rein. Ich bin von den Erben von Ernst Mögner beauftragt, das Haus zu verkaufen.«

»Das wissen wir.«

»Na bitte. Ich bin also rein, und dann habe ich nur noch aus dem Augenwinkel einen Maskierten gesehen, und der hat mir sofort eins über die Rübe gezogen. Als ich wieder zu mir kam, sah ich die Ketten und die Handschellen in einem der Kellerräume. Ich bin hoch, um die Polizei zu rufen, da sehe ich auch schon Ihre Leute mit der Waffe im Anschlag auf das Haus zurennen. Da bin ich lieber drinnen geblieben. Nicht, dass mich noch einer aus Versehen abknallt.«

Hansen lehnte sich auf seinem Stuhl zurück und seufzte. Dann warf er Kuglers Anwalt einen Blick zu: Der schien auch nicht glücklich mit dem Auftritt seines Mandanten, aber von seinem leicht genervten Gesichtsausdruck abgesehen, ließ er sich nichts anmerken.

»Schöne Räuberpistole, Herr Kugler. Und wie soll der Unbekannte ins Haus gekommen sein?«

»Wie ist denn Ihre Kollegin reingekommen?«

»Ein Kellerfenster war gekippt«, erklärte Hanna.

»Na also«, versetzte Kugler und verschränkte die Arme vor dem Oberkörper, »so wird auch der Unbekannte ins Haus gekommen sein.«

»Und warum haben Sie dann einen Fluchtwagen und Bargeld verlangt?«

Kugler bemerkte den stechenden Blick seines Anwalts. Er schaute zu ihm und sah dessen langsames Kopfnicken.

»Das haben Sie mir ja praktisch in den Mund gelegt. Ich wollte nur irgendwie heil aus diesem Haus heraus, da bin ich wohl in der Panik in Ihre Falle getappt.«

»Sie haben behauptet, dass Sie eine Geisel hätten.«

»Ich habe geblufft.«

»Lassen wir die Spielchen lieber, Herr Kugler. Der Arzt hat an Ihnen genau die Verletzungen festgestellt, die zu den Beschreibungen von Frau Mecheler und Herrn Hintermeyer passen.«

Hansen deutete mit dem Finger auf Kuglers Hals, der Schürfungen von der Kette aufwies.

»Und inzwischen hat Frau Mecheler auch das Rasierwasser wiedererkannt, das Sie benutzen. Also noch einmal: Warum haben Sie Frau Mecheler im Keller dieses Hauses gefangen gehalten?«

Kugler sah zu seinem Anwalt, aber der wirkte inzwischen ebenso ratlos wie sein Mandant. Schließlich ließ Kugler seinen Oberkörper etwas nach vorne kippen, stützte die Ellbogen auf und vergrub seinen Kopf in beiden Händen. Fast fünf Minuten saß Kugler so da, raufte sich die Haare und ließ ab und zu ein leises Stöhnen hören. Dann richtete er sich wieder auf.

»Ich habe Frau Mecheler gestern Nacht in ihrem Schlafzimmer in Schellenried betäubt, habe sie in den Keller des Mögner-Hauses gebracht und sie dort mit einem Bein und einem Arm an ein Bettgestell gekettet, das ich zuvor zu diesem Zweck in den Kellerraum gebracht hatte.«

Der Anwalt schrieb mit und schwieg.

»Zuvor hatte ich Kameras in ihrem Haus installiert, um überwachen zu können, was sie wem erzählt«, fuhr Kugler fort. »Durch die Aufzeichnung einer dieser Kameras bekam ich mit, dass sie versucht hat, Sie anzurufen. Nachdem sie Sie nicht erreicht hatte, machte sie sich eine handschriftliche

Notiz, und darauf glaubte ich, das Wort Kamera entziffern zu können.«

Hansen war positiv überrascht, wie umfassend Kugler selbst solche Details offenlegte. Aber es wunderte ihn auch ein wenig, dass er so widerstandslos aufgab.

»Aus dieser Notiz zog ich den Schluss, dass Frau Mecheler Ihnen etwas sagen wollte, von dem ich nicht wollte, dass Sie es erfahren.«

Kugler stockte, als müsse er sich gut überlegen, was er als Nächstes preisgeben sollte. Dann verstummte er.

»Und was war das?«, fragte Hansen.

Kugler sah ihn nachdenklich an, bevor er weitersprach.

»Sie haben sich vielleicht schon gefragt, warum Sie in Manfred Garzingers Haus nichts gefunden haben, was auf sein Hobby Paintball hindeutete.«

»Wir haben etwas gefunden«, sagte Hansen.

Kugler stutzte einen Moment.

»Tatsächlich? Und was?«

Hansen zuckte mit den Schultern und schwieg.

»Jedenfalls wollte ich das verhindern, deshalb habe ich Garzingers Markierer mitgenommen und alle Farbkugeln, die ich gefunden habe«, sagte Kugler. »Auch einige Urkunden habe ich abgehängt.«

»Uns sind die Löcher von den Reißzwecken an der Wand des Arbeitszimmers aufgefallen.«

Kugler nickte. »Natürlich wollte ich auch nicht, dass Sie die Filme und Bilder sehen, die Garzinger zuletzt gemacht hat.«

»Aha, und warum nicht?« Hansen wurde allmählich ungeduldig.

Kugler seufzte, dann gab er sich einen Ruck.

»Manfred Garzinger war eine Plage für ganz Obergassen. Der drangsalierte alle seine Nachbarn, und er spielte sich ihnen gegenüber als eine Art Moralapostel auf. Er hatte das Bedürfnis, alle bloßzustellen, wenn er ihnen wegen irgendetwas auf die Schliche kam – und wenn Garzinger meinte, das sei nicht in Ordnung, dann … nun ja, dann hat er denjenigen gebrandmarkt.«

Hansen sah ihn fragend an, und Kuglers hämisches Grinsen machte ihn noch ratloser.

»Der schwärzte seine Nachbarn an«, sagte Kugler. »Nur halt in Rot.«

»Und das bedeutet?«

»Garzinger hat sich nachts gern mit seinen neuesten Kameras am Fenster des Arbeitszimmers auf die Lauer gelegt. Manchmal hat er seine Nachbarn auch regelrecht verfolgt, um ihr Geheimnis zu lüften. Zum Beweis hat er die Nachbarn fotografiert oder gefilmt, in flagranti, sozusagen.«

»Und hat sie erpresst?«

»Ich glaube nicht. Zumindest habe ich nichts in der Art gehört.«

»Und woher wissen Sie das alles?«

»Ich rede viel mit den Leuten, ich halte Augen und Ohren offen – irgendwann habe ich das mitbekommen, und der eine oder andere hat mit mir über Garzingers Angewohnheit gesprochen. Natürlich ohne mir gegenüber zu verraten, worum es im jeweiligen Fall ging.«

»Und was hat Garzinger dann mit diesen Aufnahmen gemacht?«

»Nichts. Es hat ihm offenbar gereicht, die wirklichen oder eingebildeten Verfehlungen seiner Nachbarn zu dokumentieren. Meistens jedenfalls. Manchmal hat er sich oben am Arbeitszimmerfenster nämlich nicht mit der Kamera auf die Lauer gelegt, sondern mit seinem Paintball-Markierer. Dann hat er seine Nachbarn abgepasst und ihnen einen roten Fleck auf die Kleidung geschossen. Verstehen Sie? Er hat ihnen gewissermaßen einen Schandfleck verpasst – wo doch sonst alle *ihm* vorwarfen, dass sein Haus der Schandfleck des ganzen Dorfes ist.«

Kugler freute sich erkennbar über seinen Vergleich.

»Kann sein«, fuhr er fort, »dass ich nicht von allen seinen Opfern weiß, aber einige kann ich Ihnen auf jeden Fall nennen.«

Er zählte Herbert Rautner, Ferdinand Heppler, Robbie Fleischlen sowie die Ehepaare Schrundt und Hunzik auf. Außer dem alten Helmfried Mäckl und den Gangerells war die Nachbarschaft von Garzinger komplett vertreten.

»Und von jedem kannte er ein Geheimnis?«

»Ja, von jedem. Und keiner von denen konnte ein Interesse daran haben, dass diese Geheimnisse ans Licht kamen.«

»Welche Geheimnisse waren das denn?«

»Sie können sich das gern selbst auf den Fotos und Filmen ansehen. Die beiden Kameras, die ich aus Garzingers Haus mitgenommen habe, finden Sie bei mir zu Hause in einem Lagerraum im Keller.«

Er beschrieb die genaue Lage des Raums und erklärte auch, in welchem Karton er die Geräte versteckt hatte.

»Im Karton daneben finden Sie Garzingers Paintball-Markierer und die Farbkugeln, die ich mitgenommen habe. Na ja, um ehrlich zu sein: Sie werden eine Farbkugel weniger finden, als ich mitgenommen habe.«

Hansen hob eine Augenbraue, und Kugler legte ein entschuldigendes Lächeln auf.

»Den Schuss auf Sandra Röhrich habe ich abgegeben.«

»Ach? Und warum?«

»Ich mag die Frau nicht. Hat so was Hochnäsiges. Ich habe mal den Vater ihres Sohnes kennengelernt, den fand ich ganz in Ordnung. Wir haben zwei, drei Bier miteinander getrunken, und am Ende habe ich ihm ein paar Tricks genannt, wie er sich darum drücken kann, seiner Ex für sie und den Sohn Unterhalt zu zahlen.«

Er sah sehr zufrieden mit sich aus, bis er Hannas finsteren Blick auffing. Kugler räusperte sich und erzählte weiter.

»Ich bin seit Langem hinter dem Haus der Röhrich her, auch wenn ich es nicht gern zugebe. Und ihrem Ex habe ich den Tipp vor allem deshalb gegeben, weil ich mir dadurch erhofft habe, dass sie in finanzielle Schwierigkeiten gerät und verkaufen muss. Auch das Haus der Fleischlens, direkt gegenüber, ist ein Wackelkandidat, den ich seit der Scheidung von Robbie und Doris genau im Auge behalte. Zwei schöne Häuser, die bei einem Verkauf einen guten Preis erzielen würden – und dann natürlich für mich eine schöne Provision abwerfen.«

Hansen fragte sich, warum sich Kugler so bereitwillig um Kopf und Kragen redete. Der Anwalt an seiner Seite sah so erschüttert aus, als würde sein schlimmster Albtraum wahr, aber er machte tapfer weiter mit seinen Notizen.

»Sie sehen also, Herr Hansen«, bilanzierte Kugler aufgeräumt und breitete die Arme aus: »Ich beichte Ihnen sogar Dinge, die mir keine Pluspunkte bringen, und ich erzähle alles aus freien Stücken. Selbst wenn Sie mir das nicht so gut anrechnen wollen, wie Sie es anfangs angedeutet haben, müsste mein Anwalt doch erreichen können, dass ich jetzt wieder nach Hause darf, oder? Wegen meiner Firma können Sie Fluchtgefahr ausschließen – Sie haben ja gesehen, was ich in Nesselwang vorhabe, das werde ich mir sicher nicht dadurch kaputtmachen, dass ich Ihnen ausbüxe.«

Er machte Anstalten, aufzustehen. Hansen hielt ihn mit einer knappen Geste zurück.

»Vertuschung einer Straftat, Diebstahl, Freiheitsberaubung: Das sind keine Lappalien, Herr Kugler.«

»Ja, ich werde mit Frau Mecheler und ihrem Freund reden. Das lässt sich doch sicher ausräumen. Ich wollte ihr ja auch nie was tun, ich wollte ihr nur etwas Angst einjagen – während sie und dieser Hintermeyer ordentlich zugelangt haben.«

»Und Manfred Garzinger ist tot.«

»Manfred Ga… Sie wollen mir …?« Er sah fassungslos zu seinem Anwalt und dann wieder zu Hansen. »Sie wollen mir den Mord anhängen?« Kugler schüttelte den Kopf und lachte bitter. »Das ist jetzt nicht Ihr Ernst, oder?«

»Doch, natürlich. Sie haben es ja auch schon fast zugegeben. Sie haben die Kameras und die Paintball-Ausrüstung aus dem Haus von Manfred Garzinger gestohlen und sogar die Urkunden abgehängt und mitgenommen. Wann wollen Sie das denn gemacht haben, wenn nicht nach Garzingers Tod?

Und zwischen dem Mord an ihm und dem Moment, in dem seine Tante die Leiche entdeckt hat, kann nicht viel Zeit vergangen sein.«

»Dazu kann ich nichts sagen, mit Leichen kenne ich mich nicht aus. Ich habe nur gesehen, dass jemand durch die Hintertür seines Wohnhauses rausgeflitzt ist, dann bin ich rein, um nach dem Rechten zu sehen. Da lag Manfred schon tot in seinem Sessel. Grausig sah er aus mit der roten Farbe im Mund, ich konnte kaum hinsehen. Da habe ich schnell das Paintball-Zeug, die Urkunden und die beiden Kameras geschnappt und habe sie zu mir nach Hause geschafft.«

»Und warum hätten Sie das tun sollen, wenn Sie nicht Garzingers Mörder waren? Für wen sollten Sie denn Spuren beseitigen wollen, wenn nicht für Sie selbst?«

»Ach, wissen Sie, die Obergassener sind im Grunde genommen gute Leute, die schauen nach ihrem Besitz und lassen nichts verkommen. Der einzige Stinkstiefel im Ort war Manfred Garzinger, wenn den also einer aus dem Dorf umgebracht hat, ist es mir doch allemal lieber, der Mord bleibt unaufgeklärt. Und auch alle Geheimnisse, die Manfred aufgestöbert hatte, bleiben lieber unter der Decke. Schauen Sie: Irgendwann wären sicher am Dorfrand ein paar Grundstücke als Bauland ausgewiesen worden – richtige Sahnestücke, bei so einem gepflegten Umfeld. Und wer hätte damit eine schöne Provision verdient? Ich natürlich! Wenn Obergassen aber als Mörderdorf durch die Presse gezerrt wird, will doch keiner mehr hierherziehen. Und ohne Nachfrage gibt es keine Verkäufe, und ohne Verkäufe gibt es keine Provision. So einfach ist das.«

»Sie deuten also an, dass ein Obergassener Herrn Garzinger getötet hat? Wen haben Sie denn aus der Hintertür flitzen sehen?«

Kugler schwieg.

»Also niemanden«, setzte Hansen nach.

Er machte eine Geste zu dem großen Spiegel hin, und wenig später kamen zwei uniformierte Beamte ins Vernehmungszimmer und postierten sich auf beiden Seiten von Kuglers Stuhl.

»Herr Kugler kann wieder zurück in die Arrestzelle gebracht werden«, sagte Hansen und erhob sich.

Kugler stand ebenfalls auf. Er schien nachzudenken, und als die Beamten ihn zwischen sich nahmen, hatte er es sich offenbar anders überlegt.

»Also gut, Herr Hansen«, sagte er. »Ich sag Ihnen, wen ich habe hinausflitzen sehen.«

Er ließ eine kurze Pause.

»Helmfried Mäckl«, brachte er schließlich hervor.

»Sie wollen mir erzählen, dass dieser alte Mann Manfred Garzinger auf dem Gewissen hat? Das ist jetzt nicht Ihr Ernst!«

»Ich weiß nicht, was der alte Helmfried in Garzingers Haus gemacht hat, aber er ist jedenfalls vor meinen Augen aus dem Haus raus, als wäre der Teufel persönlich hinter ihm her.«

Hansen musterte Kugler eine Weile. Er wusste seine Miene nicht zu deuten, und irgendwann winkte er ab.

»Abführen!«, kommandierte er und ging zur Soko-Chefin Vroni Schliers.

Gegen halb vier waren alle in der Kripoinspektion eingetroffen, wo man sie auf mehrere Räume verteilt hatte. Nun warteten sie auf die Fragen der Kriminalbeamten. Und Vroni Schliers wartete darauf, dass für die zugehörigen Häuser und Wohnungen die Durchsuchungsbeschlüsse eintrafen. In der Zwischenzeit wurden bei allen Tatverdächtigen Speichelproben und Fingerabdrücke genommen, die sofort mit den Spuren abgeglichen wurden, die Kayserling und seine Kriminaltechniker in Garzingers Haus gesichert hatten.

Maria Schrundt war noch etwas benommen von den Schlafmitteln, die sie genommen hatte, und saß deshalb mit einem Sanitäter in einem der Büros. Ob sie bald vernommen werden konnte, war noch nicht ganz sicher. In den anderen Räumen ging es dafür umso lebhafter zu.

Helmfried Mäckl hatte erst gar nichts gesagt, doch nachdem Hansen ihm den Verdacht nannte, den Kugler mit seiner Aussage geschürt hatte, erschrak er und plapperte los wie ein Wasserfall. Auch er behauptete, das Arbeitszimmer von Manfred Garzinger erst betreten zu haben, als der schon tot in seinem Sessel lag. Er habe, beteuerte er ein ums andere Mal, doch nur an seinem Fenster gestanden und ständig zum Garzinger-Hof hinübergeschaut, um ja nicht zu verpassen, wann Marga Mecheler mit ihrem Mofa in Obergassen eintraf.

»Die Marga ist ein heißer Ofen«, brummte der Alte. »Das sagt man doch heute so, oder?«

Hansen bedeutete ihm, einfach weiterzureden.

»Die hat einen knackigen Hintern, wie ich selten einen gesehen habe. Und ich sehe ja einiges von meinem Fenster aus. Aber wenn so junge Dinger wie die Sandra Röhrich oder die Doris Hack vorbeikommen, mag ich kaum mehr hinsehen. Da ist ja nichts mehr dran an diesen heutigen Frauen.«

Er warf Hanna ein schüchternes Lächeln zu, das einige Zahnlücken und dazwischen dunkle Stümpfe enthüllte. Sie wandte sich angeekelt ab.

»Und was hatten Sie in Manfred Garzingers Arbeitszimmer zu suchen?«, fragte Hansen.

»Wie ich so auf Marga gewartet habe, ist mir aufgefallen, dass drüben hinter den Fenstern irgendetwas los war. Und mir war, als würde da jemand herumschleichen. Erkennen konnte ich nicht mehr als einen Schatten, aber so, wie der sich durchs Haus bewegte, konnte es unmöglich Manfred Garzinger selbst sein. Warum sollte der in seinem eigenen Haus herumschleichen? Am helllichten Tag? Um den Manfred machte ich mir dabei keine Sorgen – der war mir herzlich gleichgültig. Aber wenn da einer Böses im Sinn hatte, und die Marga wäre dazugekommen – nicht auszudenken, wenn sie in Gefahr geraten wäre … und ich hätte die ganze Zeit nur am Fenster gestanden und nichts unternommen, um sie davor zu bewahren!«

Mäckl schüttelte sich, bevor er weitersprach.

»Also habe ich mir ein Herz gefasst, bin bei mir daheim zur Hintertür raus und habe mich im weiten Bogen durch den Ort bis hinter Garzingers Haus geschlichen. Die Hintertür war unverschlossen, was wohl alle im Dorf so halten. Ich also rein und ganz vorsichtig durch den Flur bis ins Arbeitszimmer – dort hatte ich diese Gestalt zuletzt herumschleichen sehen. Ganz vorsichtig bin ich hinein, und dann seh ich den

Manfred Garzinger da liegen, mit all dem vielen Blut im Mund und den aufgerissenen Augen!«

»Das war kein Blut, sondern rote Farbe.«

»Echt? Na meinetwegen, ich bin da kein Experte. Jedenfalls hat mich schier der Schlag getroffen, und ich bin aus dem Haus abgehauen, so schnell ich konnte. Die Bilder vom toten Manfred Garzinger treiben mich seither um, sobald ich die Augen zumache. Ich mag mich abends schon gar nicht mehr zum Schlafen hinlegen. Immer diese Bilder, diese grauslichen!«

»Und haben Sie außer Garzinger noch jemanden im Haus gesehen?«

»Nein, als ich mich reingeschlichen habe, bin ich auf niemanden getroffen. Und als ich rausgerannt bin, hätte einer schon direkt vor mir stehen müssen, damit ich ihn überhaupt wahrnehme.«

Mäckl wirkte ehrlich erschüttert, und die Stellen, wo in Garzingers Haus von ihm Fingerabdrücke gefunden worden waren, passten zu seiner Geschichte.

Die anderen Gespräche liefen im Wesentlichen alle nach demselben Muster ab. Keiner der Befragten wollte zunächst überhaupt in Garzingers Haus gewesen sein. Wenn Hansen dann darauf hinwies, dass gerade die dort gesicherten Spuren daraufhin untersucht wurden, hatte der eine oder die andere schon etwas mehr Schwierigkeiten, die eigene Unruhe zu verbergen. Und sobald Hansen ihnen ins Gesicht sagte, was Garzinger gefilmt oder fotografiert und wofür er sie mit seinen Farbkugeln gebrandmarkt hatte, gaben sie ihren Widerstand auf und erzählten bereitwillig, wie sie in Garzingers Haus gegangen waren und ihren ungeliebten Nachbarn tot in seinem Sessel vorgefunden hatten. Und wer da noch alles abstritt, dem führte Hansen den Filmschnipsel oder die Fotosequenz vor, die sie betraf.

Was Garzinger dabei an wirklichen oder vermeintlichen Verfehlungen dokumentiert hatte, war eine ziemlich abstruse Mischung, die kein besonders gutes Licht auf die Einwohnerschaft von Obergassen warf. Robbie Fleischlen war zu sehen, wie er ein Etablissement in Kempten betrat und später einigermaßen derangiert wieder auf die Straße trat. Herbert Rautner war gefilmt worden, wie ihn ein Muskelprotz durch die Tür einer Kemptener Bar auf den Gehweg hinausschubste und ihm hinterherrief, dass er Schwierigkeiten bekommen würde, wenn er nicht bald seine Spielschulden begleichen könne. Elise Hunzik trat in einer Filmsequenz auf, in der sie Billigmarmelade aus dem Discounter in eigene Gläser umfüllte und sie handschriftlich auf Etiketten als »original hausgemachte Marmelade« markierte – diese Gläser, das gab sie schließlich zu, hatte sie hinterher teuer an Ferdinand Hepplers Feriengäste verkauft. Ihr Mann Paul dagegen war wegen eines angeblichen Rückenleidens vorzeitig in Pension gegangen – ein Video wies ihn allerdings als zupackenden Mitarbeiter auf einer von Kuglers Baustellen aus: Schwarzarbeit war die Sünde, für die ihn Garzinger mit einer Farbkugel markierte.

Die Geschichte war im Grunde genommen bei allen dieselbe: Sie waren in Garzingers Haus gegangen, weil sie dort etwas Verdächtiges bemerkt hatten, dann waren sie entsetzt wieder hinausgelaufen. Keiner wollte im Haus jemand anderen als den toten Garzinger gesehen haben, und alle flehten Hansen an, unbedingt das Geheimnis zu wahren, das Garzinger dokumentiert und mit einem Farbtreffer »geahndet« hatte.

Und so ging es quer durch die Nachbarschaft. Wo Hansen nicht recht schlau wurde aus den Fotos oder Filmen, pokerte er, bis die Betreffenden sich verplapperten und er doch noch verstand, was Garzinger ihnen angekreidet hatte. Das Ehepaar Schrundt hatte zum Beispiel irgendein tief greifendes Problem mit ihrem Sohn Martin, und nach einem Streit darüber zog der Sohn daheim aus und kam nur noch nach Obergassen, wenn ihm seine Mutter signalisierte, dass der Vater gerade nicht da sei. Um welches Problem es sich handelte, verriet Maria Schrundt nicht, aber dass sie ihrem Martin heimlich Geld zusteckte und dass ihr Mann das auf keinen Fall erfahren durfte, gab sie schnell zu. Dabei hatte es Horst Schrundt gerade nötig, sich über seine Frau zu beklagen: Die Besuche seines Sohnes waren meistens dadurch möglich, dass er eine etwas verwahrloste Enddreißigerin in Schellenried aufsuchte. Das letzte Foto zeigte den erhitzten Schrundt, wie er dieser Frau einen Geldschein zusteckte.

Manchmal war beim besten Willen nicht zu erkennen, worin der Zündstoff von einer fotografierten Szene bestand. Ferdinand Heppler war ein solcher Fall. Garzingers Nachbar war in Gesprächen zu sehen, unter anderem mit einem jungen Mann, der vage jemandem ähnelte, ohne dass Hansen gleich darauf kam, wem. Als er die Fotos vor Heppler ausbreitete, ging eine erstaunliche Wandlung mit dem gut aussehenden und selbstbewusst auftretenden Mann vor. Er sank ein wenig in sich zusammen, und seine Blicke offenbarten eine seltsame Mischung aus Scham, Wut und Trotz.

»Man sollte ja nicht glauben, dass das heute noch ein Problem darstellt, nicht wahr?«, brummte er schließlich.

Hansen schwieg und beschloss zu warten, bis er von sich aus weiterredete.

»Haben Sie schon mit Martin gesprochen?«, wollte Heppler schließlich wissen.

Hansen war offenbar anzusehen, dass er noch immer nicht begriffen hatte, worum es eigentlich ging.

»Der junge Mann auf dem Foto ist Martin Schrundt«, erklärte Heppler seufzend. »Er und ich waren eine Zeit lang zusammen.«

Er ließ Hansen während des letzten Satzes nicht aus den Augen und schien sich zu wundern, dass sein Geständnis für den Kommissar kein Problem darstellte.

»Das schockiert Sie nicht?«, fragte Heppler.

»Warum sollte es? Wir leben doch nicht mehr im Mittelalter! Dürfen heute nicht zwei Männer oder zwei Frauen miteinander glücklich werden?«

»Aber ist es Ihnen nicht unangenehm, mit mir hier zu sitzen und zu reden, wenn Sie wissen, dass ich schwul bin? Und Sie vielleicht mein Typ sind?«

»Sie meinen: So unangenehm wie für eine Frau, die mit mir spricht und die weiß, dass ich auf Frauen stehe und dass sie vielleicht mein Typ sein könnte?«

Hepplers Lächeln wurde etwas weniger traurig, und er nickte bedächtig.

»Ziehen Sie doch nach Obergassen, Herr Hansen. Leute

wie Sie könnte das Dorf vertragen. Als Martins Eltern herausfanden, dass zwischen uns etwas lief, ist vor allem der Vater völlig ausgerastet. Der kam in mein Haus gestürmt, packte mich am Kragen und drohte mir mit Schlägen, wenn ich nicht endlich die Finger von seinem Sohn lassen würde. Dann haben sie Martin rausgeworfen, und ich hatte eine Heidenangst, dass sie mich bei meinen Feriengästen anschwärzen würden. Wer weiß, ob die nicht wegbleiben würden, wenn sie die Wahrheit über mich erführen.«

»Ach, Herr Heppler – das würde sicher niemanden stören. Das ist Ihre Privatsache, und es betrifft doch auch Ihre Gäste nicht.«

»Das sagen Sie! Manfred hat mir das ganz anders ausgemalt.«

»Manfred Garzinger? Woher wusste der von Ihnen und Martin Schrundt?«

»Das weiß ich nicht, aber vor einem Outing hat er mich gewarnt, lange bevor ich mit Martin zusammen war.«

»Und woher wusste er dann, dass Sie ... homosexuell sind?«

»Schwul heißt das, Herr Kommissar.«

»Also gut, und woher wusste Garzinger davon?«

»Als ich den Bauernhof gekauft und umgebaut hatte, war ich in Obergassen natürlich zunächst ein misstrauisch beäugter Reingeschmeckter.«

»Das kenn ich.«

»Und der Einzige, mit dem ich etwas näheren Kontakt hatte, war Manfred. Wir saßen ab und zu auf einen Kaffee oder ein Bier zusammen, und wir hatten sehr lange und gute Gespräche.«

»Sie sind der Erste, der etwas Nettes über Garzinger sagt, wissen Sie das?«

»Na, seine Erbtante, wie er Frau Mecheler immer genannt hat, wird schon auch gut über ihn gesprochen haben, oder?«

»Stimmt, aber sonst …«

»Ich fand ihn jedenfalls recht nett, zumindest anfangs. Er hat mir von einem Freund aus Bundeswehrzeiten erzählt, von dem Urlaub auf Ibiza und davon, dass ihm der Tod seiner Eltern und sein eigenes Verhalten in dieser Zeit sehr zu schaffen machten. Ich habe Ihnen ja schon erzählt, dass ich die Eltern noch kennenlernte, kurz bevor sie … Und diese Ibiza-Geschichte hatte ich auch mitbekommen, inklusive dieser Linda, in die Manfred damals so verliebt war. Aber wie er da so mit mir am Küchentisch saß, ein heulendes Elend, wollte ich ihn halt trösten und habe ihm ganz vorsichtig über den Handrücken und über die Schultern gestreichelt. Er hat meine Hand genommen, wirkte sehr froh, dass er endlich jemand hatte, der ihn verstand, und wie er mich so unter Tränen anlächelte, habe ich mich zu ihm vorgebeugt und …«

Hepplers Augen schimmerten, und er räusperte sich, bevor er weiterredete.

»Da hatte ich wohl was falsch verstanden. Er jedenfalls sprang auf wie von der Tarantel gestochen und funkelte mich an mit einem Blick, der so voller Abscheu war und … Diesen Blick werde ich mein Lebtag nicht vergessen. Ich bin regelrecht geflohen, und wir sind uns danach eine ganze Weile aus dem Weg gegangen, haben kein Wort miteinander gesprochen und haben weggesehen, wenn der andere daherkam. Eine blöde Situation war das. Etwas später habe ich Martin kennengelernt. Nach dem Missverständnis mit Manfred war ich sehr schüchtern, sehr zurückhaltend – aber Martin war ganz anders. Der zeigte mir sofort, wie sehr er mich mochte. Das war schön, damals. Bis eben die Eltern …«

Heppler seufzte.

»Und weil Manfred ja wusste, dass ich schwul bin, hat er aus meinen Treffen mit Martin vermutlich schnell die richtigen Schlüsse gezogen. Mit seiner verdammten Farbkugel hat er mir mein schönstes Hemd versaut. Ich hab das gleich verbrannt, nicht, dass das noch jemand sieht. Ich hatte ja schon mitbekommen, dass Manfred diesen Paintball-Unfug nicht nur mit mir trieb – und so wussten einige in Obergassen von anderen, dass sie ›markiert‹ worden waren, aber nicht, aus welchem Grund. Und so durfte das in meinem Fall gern auch bleiben.«

Er sah Hansen lange an.

»Müssen die anderen Dorfbewohner erfahren, dass ich schwul bin?«

»Ich finde zwar, dass so etwas kein Geheimnis sein muss, aber ich wüsste nicht, warum ich mit Ihrer Privatangelegenheit hausieren gehen sollte.«

Heppler nickte. »Danke«, sagte er leise.

»Mich interessiert eher, ob Sie auch in Garzingers Haus waren.«

Ein Schatten legte sich auf Hepplers Gesicht, dann schüttelte er langsam den Kopf.

»Sie wissen schon, dass wir auch dann Spuren von Ihnen dort finden, wenn Sie Handschuhe getragen haben.«

»Ich war am Tag von Manfreds Tod nicht in seinem Haus.

Falls Sie auf dem Garzinger-Hof DNA von mir finden, muss sie sich dort schon länger befinden. Seit dem Missverständnis, das ich Ihnen geschildert habe, bin ich nicht mehr auf Manfreds Grundstück gewesen. Also seit bald zehn Jahren nicht.«

Die Befragungen wurden unterbrochen, aber sie hatten nur Zeit für eine schnelle Wurstsemmel nebenbei, während sie im Soko-Besprechungsraum die bisherigen Erkenntnisse austauschten: Die Hausdurchsuchungen hatten ein interessantes Fundstück zutage gefördert, und wenig später saß Hansen erneut Ferdinand Heppler gegenüber.

»Sie sagten, Sie seien seit Jahren nicht mehr im Haus oder auf dem Grundstück von Manfred Garzinger gewesen«, sagte Hansen.

Heppler nickte zustimmend und warf ihm einen fragenden Blick zu. »Und jetzt haben Sie DNA von mir bei Garzinger gefunden? Wie gesagt, die kann dort schon seit Jahren liegen – habe ich mal in einem Krimi gelesen.«

»Das kann sein, da haben Sie richtig gelesen. Nur …«

Hansen ließ eine kleine Pause, und Heppler stutzte zwar, aber besonders angespannt oder beunruhigt wirkte er nicht.

»Nur haben wir bei Ihnen etwas gefunden, was wir am ehesten im Besitz von Manfred Garzingers Mörder vermuten würden.«

»Und das wäre?«

»Die Tatwaffe: den Paintball-Markierer, mit dem Garzinger getötet wurde.«

»Ein Markierer? Das war die Tatwaffe? Sie haben bei mir einen solchen Markierer gefunden? Aber ich …«

Er schüttelte den Kopf und schien ganz verwirrt.

»Aber ich kann mit so einem Ding weder umgehen, noch habe ich jemals eines in der Hand gehalten. Ich wusste ja noch nicht einmal, woran Manfred Garzinger letztlich gestorben ist!«

»Und das soll ich Ihnen glauben? Der Markierer war in einem Ihrer Kellerräume versteckt. Nicht besonders gut versteckt, sagten meine Kollegen, aber doch ganz so, als sollte niemand den Markierer finden.«

»Wie soll Manfred denn damit getötet worden sein?«

Hansen beschrieb es ihm, und Heppler wurde mit jedem Detail blasser. Das war entweder echt – oder oscarwürdig. Trotzdem wollte Hansen auf Nummer sicher gehen.

»Durch diese Prozedur wird ein solcher Markierer natürlich völlig unbrauchbar – und genau in diesem Zustand ist der Markierer, den Sie in Ihrem Keller versteckt haben. Also entweder wollten Sie Ihre Tat vertuschen, indem Sie die Tatwaffe erst verstecken und dann, wenn etwas Gras über die Sache gewachsen ist, vollends verschwinden lassen. Oder Sie wissen, wer Garzinger getötet hat, und wollten diese Person entweder schützen – oder Sie wollten die Tatwaffe verfügbar haben, um den wahren Täter unter Druck zu setzen. Zum Beispiel für einen Deal wie diesen: Der andere wahrt Ihr Geheimnis, dafür verraten Sie nicht, dass er Garzinger getötet hat.«

»Sind Sie irre? Warum sollte ich das tun? Und falls doch: Halten Sie mich für so blöd, dass ich dann dieses Ding ausgerechnet bei mir auf dem Grundstück verstecken würde? Würde ich das dann nicht eher …«

Er unterbrach sich und dachte nach. Hansen hatte schon

verstanden, wohin seine Gedanken unterwegs waren, und er wartete – vielleicht würde jetzt endlich der richtige Name fallen. Aber Heppler sprach nicht weiter, und Hansen unternahm noch einen Versuch.

»Nehmen wir mal an, Sie waren es wirklich nicht. Und tun wir mal so, als würde ich Ihnen sogar glauben, dass Sie bisher nicht mal wussten, wie Manfred Garzinger gestorben ist: Dann will Ihnen doch jemand das Ganze in die Schuhe schieben und hat den Markierer deshalb bei Ihnen im Keller versteckt.«

»So sieht's wohl aus«, knurrte Heppler.

»Dann werden wir keine Fingerabdrücke von Ihnen auf dem Markierer finden?«

»Nein, natürlich nicht.«

»Schön, aber letztendlich kann das auch bedeuten, dass Sie sich Einmalhandschuhe übergestreift haben – würde ich jedenfalls machen, wenn ich mit Dispersionsfarbe hantieren würde.«

Heppler kaute auf der Unterlippe herum und schwieg.

»Das heißt: Derjenige, der Sie reinreiten will, erreicht sein Ziel – und Sie halten für jemanden den Kopf hin, der Sie eiskalt über die Klinge springen lässt.«

Die Miene von Heppler wurde finsterer, aber er presste nun die Lippen zu einem schmalen Strich zusammen.

»Warum wollen Sie den Täter denn schützen, Herr Heppler? Schauen Sie: Falls er Ihr Geheimnis kennt, wird er es für eine sehr lange Zeit niemandem in Obergassen erzählen können – außer die Leute besuchen ihn im Gefängnis, was ich eher nicht vermute. Wenn aber Sie in Haft kommen, hat er doch allen Grund dazu, sich mit dem Wissen über Ihre Privatangelegenheit großzutun. Ich höre die Leute in Obergassen schon, wie sie miteinander reden und sagen: ›Ist doch klar, dass der Heppler den umgebracht hat – wo er doch schwul war. Vielleicht war er zudringlich geworden, und Garzinger hat ihn zurückgewiesen.‹ Und dann könnte derselbe Mann, der Sie in die Falle hat tappen lassen, auch da noch mit unappetitlichen Informationen aufwarten. Selbst wenn nichts davon stimmen würde: Sie wären ja nicht mehr im Dorf, um den Lügen entgegenzutreten.«

Endlich platzte es aus Heppler heraus.

»Aber das kann er doch nicht machen! Ich hab doch nur Schmiere gestanden, weil ich von meinem Haus aus gut beobachten kann, ob sich jemand dem Garzinger-Hof nähert. Kugler hatte für uns alle Walkie-Talkies besorgt, er war extra nach Augsburg gefahren, um nicht noch von jemandem dabei erkannt zu werden. Alf, meinen Gänserich, hab ich ins Haus gesperrt, damit er uns nicht womöglich mit seinem Geschnatter dazwischenfunkt. Ich stand oben an meinem Fenster und behielt alles im Blick, und gegenüber hat Horst Schrundt die Straße nach der anderen Seite hin beobachtet. Ich hatte insgeheim noch grinsen müssen, dass ausgerechnet Martins Vater für diese Geschichte mit mir zusammenarbeiten musste, aber … na, egal. Jedenfalls war die Luft die ganze Zeit über rein. Ab und zu haben Schrundt und ich das den anderen durchgegeben, damit die in Manfreds Haus in Ruhe weitermachen konnten.«

»Wie – in Ruhe weitermachen?«

»Ich hatte Ihnen ja schon gesagt, dass wir alle mitbekommen hatten, dass Manfred auch andere mit seinen Farbkugeln markiert hatte. Irgendwann hatten einige im Dorf die Nase voll, und dann haben wir uns getroffen. Wir haben besprochen, dass ein paar von uns zu ihm reingehen, ihm eine ordentliche Abreibung verpassen und ihm klarmachen, dass es ihm schlecht ergehen werde, wenn er nicht endlich mit diesem Paintball-Mist aufhören würde.«

»Und dann ist das außer Kontrolle geraten, oder wie darf ich das verstehen?«

»Nein, da noch nicht. Das ist etwa zwei Wochen her. Die anderen sind rein, Schrundt und ich haben Schmiere gestanden, und eine halbe Stunde später waren die wieder draußen.«

»Und wer sind ›die‹?«

»Paul Hunzik, Herbert Rautner, Robbie Fleischlen und Hans Kugler. Als wir uns hinterher wieder getroffen haben, wurde mir das so geschildert: Alle vier hätten den Manfred gepackt und auf seinen Sessel gedrückt, und dann habe Kugler ihm zwei, drei Schläge verpasst. Garzinger habe sich losgerissen und bei Kugler ebenfalls ein paar Treffer gelandet, bevor ihn die anderen wieder überwältigt und noch ein wenig verdroschen hätten. Dann seien sie wieder gegangen. Aber dieser blöde Manfred hat nicht aufgehört. Eine knappe Woche später hat er Elise Hunzik mit seinem Markierer beschossen. Da ist ihr Mann Paul ausgeflippt, und wir haben uns wieder getroffen. Bei dieser Gelegenheit hat er sich verplappert, und ich habe erfahren, was Manfred seiner Frau Elise ankreidete.«

Heppler schnaubte.

»Ich war selbst ziemlich sauer, als ich erfuhr, dass Elise meinen Gästen billige Discounter-Konfitüre als Hausmacher-

Marmelade unterjubelt. Ich meine: Wenn das rauskommt, wie stehe ich denn dann da?«

Er schüttelte den Kopf.

»Diesmal wollten wir Manfred einen Denkzettel verpassen, der länger wirken sollte. Fleischlen zog den Schwanz ein und wollte von diesem Denkzettel nichts hören. Er wollte uns von unserem Plan abbringen, und als das nicht klappte, ist er wieder abgehauen. Kugler hatte einen billigen Markierer besorgt und uns erklärt, wie man damit Wandfarbe verspritzen kann. Der Plan war: Sie fesseln Manfred in seinem Sessel und bespritzen ihn über und über mit roter Farbe – dass er mal weiß, wie scheiße man sich dabei fühlt, denn diese Farbe geht ja kaum wieder weg.«

Er verstummte und stierte vor sich auf den Tisch.

»Und dann? Warum war Garzinger am Ende tot statt nur rot bespritzt?«

»Ich war ja nicht dabei, weil ich wieder nur Schmiere stand, aber …«

»Aber?«

»Aber als die vier aus Garzingers Haus kamen, konnte ich denen sofort ansehen, dass da etwas ganz furchtbar schiefgelaufen sein musste.«

»Und dann?«

»Dann sind die nach Hause verschwunden, einer nach dem anderen, dann kam Manfreds Tante Marga, dann schrie sie wie blöd, und dann kamen auch schon Ihre Kollegen.«

Die weiteren Befragungen wurden ein Geduldsspiel. Dann, am frühen Dienstagabend, gab Horst Schrundt als Erster seinen Widerstand auf. Hansen hatte ihn mit dem Grund für den Streit mit seinem Sohn Martin konfrontiert, und er hatte ihm dargelegt, warum er seiner Einschätzung nach den triftigsten Grund hatte, Manfred Garzinger zu töten: um seinen Sohn vor einem ungewollten Outing zu schützen, und sei es auch nur, um sich selbst die vermeintliche Schande eines schwulen Sohnes zu ersparen. Erst hörte sich Schrundt alles mit hochrotem Kopf und schweißnasser Stirn an, dann lehnte sich Hansen scheinbar zufrieden zurück.

»Dann wäre das ja auch geklärt, Herr Schrundt. Vielleicht besucht Sie Ihr Sohn ja mal im Gefängnis. Nach Hause kommen kann er jetzt auf jeden Fall täglich – und nicht nur, wenn Sie bei Ihrer Geliebten in Schellenried sind. Sie wissen schon, dass Ihre Frau dem Martin Bescheid gibt, sobald Sie weg sind, und er sie dann besucht und sich von ihr auch finanziell unterstützen lässt?«

Seinem herunterfallenden Unterkiefer nach zu urteilen, hatte er das nicht gewusst. Hansen verlor keine Zeit.

»Und die anderen drei werden sicher bestätigen, dass sie nur dabeigestanden und sich nicht mehr haben zuschulden kommen lassen, als Ihre Tat zu decken – aus nachbarschaftlicher Verbundenheit, gewissermaßen.«

Schrundts Zähne knirschten vernehmlich.

»Es ist doch richtig, dass Paul Hunzik, Herbert Rautner und Hans Kugler Ihnen nur assistiert oder womöglich wirklich nur zugesehen haben? Hatten die drei vielleicht noch versucht, Sie von Ihrer brutalen Tat abzubringen?«

»Mich …«, keuchte Schrundt, »… mich davon abzubringen? Ausgerechnet Kugler, dieses Schwein? Der Kerl wusste doch längst, wobei Garzinger uns fotografiert und gefilmt hatte!«

»Warum glauben Sie das?«

»Als wir das erste Mal bei Garzinger waren und ihm eine Tracht Prügel verpasst haben, nahm Kugler einen Fotoapparat und eine Videokamera von Garzinger mit. Der hat das erst gemerkt, als wir schon wieder draußen waren – und ich hatte es auch erst mitbekommen, als ich zufällig einen Blick in die Tüte werfen konnte, die Kugler aus Garzinger Haus trug. Ich war davor so aufgeregt gewesen, dass ich gar nicht mit Sicherheit sagen konnte, ob er diese Tüte auch schon auf dem Hinweg bei sich hatte. Aber als ich sah, dass da zwei Kameras drin waren, sprach ich Kugler darauf an, doch der beruhigte mich und versicherte mir, er wolle die Geräte nur so versteckt aufbewahren, dass Garzinger damit keinen weiteren Unfug anstellen könne. Das hat mir in diesem Moment eingeleuchtet, Zweifel sind mir erst später gekommen.«

»Und dann?«

»Dann hat Elise Hunzik eine rote Farbkugel abbekommen, und es war klar, dass wir noch einmal zu Garzinger mussten. Kugler hatte diesen Billigmarkierer besorgt, dazu noch rote Dispersionsfarbe, die ziemlich genauso aussah wie die Farbe der Kugeln, die Garzinger immer verschossen hat. Ich fand die Idee klasse, ihn so richtig einzusauen. Ich stellte mir das vor wie im Wilden Westen, wo auch manchmal die Gauner geteert und gefedert werden und sich dann nicht mehr im Ort blicken lassen können.«

»Was ist dann schiefgegangen?«

»Wir haben zuerst alles gemacht wie besprochen. Den

Manfred hatten wir schnell überwältigt, und wir haben ihn mit einem Strick so gründlich verschnürt, dass er sich auf seinem Ohrensessel kaum mehr rühren konnten. Aber dann …«

Schrundt schluckte. Die Erinnerung schien schreckliche Bilder in ihm heraufzubeschwören.

»Keiner von uns hat sich getraut, mit dem Markierer zu arbeiten, und außer Kugler hatte das ja auch noch keiner von uns probiert. Also schnappte sich Kugler das Teil und sagte uns, wir sollten Garzinger festhalten. Dann hielt er ihm mit einer Hand die Nase zu, und als Garzinger daraufhin den Mund aufmachte, um Luft zu bekommen, schob er ihm blitzschnell den Lauf des Markierers bis in den Rachen. Kugler spritzte los, und Garzinger bäumte sich auf, versuchte, Luft zu bekommen, riss die Augen auf und verkrampfte sich, wie ich das noch bei niemandem erlebt habe. Kugler spritzte immer weiter, und irgendwann rührte sich Garzinger nicht mehr – und wir standen alle da wie erstarrt. Kugler hat uns dann darauf eingeschworen, dass uns nichts passieren kann, wenn wir einfach alle den Mund halten. Er hatte wieder eine Tüte dabei und hat den Markierer reingesteckt. Dann hat er in der Wohnung alles zusammengesucht, was nach Paintball aussah – Garzingers Markierer, Farbkugeln und sogar die Urkunden, die an den Wänden hingen. Wir anderen haben unterdessen den Strick gelöst, und einer nach dem anderen sind wir dann raus. Ich war gerade an der Hintertür, als das Walkie-Talkie krächzte und Heppler meldete, dass Garzingers Tante im Anrollen sei. Da war nur noch Kugler drin, aber als er gut zwanzig Minuten später zu unserem geheimen Treffpunkt kam, schwor er uns, dass die Mecheler ihn nicht bemerkt habe. Da hatte sie ja auch schon Zeter und Mordio geschrien, und die Polizei war auf dem Weg.«

»Sie behaupten also, dass Hans Kugler der Mörder von Manfred Garzinger ist?«

»Das muss ich nicht einfach behaupten.«

»Wie meinen Sie das?«

»Ich kann das auch beweisen.«

Hansen sah ihn verwundert an, und Schrundt quittierte seinen Blick mit einem bösen Grinsen.

»Ich habe ein Schließfach bei der Sparkasse. Dort bewahre ich das Langarmshirt und die beiden Einmalhandschuhe auf, die Kugler getragen hat, als er Garzinger die Farbe in den Hals gespritzt hat.«

»Was?«

»Ich wusste ja, dass Kugler über die Homosexualität meines Sohns informiert ist. Und mit der Zeit dämmerte mir, dass Garzinger so tot sein konnte, wie er wollte: Mit Kugler gab es ja jetzt den nächsten Mitwisser, der mich jederzeit erpressen konnte. Also bin ich Kugler nach Untergassen gefolgt. Ich habe beobachtet, wie er sich umzog und wie er das Zeug, das er in Garzingers Haus angehabt hatte, in einen kleinen Schuppen trug und dort alles zum Verbrennen aufschichtete. Es war ein ziemlich großer Haufen: Schuhe, Kleider, die Handschuhe, sogar eine Jacke und ein Handtuch, die er zwar mit ins Haus genommen, aber gar nicht verwendet hatte. Als er kurz raus ist, weil er noch Grillanzünder und Streichhölzer holen wollte, bin ich rein in den Schuppen und habe die Handschuhe und das Shirt herausgezogen – die lagen ganz unten. Dann habe ich den übrigen Haufen so drapiert, dass er nicht sofort sehen würde, ob etwas fehlte. Ich kam gerade noch aus dem Schuppen raus, bevor er wieder zurück war und den Haufen anzündete. So hatte ich eine Rückversicherung für alle Fälle. Den Schlüssel dafür habe ich gut versteckt, aber ich sage Ihnen gern, wo genau. Ich vermute, Sie werden an den Handschuhen innen nur DNA von Kugler finden – ich habe sie zwar auch angefasst, aber eben nur außen. Und die Ärmel des Shirts sind über und über mit derselben roten Farbe bespritzt, die Garzinger im Hals hatte.«

Mittwoch, 26. Juli

Die Nacht war kurz. Bis in den späten Abend hinein nahm Hansen an jeder Befragung teil, ein paar Stunden verbrachte er schlafend am Schreibtisch, und schon im Morgengrauen setzte er sich wieder an die Akten. Der Tag verging über all den Berichten, die geschrieben werden mussten, wie im Flug. Und als Hansen zum ersten Mal merkte, dass ihm die Müdigkeit fast die Beine wegzog, war es schon später Nachmittag. Hanna nahm ihm die letzten Schreibarbeiten ab und wollte alles noch einmal für die Soko-Chefin Vroni Schliers zusammenfassen. Und Haffmeyer fuhr seinen Chef nach Hause.

Hansen schlief schon, noch bevor sie das Kemptener Stadtgebiet verlassen hatten, und als er von einem langen, innigen Kuss geweckt wurde, legte sich erst ein Lächeln auf sein Gesicht – und dann schreckte er hoch, weil ihm einfiel, dass während der Fahrt nur Kollege Haffmeyer neben ihm im Auto gesessen hatte. Er blinzelte und sah Resi vor sich, die auf seine schnelle Bewegung hin gerade noch rechtzeitig zurückgewichen war, um sich keine Beule einzuhandeln. Hinter der Windschutzscheibe saß Ignaz auf der Motorhaube und sah aufmerksam zu ihm in den Wagen.

»Na, endlich wach, du Schlafmütze?«

Resi lächelte ihn an und stupste mit dem Zeigefinger gegen seine Nasenspitze. Vom Haus her schlenderte Haffmeyer auf den Wagen zu.

»Habe ich lange hier gelegen?«, fragte Hansen mit rauer Stimme.

»Nur eine halbe Stunde. Willy hat mir erzählt, dass du fast die Nacht durchgemacht hast, da haben wir kurz einen Kaffee getrunken und dich schlafen lassen.«

Haffmeyer ließ sich wieder hinters Lenkrad gleiten und grinste ihn an.

»Jetzt aber raus hier, Chef, oder soll ich dich mitnehmen?«

»Fährst du wieder nach Kempten?«

»Nein, ich mach jetzt erst mal Feierabend. Ich hol dich morgen früh rechtzeitig vor der abschließenden Soko-Besprechung ab, okay?«

»Und Hanna?«

»Die trifft sich nachher in Kempten mit ihrem Thomas. Die beiden wollen eine neue Haarspange kaufen.«

Hansen nickte, dann bedankte er sich bei Haffmeyer und stieg aus.

»So, Willy, und jetzt musst nur noch du dir was Festes suchen«, rief er ihm grinsend durchs offene Seitenfenster zu, »dann können wir künftig was zu sechst unternehmen.«

Haffmeyer sah ihn eigenartig an, dann schaute er fragend zu Resi. Die zuckte mit den Schultern und nickte. Schließlich grinste Haffmeyer, murmelte ein »Danke« und fuhr davon.

»Was war das denn?«, fragte Hansen, aber Resi hakte ihn nur unter und zog ihn nach drinnen.

Auch er bekam noch einen Kaffee und ein Stück Käsekuchen – und dazu erzählte ihm Resi, was Haffmeyer ihr gestanden hatte, während er im Wagen ein Nickerchen gemacht hatte: Willy Haffmeyer war frisch verliebt, in eine Österreicherin namens Rosi Konner.

»Konner?«, fragte Hansen nach. »Hieß so nicht die eine Kollegin, die uns nach dem Brand bei Ziemetshausen den Besitzer der Scheune aus der Steiermark gebracht hat?«

»Genau, und deren ältere Schwester heißt Rosi. Haffmeyer hatte sich während eurer Ermittlungen wohl in Sara Konner verguckt, und als er sie in der Steiermark besuchen wollte, wurde das der Kollegin offenbar etwas zu viel, und sie gab sich viel Mühe, Haffmeyer mit ihrer zehn Jahre älteren Schwester bekannt zu machen – tja, da hat's auch gleich gefunkt.«

»Ach, deshalb arbeitet er derzeit an einem eher romantischen Bild, ich hatte mich schon gewundert.« Er beschrieb Resi das Gemälde, das Haffmeyer mit seinen gefärbten Fliegen nachahmen wollte. »Aber trotzdem«, sagte er schließlich, »Haffmeyer auf Freiersfüßen … das kann ich mir gar nicht so recht vorstellen.«

Hansen lachte, aber Resis Blick ließ ihn wieder verstummen.

»Was ist denn?«, fragte er.

»Na ja … das Thema Freiersfüße treibt mich schon auch um, weißt du?«

»Ach, aber du weißt doch, dass wir heiraten, sobald es zeitlich mal passt.«

Sie schob ihre Tasse etwas weg und legte einen sehr hochmütigen Gesichtsausdruck auf.

»Sobald es zeitlich mal passt? Na, bei so viel Euphorie muss ich ja wohl einverstanden sein, was?«

»Ach Resi«, sagte Hansen schnell und legte seine Hand auf

ihre, »so war das doch gar nicht gemeint. Und ich hab dich ja schon mal gefragt, und meinen Ring trägst du ja auch, und …«

»Und? Auf den richtigen Antrag warte ich ja noch – so mit allem Drum und Dran. Da reicht es nicht, mir eben mal während eines Spaziergangs einen Ring zuzustecken.«

Resi zwinkerte ihm lächelnd zu, und Hansen zuckte mit den Schultern.

»Na, wenn es nur davon abhängt, dass ich vor dir auf die Knie gehe … das kannst du haben.«

Hansen stand auf, trat vor Resi hin und sank recht formvollendet auf ein Knie. Durch den Stoff der Hose fühlte er etwas Weiches und Feuchtes, aber er wollte sich jetzt nicht ablenken lassen. Er griff nach ihrer linken Hand und streifte den Ring, den er ihr geschenkt hatte, kurz mit den Fingerspitzen.

»Resi Meyer, hiermit halte ich ganz offiziell um deine Hand an. Möchtest du meine Frau werden und zu mir halten in guten wie in schlechten Tagen?«

»Natürlich, Eike«, antwortete sie ihm lachend und küsste ihn kurz. »Aber jetzt steh lieber wieder auf und sieh zu, ob du das Nassfutter wieder aus der Hose waschen kannst.«

Er erhob sich und sah an sich herunter. Ein feuchter Klumpen Dosenfutter löste sich gerade von der Hose und purzelte zu den anderen Essensresten auf den Küchenboden, die Ignaz dort offenbar verloren hatte.

»Aber der Antrag gilt und ist angenommen?«, vergewisserte Hansen sich.

Resi nickte, und er trollte sich ins Badezimmer, um an der

Hose herumzurubbeln. Auf der Waschmaschine lag der Prospekt eines Möbelhauses. Er war auf einer Seite aufgeschlagen, die mit tollen Fotos und aufwendiger Dekoration Futons als modernste Form des gesunden Schlafens anpries. Robbie Fleischlen und seine zotigen Bemerkungen kamen ihm in den Sinn, und er rubbelte heftiger und nahm sich vor, Resi notfalls von dem Wunsch nach einem Futon abzubringen.

Hansens Platz in der Küche hatte inzwischen der Kater eingenommen. Er saß auf dem Stuhl und hielt den Kopf direkt an der Tischkante so aufrecht, als warte er nur darauf, dass ihm jemand ein Lätzchen umbinde und etwas Leckeres servierte. Dabei sah er Resi an und versuchte, ihr wortlos klarzumachen, dass sie mit ihm doch viel besser dran war als mit diesem müden Zweibeiner, der blöd genug war, sich in fremdes Essen zu knien.

Resi rückte ein Stück näher zu ihm heran und kraulte ihn mit den Fingerspitzen zwischen den Schulterblättern. Ignaz begann sofort zu schnurren und gab sich Mühe, das so laut wie möglich zu tun.

Jetzt *musste* sie doch einsehen, dass er, Ignaz, die bessere Wahl war.

Danksagung

Danke an alle, die sich auch seltsame Fragen gefallen ließen und die diesem Buch informative und skurrile Details bescherten. Wenn Sie Fehler finden, kreiden Sie sie einfach mir an. Ich bitte um Nachsicht, denen ich einen Täter oder ein Opfer in die Nachbarschaft hineinerfunden habe, ein Tempolimit, einen Zaun oder einen breiteren Feldweg: Sobald Sie den Krimi zu Ende gelesen haben, ist auch alles sofort wieder weg – versprochen!

Sollte sich jemand in diesem Buch wiedererkennen, danke ich für das (unverdiente) Lob: Wie in Krimis üblich, sind Handlung und Personen frei erfunden. Für den Versuch, herauszufinden, was an den Schauplätzen real und was erfunden ist, wünsche ich viel Spaß.

Wenn Sie mehr über Kommissar Hansen wissen wollen, besuchen Sie ihn unter: www.kommissar-hansen.de

Jürgen Seibold